空《くう》棺《かん》の烏《からす》

阿部智里

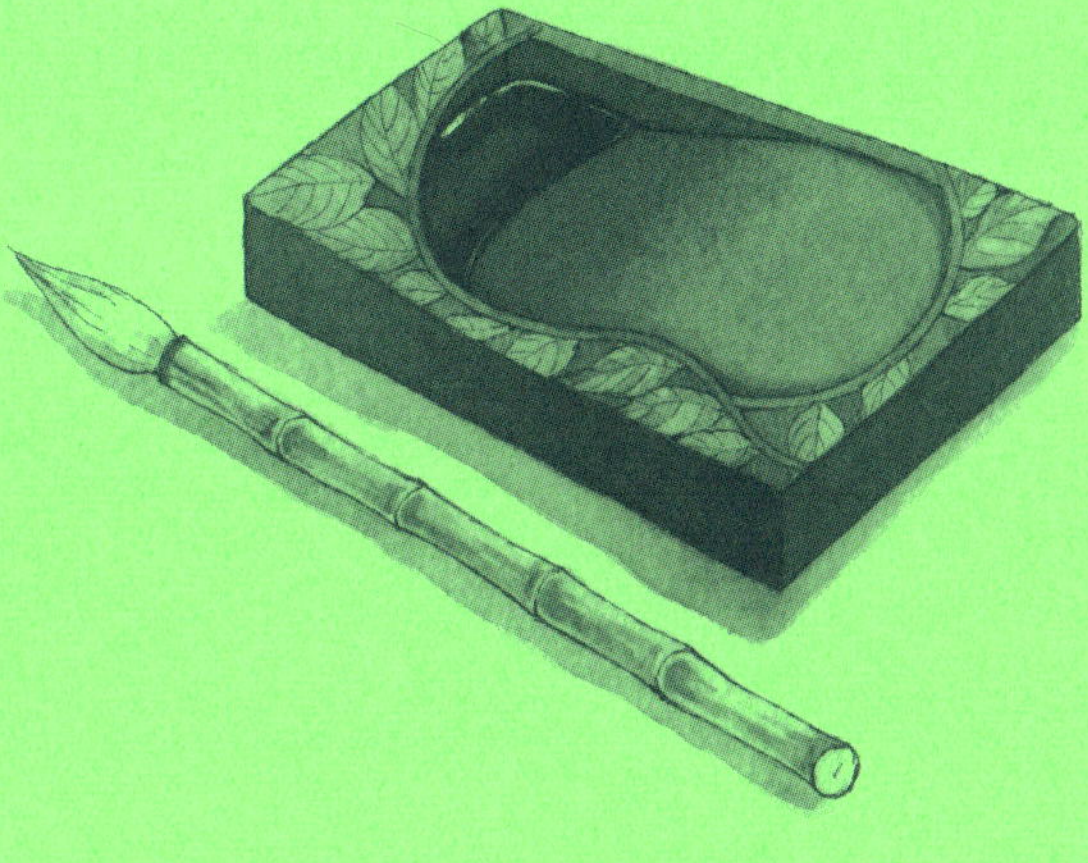

文藝春秋

もくじ

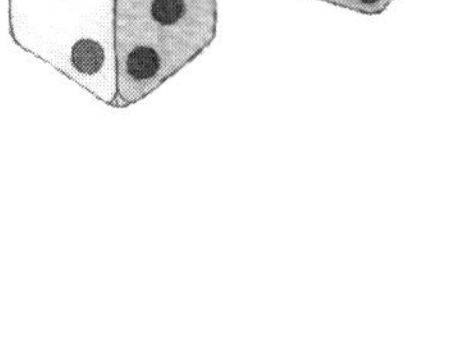

装幀　関口信介
装画　苗村さとみ

用　語　解　説

山　内（やまうち）

山神さまによって開かれたと伝えられる世界。この地をつかさどる族長一家が「**宗家**（そうけ）」、その長が「**金烏**（きんう）」である。東・西・南・北の有力貴族の四家によって東領、西領、南領、北領がそれぞれ治められている。

八咫烏（やたがらす）

山内の世界の住人たち。卵で生まれ鳥の姿に転身も出来るが、通常は人間と同じ姿で生活を営む。貴族階級（特に中央に住まう）を指して「**宮烏**（みやがらす）」、町中に住み商業などを営む者を「**里烏**（さとがらす）」、地方で農産業などに従事する庶民を「**山烏**（やまがらす）」という。

招陽宮（しょうようぐう）

族長一家の皇太子、次の金烏となる「**日嗣の御子**（ひつぎのみこ）」若宮の住まい。政治の場である朝廷の中心地「**紫宸殿**（ししんでん）」ともつながっている。

桜花宮（おうかぐう）

日嗣の御子の后たちが住まう後宮に準じる宮殿。有力貴族の娘たちが入内前に后候補としてここへ移り住むことを「**登殿**（とうでん）」という。ここで妻として見初められた者が、その後「**桜の君**（さくらのきみ）」として桜花宮を統括する。

谷　間（たにあい）

遊郭や賭場なども認められた裏社会。表社会とは異なるものの独自のルールが確立された自治組織でもある。

山内衆（やまうちしゅう）

宗家の近衛隊。養成所で上級武官候補として厳しい訓練がほどこされ、優秀な成績を収めた者だけが護衛の資格を与えられる。

勁草院（けいそういん）

山内衆の養成所。15歳から17歳の男子に「**入峰**（にゅうぶ）」が認められ、「**荳兒**（とうじ）」「**草牙**（そうが）」「**貞木**（ていぼく）」と進級していく。

羽林天軍（うりんてんぐん）

北家当主が大将軍として君臨する、中央鎮護のために編まれた軍。別名「**羽の林**（はねのはやし）」とも呼ばれる。

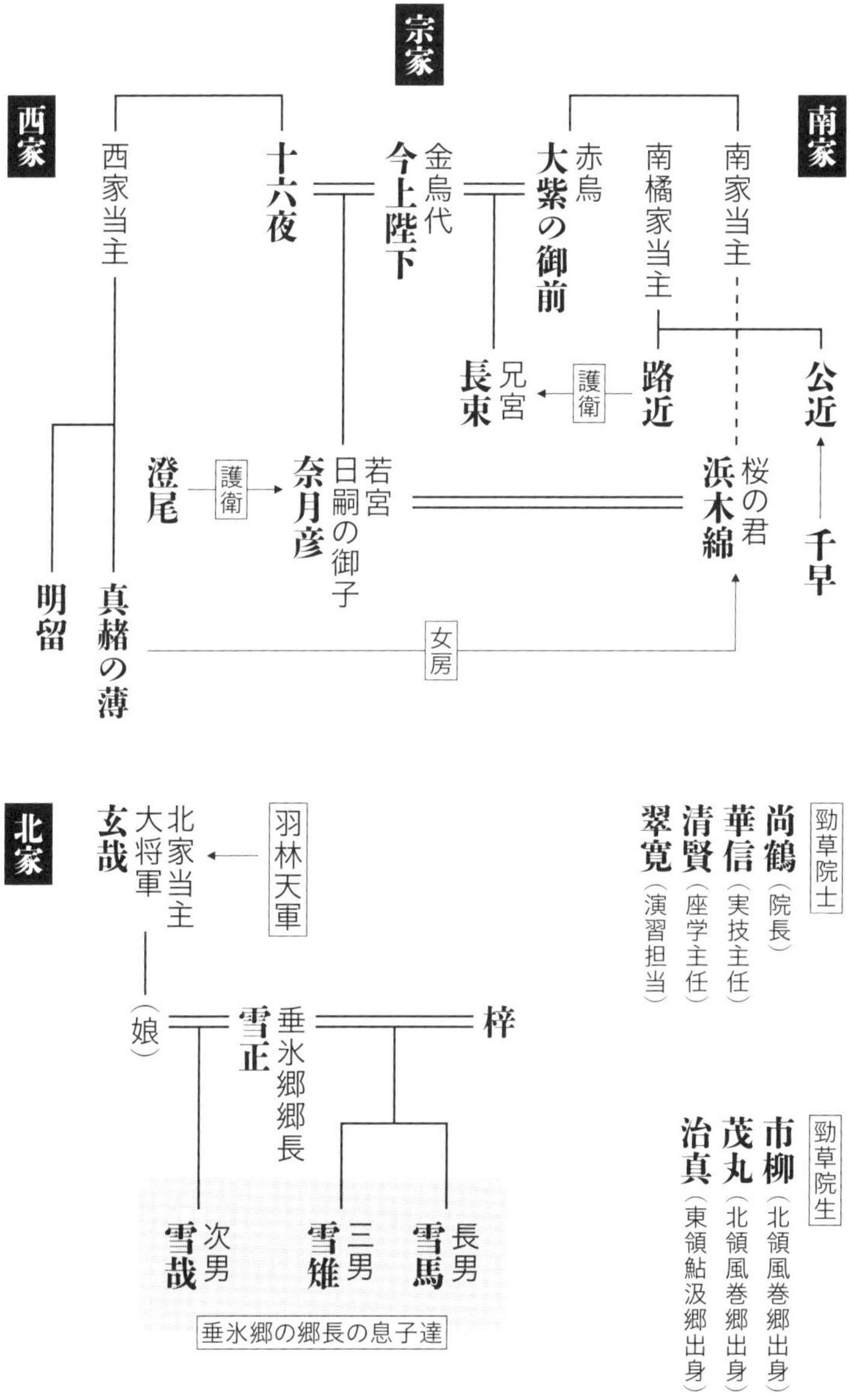

宗家
南家
西家
北家
南家当主
南橘家当主
赤烏
大紫の御前
金烏代
今上陛下
十六夜
西家当主
公近
路近
護衛
兄宮
長束
千早
桜の君
浜木綿
若宮
日嗣の御子
奈月彦
護衛
澄尾
明留
真赭の薄
女房
羽林天軍
北家当主
大将軍
玄哉
梓
垂氷郷郷長
雪正
（娘）
長男
雪馬
三男
雪雉
次男
雪哉
垂氷郷の郷長の息子達
勁草院士
尚鶴（院長）
華信（実技主任）
清賢（座学主任）
翠寛（演習担当）
勁草院生
市柳（北領風巻郷出身）
茂丸（北領風巻郷出身）
治真（東領鮎汲郷出身）

外書《がいしょ》に曰《いわ》く、疾風《しっぷう》に勁草《けいそう》を知《し》り、厳霜《げんそう》に貞木《ていぼく》を識《し》り、荒嵐《こうらん》に泰山《たいざん》を見《み》る、と。

風が吹いてこそ、折れない強い草が分かり、
霜《しも》が降りてこそ、枯れない強い木が分かり、
嵐が吹き荒れてこそ、崩れない強い山が分かる。
太平の世において、口を極めて忠臣を装う者は多いが、
動乱の世において、行いで忠を尽くせる者はわずかである。
困難があって、初めて真に強く忠直《ちゅうちょく》なる者の存在が明らかとなる。
ゆえに、忠直なる者のための学び舎として、勁草院《けいそういん》の名をここに与える。

『山内寺社縁起《やまうちじしゃえんぎ》』より「金烏《きんう》ヨリ勁草院ノ名ヲ賜ルノ段」

空棺の烏

序章

——おい、聞いたか。今年は、とんでもない化け物が入って来るらしいぞ。

そんな話し声が聞こえてきたのは、もうすぐ新入り達がやって来るという、当日の朝のことだった。

「化け物ってのは、なんだ」

「腕が立つって意味か」

怪訝《けげん》そうに問い返した連中に向け、朝餉《あさげ》の席に噂話を持ち込んだ男はこう答えた。

「それは分からないが、どうも大貴族の御曹司《おんぞうし》らしい。今、勁草院《けいそういん》にいる誰よりも身分が高いのは明らかだ」

道理で、と雑然と並べられた食膳《しょくぜん》の上に、納得した空気が漂った。

「ここ最近、中央出身の奴らが落ち着かねえと思ったら、それが原因か」

「下手すりゃ自分のお株を奪われちまうもんな」

「下手しなくても、あいつらが今までみたいに威張《いば》り散らすのは無理だろうさ」

もともと、身分を笠に着るしか能のなかった連中だ。自分達より格上の新入りが入って来るとしたら、今度は彼らの方がご機嫌伺いに奔走するようになるのだろう。

「くだらねえ」

盛り上がる同輩達の横で、市柳《いちりゅう》は小さく吐き捨てた。「とんでもない化け物」とやらに興味を持って聞き耳を立てていたのだが、馬鹿らしいことこの上なかった。

「どうしたよ、市柳」

小声の悪態に気付いた友人が振り返ったので、市柳はこれみよがしに鼻を鳴らしてみせた。

「今の話じゃ、そいつは単に身分が高いってだけだろ。それで化け物とか、笑わせるにもほどがある」

俺達は武人だぞ、と市柳はしかつめらしい顔で同輩達を見回した。

「いくら生まれがよかろうが、剣の腕がないんじゃ話にならねえ。道場で実力を見る前に、こうやって騒ぐのは感心しねえな」

市柳達が在籍する勁草院は、宗家《そうけ》の近衛《このえ》隊、山内衆《やまうちしゅう》の養成所であった。

この山内に住まう八咫烏《やたがらす》、その全てを統《す》べる金烏《きんう》は、朝廷を内包した中央山に居を構えている。

中央山を含む中央鎮護のために編まれた軍が羽林天軍《うりんてんぐん》であるのに対し、山内衆はあくまでも宗家《そうけ》――金烏の一族の警護が職分だ。羽林天軍の頂点に立つのは大将軍《たいしょうぐん》だが、山内衆は自身の護《まも》る宗家の者に、直接指示をあおぐ立場となる。

山内衆は、他の兵とは一線を画《かく》す精鋭集団なのである。

当然、命令に応じて与えられる権限も大きくなるので、山内衆になるためには勁草院で厳しい修業を積まねばならない。

勁草院へ入るには、才覚さえあればその身分は問われないとされているが、それが実態を伴っていたのは昔の話となってしまった。市柳の発言は、血筋を重んじる院生《いんせい》を腹立たしく思っているがゆえだったのだが、同輩達は、まるで喋《しゃべ》る犬にでも出くわしたかのような目つきになった。

「なんだ、あいつ。どこかで拾い食いでもしたのか」

「違う、違う。新入りに先輩ぶりたいから、今から格好つけているだけだって」

そっとしておいてやろうぜ、と聞こえよがしにひそひそ話までされる始末である。

「お前らな」

思わず立ち上がりかけた市柳を制するように、話を始めた男が両手を上げた。

「まあま、落ち着けって市柳。俺だって、何も身分が高いってだけで、化け物呼ばわりなんかしねえさ」

他にもちゃんと理由があるのよ、とわけ知り顔でにやりと笑う。

「何たってそいつは、若宮《わかみや》殿下の近習《きんじゅう》だったらしいからな」

「若宮殿下の近習だって？」

仲間達が、「本当か」「そりゃすごい」と口々に言って目を瞠《みは》る。

若宮は、いずれこの山内を背負って立つ日嗣《ひつぎ》の御子《みこ》だ。その近習ならば、将来は、金烏陛下の側近として朝廷で権力を握る可能性が高い。

その化け物とやらが今の山内において、最も明るい未来を持った八咫烏なのは間違いなかった。

「……しかし、妙だな。それなら直接朝廷入りすればいいのに、どうしてわざわざ勁草院なんかに来るんだろう」

怪訝そうな一人の言葉に、市柳はふと眉を寄せた。

今の朝廷には、その生まれに応じて官位が与えられる『蔭位《おんい》の制《せい》』が存在している。若宮が身分の低い者を気に入り、正式に取り立てようとして勁草院に送って来るのならば分からなくもないが、噂の『化け物』とやらは、大貴族の生まれだという。

「なんでも、蔭位の制で取り立てたのでは、腕が勿体《もったい》ないと言われたんだとか」

「勁草院に入れたところで、必ず卒院出来るというわけでもないのにか？」

勁草院の厳しさを知っている同輩達は、一斉に顔を見合わせた。

「いまいちよく分からねえな。いくら優秀だって言っても、中央貴族にしてはの話だろ？」

「でも噂が本当で、身分も高いのに腕っぷしまで強かったら、そりゃあ、確かに化け物だぜ」

「何にせよ、鼻持ちならないクソガキでなければいいんだが」

わいわいと盛り上がる同輩達の中で、市柳は押し黙り、たった今与えられた情報を反芻《はんすう》していた。

大貴族の坊ちゃんで、若宮殿下の近習。高貴な血筋から、そのまま官位につくことも可能だったのに、あえて勁草院にやって来る新入り。

ぽん、と軽やかな音を立てて、一人の少年の顔が思い浮かんだ。

――まさか、あいつではないだろうな。

思ってから、いやいやと頭を振り、あの能天気《のうてんき》を装《よそお》った、邪悪な笑顔を脳裏からかき消した。だってあいつは、はっきりと言ったのだ。自分は勁草院には行かないし、中央で宮仕えするつもりもない、と。だからこそ自分は、わざわざ勁草院に入ったというのに。

嫌な予感を振り払うように、市柳は茶碗に残った白米を勢いよくかき込んだ。


食堂《じきどう》を出た一行は、揃って道場に向かった。

まだ春休み中のため、朝の鍛錬は強制ではない。自主的に集まった者の間で軽い打ち込みを終え、汗を流すために、道場から水場へと移動しようとした時だった。

「おい、新入りが来ているぞ！」

一足先に行っていた者に声を掛けられて、市柳達は「おおっ」と声を上げた。

「随分早いなぁ」

「本当に新入りか」

「おそらく。しかも、飛車《とびぐるま》で来ている」

飛車は、大鳥《うま》に牽《ひ》かせて空を飛ぶ、高級貴族にしか許されない乗り物である。

そいつはきっと、今朝話題となった『化け物』に違いない。

察した連中は我先にと駆けだしたが、『化け物』とやらに嫌な予感を覚えている市柳の足取りは、ただひたすらに重かった。最後尾からのろのろと追いつけば、すでに躑躅《つつじ》の植え込みに鈴なりとなり、友人達が後輩の様子を窺《うかが》っていた。

「なるほど。家財道具を持ち込むために早く来たのか」

「見ろよ、あの荷物の量。俺なんて、風呂敷ひとつだったぜ」

「しかもあそこって、ここで一番新しい坊じゃなかったか」

「教官達が気を利《き》かせたんだろ」

冷やかし半分、やっかみ半分の仲間の言葉に、市柳は「おや」と思った。市柳が知る限り、『化け物』として思い浮かべたあいつは、贅沢《ぜいたく》を好むような性質ではなかったのだが。

おそるおそる同輩の頭越しに覗き込んだその先に、件《くだん》の少年がいた。

真っ先に目に飛び込んできたのは、満開の桜の木の下で、偉そうに肩をそびやかす後ろ姿である。

朝の光の中、濃い赤の裏地に、白い綾織物を重ねた見事な装束《しょうぞく》が輝いていた。

自らは地面に仁王立《におうだ》ちしたまま、薄紫のぼかし模様に金箔《きんぱく》をちりばめた扇で指示を出し、下人《げにん》に荷物を運ばせている。つやつやとした赤茶の髪は丁寧に梳《くしけず》られており、下人に話しかけられて振り返ったその顔は、市柳が今まで見た誰よりも端整だった。

肌の色は、曙光《しょこう》を浴びた咲き初《そ》めの白牡丹《しろぼたん》のよう。ぱっちりと大きな目は、日に当たった泉のようにきらきらと輝いている。まるで女の子のような甘い顔立ちだったが、引き結ばれた唇ときりりとした眉が、彼の美貌をただの大人しいものにしていなかった。利かん気の強さと自信の大きさを垣間《かいま》見せる少年は、ただ美しいというだけでなく、人を惹《ひ》きつける魅力が既に備わっているようだった。

宮廷の詩人がこの場にいれば、詩歌のひとつやふたつでも詠《よ》みだしかねない佳麗である。だが、彼の見目《みめ》のよさなんて、市柳は全くもってどうでもよかった。ただただ、そこにいた「若宮の元近習」とやらが、奴でないことに安堵《あんど》したのだった。

よかった、あいつではなかった！

それが分かった途端、さっきまでの鬱々とした気分が、嘘のように吹き飛んだ。

少年の造作《ぞうさく》を見た仲間達が「すごい顔だな」「ほら、貴族ってのは、美人ばっかり妾《めかけ》にするからさ」「くそ、顔面から転んじまえばいいのに」と囁《ささや》きあうのにも、晴れやかな心持ちのまま背を向けることが出来たのだった。

水浴びをした後、市柳は新しく割り当てられた坊へと向かった。

二号棟、十番坊。

ここがこの先一年、市柳の城となる部屋である。

勁草院の院生は、初学年から最終学年まで、三年間をかけて三つの試験に合格しなければならなかった。

山内に伝わる古い文書の中に「疾風《しっぷう》に勁草《けいそう》を知《し》り、厳霜《げんそう》に貞木《ていぼく》を識《し》り、荒嵐《こうらん》に泰山《たいざん》を見《み》る」という言葉がある。

――強い風が吹いてこそ、芯が強い草が明らかになる。また、厳しい霜がおりた時に貞《ただ》しい木を知ることが出来るように、真の困難に遭《あ》った時こそ、真の強者が明らかになるのだ。

これにちなみ、勁草院における三つの試験を、それぞれ風試《ふうし》、霜試《そうし》、嵐試《らんし》と呼ぶ。

初学年の院生は荳兒《とうじ》である。まだ芽も出ていない荳《たね》であるが、学年末の風試に合格すれば、これが芽吹いて草牙《そうが》となる。一年後、草牙を対象に行われる霜試を乗り越え、最終学年となれた者は貞木《ていぼく》と呼ばれる。多くの種子から芽が出ても、そこから大木に成長出来るものが少ないように、貞木になれる者はごくわずかだ。その上、三つの試験の中でも一番難関なのが最後の嵐試であり、ここでよい成績を修めなければ、山内衆になることは許されないのである。

荳兒、草牙、貞木のうち、自室を持てるのは貞木だけで、荳兒と草牙は、狭くても一つの部屋を三人で共有しなければならない決まりだった。大抵の場合、坊の責任者となる草牙一人に荳兒二人が割り当てられ、草牙は後輩を監督すると同時に、指導役として、勁草院での生活の「いろは」を叩き込むのである。

この共同生活は荳兒にとって、とてつもない苦痛だった。

毎年、進級するまでに半数近くの荳兒が消えていく原因は、風試の難しさもさることながら、八咫烏《にんげん》関係の悩みが多いと思われた。市柳とて、先輩とは良好な関係を築けていた方だとは思うが、それでも大変だったのだ。草牙となり、同室の先輩に気兼ねせずに済むのが嬉しくもあり、後輩が出来るのが楽しみでもあった。朝に「先輩ぶりたい」と評されたのは業腹《ごうはら》だったが、言われてみれば確かに、そういう気持ちはあるのだった。

もうすぐ、同室となる後輩達が挨拶に顔を見せる刻限である。

内心は落ち着かなかったが、少しでも偉く見えるようにと、坊の奥に据えられた机に向かう。

やがて外が賑《にぎ》やかになり、隣り合った部屋から少年達の緊張した声が聞こえ始めた。

そろそろかと思い始めた頃、とうとう扉の前で誰かが立ち止まる気配がした。

「お頼み申す。十番坊の先輩は、すでにおいでか」

まるで道場破りにでも来たかのような、朗々とした声である。新入りと言えば、遠慮がちな不安を含んだ声を想像していたので、市柳はこれを意外に思った。

「入れ」

入室を許せば「失礼いたす」と答えると同時に、豪快に引き戸が開かれる。

そこに立っていたのは、入り口いっぱいに広がる、大入道のような巨体だった。

呆気《あっけ》にとられた市柳に構わず、大男はそのまま入って来ようとして、ごちん、と頭を鴨居《かもい》にぶつけた。痛そうに顔をしかめた後、照れたように笑って、のそのそと市柳の前で膝を折る。

「お初にオメにかかりまする。十番坊でお世話になることと相成りました、茂丸《しげまる》にございます」

よろしくお願い申す、とお辞儀をされても、まだ見上げるほどに茂丸は大きい。

日に焼けた顔はいかにも健康そうで、手入れのされていない太い眉毛は、大きな毛虫のようである。丸っこい団子鼻と黒々とした瞳が、ともすれば恐ろしく見えてしまいそうな顔立ちを、一転して優しそうな印象に変えている。その雰囲気は、熊から獰猛《どうもう》な部分を全て抜き取ったかのようであり、いかにも気持ちのよさそうな青年であった。

「……お前、年はいくつだ」

「は。あとふた月で、十八になります」

「じゅうはち」

勁草院へ入ることを峰入《みねい》り、もしくは入峰《にゅうぶ》というが、その資格は満年齢で十五から十七の男子に制限されている。貴族の子弟は、大抵十五になるのを待ち構えるようにして勁草院に入るから、峰入りの時点で十七を数える者は、平民階級出身の者がほとんどだった。

一応は地方貴族のくくりに入る市柳も、十五の年で荳兒となったから、奇《く》しくも自分よりも年上で、はるかに大柄な後輩を持つことになってしまった。

緊張する後輩に対し、先輩らしく頼もしい言葉をかけるという当初の理想像は、音を立てて崩れ去った。茂丸に先達《せんだつ》を敬う姿勢が感じられたのは幸いだったが、なんというか、もっとこう、初々しい感じの後輩を想像していたのだ。

「ええと、ああ、そうだ。俺は、草牙の市柳だ。一年間同室だが、よろしく頼む」

まだ名前も教えていなかった、と慌てて言えば「存じ上げております」と屈託《くったく》のない笑顔が返って来た。

「自分は、風巻郷《しまきごう》の出身ですから。郷長《ごうちょう》さんのところの三男坊殿のお噂は、かねがね聞いておりました。すっかりご立派になられたようで、郷民として誇らしいです」

地元の者だったか。これは、ますますやりにくい。

市柳が返答に困った時、「お前も知っているんだろう?」と、不意に茂丸が背後を振り返った。

そこでようやく市柳は、茂丸の巨体に隠れて、もう一人の新入りが来ていたことに気が付いた。随分と小柄なようだったので、せめてこちらには威厳を保たなければ、と姿勢を正しかけた時だった。

「ええ、勿論《もちろん》です」

――何故だか、ひどく聞き覚えのある声がした。

「知っているどころか市柳さんとは、幼馴染《おさななじ》みと言って差し支えのない関係だったのですよ。まあ、先輩後輩となってしまった以上、今までのように気安くは出来ませんが」

信用のおける方が同室でよかったと、のんびりとした笑いが響く。その声に喚起されて、忘れたくても忘れようのない記憶が蘇《よみがえ》った。

容赦なく打ち据えられた痛みと、降りかかる罵倒の数々。判で捺《お》したかのように変わらない笑顔に、気が狂ったかのような笑声のけたたましさ。

ひょっこりと、茂丸の陰から、市柳の悪夢が顔を覗かせた。

茶色味を帯びた猫っ毛に、これと言って特徴のない、どこにでもいるような面差し。人畜無害そうな表情を裏切る、狡賢《ずるがしこ》く光る恐ろしい双眸《そうぼう》。

「ご無沙汰しております、市柳さん。改めまして、垂氷《たるひ》の雪哉《ゆきや》です」

これからよろしくお願いいたしますね、と。

輝くような笑顔で告げられた言葉に、市柳は絶叫した。

第一章　茂丸

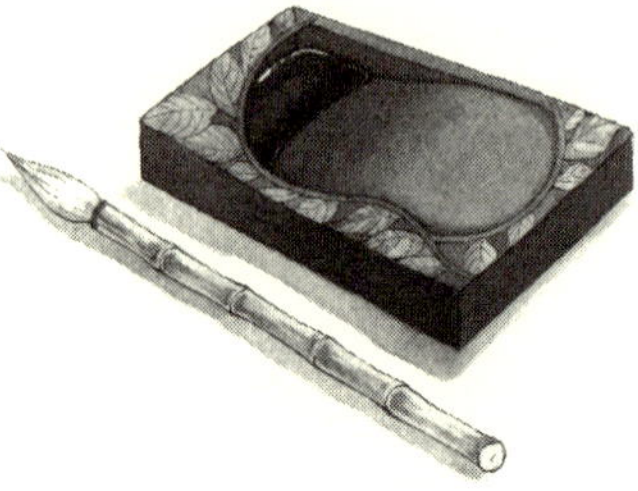

「ごめんください」

高く澄んだ声が、土間に大きく響き渡った。

開け放した引き戸の向こうに目をやると、外の光を背にして立ち尽くす、小さな人影があった。

「おう、どうしたんだ」

年は、七歳くらいだろうか。見慣れない男の子だ。迷子だろうかと思って近付くと、その子は俯《うつむ》いて、己《おのれ》の着物の裾《すそ》をぎゅっと握っていた。

「あの、あの、かみやしきさんが……」

「上屋敷さんが、どうかしたか」

俺は大柄なので、普通に立っていると小さな子を恐がらせてしまう。

土間に降り、視線を合わせるようにしゃがみ込むと、男の子は意を決したように顔を上げた。

「あの、かみやしきさんに、お届けものがあります。でも、おうちにいらっしゃらないので、ここで待たせてください」

おそらくは、そう言うよう親に言い含められて来たのだろう。覚えた言葉を、必死で繰り返そうとする様子が微笑ましかった。

「それは構わないが、お前さん、お使いか？」

どこから来たんだ、と訊《き》くと、こちらが悪者ではないと分かったのか、ホッと男の子の頬が緩む。

「しもやしきです」

「お前、下屋敷の子か！　ここまで一人で来たなんて、偉かったなぁ」

下屋敷は、この集落から一軒だけ離れた、旧街道沿いの古くて大きな家だった。一本道とはいえ、普段はあまり交流のない所だし、子どもの足では気軽に来られるとは言えない距離である。

「半分くらい、飛んで来たから」

「そりゃすごい。もう飛べるんだな」

「ちょっとだけどね」

「ちょっとでもすごいさ。俺は、茂丸《しげまる》ってんだ。お前は？」

「エイタだよ」

はにかむ男の子と話していると、ばたばたと足音がして、外から弟達が戻って来た。

「茂兄《しげにい》、お客さん？」

「知らない子だー」

同年代の子ども同士、打ち解けるのはすぐだった。

上屋敷の者が戻って来るまでの間、鬼ごっこやら独楽回《こま》しやらをして、忙しく遊びまわっていた。無事に用を済ませた帰り際、寂しそうに別れの挨拶をするエイタに、俺は新しい独楽を渡してやった。

「あ！　それ、今まででいっとう出来のいい奴じゃない」

「いいなあ。茂兄の作った独楽はすごいんだからな。大切にしろよ」

「……おれにくれるの？」

分かりやすく目を輝かせながらも、自分がもらっても構わないのだろうか、とためらう素振りを見せている。弟や、集落の悪ガキ達には見えなくなってしまった謙虚さに、俺は思わず噴き出した。

「何を遠慮しているんだ。エイタは、初めてにしちゃ中々筋がよかったからな。次に来る時までに、これで練習して来るといい」

次、と漏れた小さな呟きに、そうだよ、と弟達がさんざめいた。

「その気になれば、また来られるんだろ？」

「これっきりじゃないんだし、また遊ぼうぜ」

「今度持って来て、勝負しようよ」

その言葉に、エイタは嬉しそうに笑って、何度も頷《うなず》いていた。

「じゃあねー。また遊びに来いよ」

「絶対だよ」

「うん。またね！」

少しばかり傾き始めた太陽のもと、何度も何度もこちらを振り返りながら、自分の家の方へと帰って行く小さな後ろ姿。

——それが、俺がエイタの姿を見た、最初で最後の日となってしまった。

＊　＊　＊

爽《さわ》やかな朝だった。

空の青はやわらかな春色で、人生の門出として、これほどふさわしい日も無かろうと思われた。穏やかな日差しは燦々《さんさん》と降り注ぎ、眼下に広がる満開の桜が、まるで湧《わ》き立つ白雲のように輝いて見える。

上空から花見を楽しむような心持ちで飛んでいると、ぽつぽつと、徒歩で坂道を行く人影が見え始めた。それとほぼ同時に、空のあちこちから大烏《うま》に騎乗した者の姿も見えるようになって来た。彼らの向かう先に視線を向ければ、山の中腹に、巨大な寺院のような建物がいくつも立ち並んでいる。そこを囲むように張り巡らされた壁は高く、他者を圧倒するような威容を誇っていた。正面と思《おぼ》しき門の前には広場があり、そこには既に、何羽かの大烏が乗り付けている。

――あそこか。

茂丸は嘴《くちばし》を広場の方へ向けると、両の翼で空気をつかむようにして滑空《かっくう》した。広場に着地すると同時に、体にぐっと力を加え、大烏《おおがらす》から人間の姿へと転身《てんしん》する。粉塵《ふんじん》を巻き上げた翼と、鋭い鉤爪《かぎづめ》を持った三本の足は、一瞬の後、小麦色をした立派な肢体へと変化した。隆々と筋肉の盛り上がる体を確かめるように屈伸し、咥《くわ》えていた風呂敷包みを手に持ち直す。

よし、と顔を上げると、そこには空から舞い降りた大男に目を丸くした少年達がいた。おそらくは、今後三年の間、寝食を共にするだろう同輩なのだろう。何か言いたいことがあるのかと首を傾《かし》げてみせると、我に返ったように顔を逸《そ》らし、そそくさと門の方へと歩いて行ってしまった。

彼らが向かった門の内側では、細長い卓がいくつも並べられ、新入りの受付をしているようだった。ここの事務方と思しき大人達が、次々とやって来る少年達の対応に追われている。

「推薦状はあるか」

近付くと、こちらが何かを言う前にきびきびと話しかけられた。

「これです」

「名前と出身地は」

「風巻《しまき》の茂丸と申す」

「塾頭と、郷長《ごうちょう》の推薦だな。確認した」

差し出した書状の内容を確かめると、事務の者は、手元の用紙に何事かを朱筆で書きつけた。

「では、まずは自室となる宿舎に行きなさい。すでに指導役となる先輩が待っているから、そこで指示を仰ぐように」

二号棟十番坊、と書かれた紙を受け取ろうとした時、ふと、茂丸の対応に当たっていた男が苦笑を漏らした。

「……しかし、鳥形《ちょうけい》で門前に乗り付けるなんて、度胸があるな」

呆れたような口調に、茂丸はぽかんとした。

「なんか、まずかったですか」

「いや。別に、そういった決まりがあるというわけではないんだが」

宮烏《みやがらす》に馬鹿にされるぞ、と忠告めいた囁《ささや》きと共に紙を渡される。

「地方出身だとまだ分からんだろうが、中央貴族の連中は、少なからずそういうところがあるんだ。承知の上でやっているのなら止めないが、気を付けろよ」

何をどう気を付けたらいいか分からなかったが、目の前の男が、どうやら自分を案じてくれたらしいことは察せられた。茂丸は素直に礼を言って、示された宿舎の方へと向かう。

言われてみれば確かに、荷物を抱えて同じ方向へ歩く少年達は、みんな色付きの衣を身にまとっている。

茂丸達、八咫烏《やたがらす》の一族は、人形《じんけい》と鳥形《ちょうけい》、二つの姿を自由に取ることが出来る。だが、人から鳥の姿へ転身する時には、羽衣《うえ》という、体の一部分ともいうべき黒い衣を身につける必要があった。意識的に生み出した羽衣は自然に羽へ変化してくれるが、絹や麻などで作られた着物だと、転身する際に絡まってしまうのだ。着物を買う余裕がなければ羽衣で生活するのが普通だったが、さすがに勁草院《けいそういん》に入る少年達となると、そんな者も少ないらしい。

峰入《みねい》りして早々、悪目立ちしてしまったようだ。

指先で頭を掻《か》いた時、紺や茶に染められた衣の中で、自分と同じく漆黒《しっこく》をまとった姿を見つけた。あれは、間違いない。羽衣を着た新入りだ。

茂丸は駆け寄って、その背中を勢いよく叩いた。

「よお！　あんたも地方から出て来たのか」

衝撃につんのめりかけたお仲間が、弾《はじ》かれたように振り返った。

同年代にしては、随分と小柄な少年である。茂丸の体格に面食らったのか、唖然として口を開けた表情は間が抜けており、まだまだ幼い顔立ちに見えた。

「こんな図体だけど、俺も新入りなんだ。北領《ほくりょう》から出て来たんだけど、中央の決まりとか分からなくてよ。田舎者なら田舎者同士、仲良くやろうぜ」

まじまじと茂丸を見上げてから、少年は笑顔になった。

「奇遇ですね。僕も北領の出身なんです」

「本当か。俺は風巻《しまき》だ」

「僕は垂氷郷《たるひごう》です。お隣ですね」

丁寧な口調の少年は、雪哉《ゆきや》と名乗った。

穏やかな表情と相まって「いい奴そうだ」と思う。しかも、一緒に宿舎まで歩こうと用紙を見合わせたところ、同じ二号棟十番坊だったので驚いてしまった。

「同室じゃないか」

「ご縁がありますねえ」

これからよろしくお願いしますと頭を下げられて、こちらこそ、と返礼する。

簡単な自己紹介をしながら、立ち並ぶ講堂の間を歩いて行くと、いくつもの小部屋が連なる宿舎へとたどり着いた。

部屋の前に掲げられた札番を確認し、雪哉に先んじて声をかける。中で待っていた指導役の先輩は見知った顔だったので、自分は運がよいと茂丸は思う。

指導役となった市柳《いちりゅう》は、良くも悪くも、今時の若者らしい若者だった。

以前は世を拗《す》ねたところがあり、その服装の突飛《とっぴ》さと共に郷民達から随分と心配されたものだったが、勁草院での修業を経て、今では立派な院生となったようである。もとより、目つきと口は悪いものの、性根の真っ直ぐな男であるのは承知している。

少なくともこれから一年、同室の者との関係で苦労する心配はなさそうだと、茂丸は密かに胸を撫で下ろした。

ところが市柳は、雪哉の顔を見た途端、顔色を一変させたのだった。

「どうして、お前がこんな所に！」

勁草院には来ないって言ったじゃないか、と市柳は悲鳴を上げた。

「それが、色々と事情が変わりまして」

おっとりとした態度を崩さないまま、雪哉は苦笑する。対照的な二人の様子を見比べて、茂丸は首を捻《ひね》った。

「なんだ。前に何かあったのか」

「いえ、ご心配なく」

盛大に顔を歪《ゆが》めた市柳に代わり、雪哉が有無《うむ》を言わせぬ笑顔になって答えた。

「幼馴染《おさななじ》みですからね。他愛ない喧嘩の一つや二つ、誰だって経験するでしょう。それを根に持つほど、僕らは子どもじゃありませんよ」

ね、と同意を求められて、市柳は一瞬だけ硬直した。

「そ、そうだ。昔のことを根に持つなんてありえない！　過去は水に流すべきだ」

猛烈な勢いで頷かれて、雪哉はますます笑みを深めた。

「だからと言って、決して狎《な》れあったりしませんから。市柳草牙《そうが》も先輩として、きちんとご指導をお願いしますね」

雪哉に頭を下げられた市柳は、この世の終わりでも見たかのような顔になった。

「……ああ、分かったよ……改めて、よろしくな」

ややあって口を開いた市柳は、何故だか、陸に打ち上げられた魚のような眼をしていた。しばらくの間、消沈している様子だったのが気にかかったが、勁草院を案内するために坊を出ると、どうやら開き直ったようであった。

「起床は日の出と同時だ」

勁草院の生活について、どこかやけくそ気味に説明しつつ敷地内を歩いて行く。

「起床時間、講義の始めと終わりには鐘楼《しょうろう》の鐘が鳴るようになっている。基本は鐘の音に従っていれば、飯を食いっぱぐれる心配はない。たまに『奇襲《きしゅう》』があるから、それだけは気を付けろ」

「『奇襲』？」

「緊急の事態があったって想定で、抜き打ちで召集がかけられるんだ。授業中でも就寝中でもお構いなしに早鐘が鳴らされるから、その時は珂仗《かじょう》だけ持って大講堂前の広場へ急げ」

「カジョウってのは何ですか」

「これだ」

しゅ、と音を立てて緋色《ひいろ》の佩《は》き緒《お》を解《ほど》き、市柳は腰の太刀を抜き取った。手に取って見せてもらえば、見た目よりも軽い。鞘《さや》は黒蠟《くろろ》塗《ぬ》りで、さりげない装飾が見事であった。

「本物に見えるが、よく出来た竹光《たけみつ》だ。そのうち渡されるだろうが、これが勁草院所属の院生であることを示す身分証となる。飾り玉の色が黒なら貞木《ていぼく》、白なら草牙。お前達の代は、緑になるはずだ。常に持ち歩け。絶対に失《な》くすなよ」

珂仗は、院生でなくなった時点で勁草院への返却が義務付けられている。万が一紛失でもしたら、その場で院から追い出されるのだという。

「最終試験を突破して山内衆《やまうちしゅう》になれた暁《あかつき》には、これが竹光から真剣になるわけだ」

礼を言って返せば、市柳は手慣れた動作で珂仗をもとの位置に戻した。

「起床後は、すぐに朝の鍛錬がある。それが終わったら食事だ。朝餉《あさげ》と昼餉《ひるげ》は作ってもらえるから、膳《ぜん》を並べるだけでいい。喰い終わったら膳を片付けて、荳兒《とうじ》はそのまま食堂《じきどう》に机を並べて座学になる」

午前は座学ばかりであるが、昼餉の後は、ほとんどが実技科目となる。

「道場は授業で最後に使った者達が片付けるが、夕餉《ゆうげ》の手伝いは、坊ごとに当番が回って来る。月初めに分担表が食堂の入り口に貼り出されるから、自分達の担当を必ず確認しておくように」

特別な夜間訓練が入っていない場合、夕餉の後は定められた授業は存在しない。だが、やるべきことがないのかと問われれば、答えは否《いな》だ。

「授業で出される課題は山とあるからな。慣れるまでは、睡眠時間を削っても座学の課題をこなすので精一杯だ。とはいえ、院生同士の研究会とか、授業で習わない応用武器を先輩が教えてくれる講習会なんてのもあるから、余裕が出てくれば自由に参加するといい」

勁草院の中で、最も大きい講堂も見せてもらった。

だだっ広い板の間の奥には、御簾《みす》の下ろされた大きな祭壇があり、大仰《おおぎょう》に山神《やまがみ》が祀《まつ》ってある。

何本もの柱に支えられた天井は見上げるほどに高く、神々しい黄金の天蓋が吊るされていた。

勁草院はもともと、山神を祀る寺院であったという。そのため、授業で使用される講堂や道場は軒並み豪華なものであるし、敷地も、水練用の池や実習に使う山林なども含めると、かなりの広さがあるようだった。

それから日が暮れるまで、茂丸と雪哉は、市柳によって広大な敷地内を連れまわされたが、夕餉時になって食堂《じきどう》へ向かうと、すでにそこには多くの院生達が集まっていた。

食堂の一角には、炊き立ての米が詰まった大きな飯櫃《めしびつ》と、鶏肉の団子《だんご》と山菜の煮物がこれでもかと入った鉄鍋《てつなべ》が置かれている。茂丸と雪哉は市柳に言われた通り、食堂の壁際に積み重ねられた膳と器を取って並び、自分の食べる分だけをよそった。わいわいとおしゃべりする院生達の合間に空いた所を見つけ、三人は円を描くように座って手を揃え、「いただきます」を言って食べ始める。

肉団子は噛《か》めば肉汁があふれ、金色の油の浮いた汁は、大量に煮込んだ料理特有のうまみがあって、いくら食べても足りないくらいである。何せ、勁草院まで自分の翼で飛んで来たのだ。腹が空《す》いていたのも手伝って、茂丸は夢中になって夕餉をかき込んだ。

食べ終わって膳を片付けていると、貞木と思しき大柄な先輩達が、酒瓶と香ばしい匂いを放つ包みを抱えて現れた。どうやら、新入りを歓迎するために宴会を開くことが恒例となっているようで、わざわざ酒と肴《さかな》を買って来てくれたらしい。

手伝おうとする新入りは何人かいたものの、それを制し、宴会の準備は先輩達が行った。貞木は緊張している新入りを近くに呼び寄せて話を聞き、草牙はその間をてきぱきと動き回り、酒と肴を配分して回る。

全員の手元に杯《さかずき》が行き渡ったのを確認すると、貞木の一人が、仲間に背中を押される形で立ち上がった。

「新入りの皆、峰入りおめでとう。我々は、君達を歓迎する。明日からは浮かれている暇などなくなるから、せめて今だけは、勁草院の雰囲気を楽しんでもらいたい」

「飲み過ぎると明日が大変だから、飲み慣れてない奴は気を付けろよ」

「いや、酔えるほどの量なんてないだろう」

「いい、いい。今日はそういうのは言いっこなしだ。飲めるだけ飲め！」

途中、座ったままの貞木から茶々が入ったりしつつも、無事に「乾杯」と唱和して、それぞれが杯を口へと運んだ。一気に杯を干して後、茂丸は近くにいる同輩や先輩達と談笑していたが、そのうち、新入りの自己紹介が始まった。

多くが素面《しらふ》かほろよい状態だったが、中にはすでに真っ赤になって、呂律《ろれつ》の回らなくなっている者もいた。酒の入った席ということで程々に笑いを交えながら、名前と出身地、どういった経緯で勁草院へ入ったのかを話していく。喋り終えると、お辞儀をしてもといた場所に座り、今度はその近くの新入りが立ち上がって自己紹介を続けて行った。

「僕は、二号棟十番坊となりました、北領が垂氷郷の雪哉と申します」

順番が回って来ると、茂丸の隣に座していた雪哉は特に緊張した様子もなく口を開いた。

「叔父が以前、山内衆だったので、勁草院の大変さは幼い頃から聞いて育ちました。授業内容についていけるか不安ではありますが、精いっぱい頑張ります。以後、お見知りおきを」

これ以上、無難になりようがないくらい無難な挨拶である。まばらな拍手を受け、さっさと座ろうとした雪哉に対し、しかし待ったの声が掛かった。

「勁草院に、君がやって来た理由は言わないのですか？」

妙にはっきりとした物言いは、赤っぽい髪の少年によって発せられた。

その顔を見て、思わず茂丸は「おお」と声を出してしまった。

何せ、地方では滅多《めった》に見ないような、すばらしい美貌である。珍獣でも眺めるような心持ちで感心していたが、雪哉は驚いた風でもなく、その少年に向き直った。

「別に、大した理由はないんです。立派な山内衆になって、山内を守るためにお勤めできればいいな、と」

「山内を守るため？　本当にそれだけなのですか」

秀麗な顔に不審そうな色を乗せ、美少年は重ねて問うて来た。妙に食い下がる相手に、雪哉はゆっくりと瞬《またた》く。

「……失礼ですが、君は？」

「僕の名前は、明留《あける》。西本家《にしほんけ》の明留だ」

赤い髪の美少年が名乗ると、「あいつが」と驚きの声が上がり、食堂内がざわめいた。

田舎者の茂丸でさえ、西本家がどれだけの大貴族かくらいは知っている。

山内の地は実質的に、四家《よんけ》と呼ばれる四大貴族によって分治されている。東領《とうりょう》は東家《とうけ》、南領《なんりょう》は南家《なんけ》、西領《さいりょう》は西家《さいけ》、そして、北領は北家《ほっけ》といった具合だ。

四家は、初代金烏《きんう》の四人の子ども達を祖先に持つとされており、宮中を掌握する中央貴族達はこの四家のいずれかに所属していると言ってよい。明留は、この四大貴族の一、西家の御曹司《おんぞうし》であり、山内において、最も身分が高い少年の一人なのだ。

「へえ。お前が噂の、若宮《わかみや》殿下のお気に入りか」

唐突に、あからさまな嘲《あざけ》りの声が響き渡った。

声の上がった方を見ると、そこには取り巻きを侍《はべ》らせた先輩が、偉そうにふんぞり返っていた。

あれは、他の同輩が忙しく立ち働いている間も、座ったままだった草牙だ。

作り物のような鷲鼻《わしばな》は形よくまとまり、明留ほどではないが、貴族らしく整った顔をしている。肩幅もあり、同じ草牙の連中に比べて背が高く、手足も長かった。

顔立ちも体格も人並み以上なのは間違いなかったが、他人への侮《あなど》りを隠そうともしていない態度を見るに、あまり、関わり合いになりたくない感じの男である。

「あなたは？」

怪訝《けげん》そうな明留に対し、先輩は挑発的に瞳を煌《きら》めかせた。

「私は、南橘《みなみたちばな》家の公近《きみちか》だ」

それを聞いた途端、ああ、と納得したような声を漏らし、明留は公近へと向けるまなざしを鋭くした。

「お噂は、かねがね」

「どんな噂を聞いたか知らんが、少なくともここではお前の先輩だ。己の立場をわきまえて口を開けよ」

言いながら立ち上がった公近は胸を張り、傲然《ごうぜん》と明留を見返した。

「若宮の近習《きんじゅう》だったか何だか知らないが、ここではそんなもの、何の意味もない。でかい顔をすれば痛い目にあうぞ」

「それは脅しですか」

「そう取ってもらって結構だ。うつけの若宮など、恐れるに足らん」

「私について何を言われても結構だが、若宮殿下への侮辱は聞き捨てならない！」

キッと表情をきつくした明留が、唐突に雪哉の方を振り返った。

「どうして黙っているのです。雪哉殿も、何か言ってやったらどうだ」

困り顔で二人を見比べていた雪哉は、急に話をふられて狼狽《ろうばい》した。

「ええと、すみません。話の流れがよく分かりませんで、自分からはどうとも……」

しどろもどろの雪哉に、明留が顔をしかめた。

「……若宮殿下を侮辱されたのに？」

瞬間、口を閉ざした雪哉の目の奥に、ひどく面倒くさそうな色が閃《ひらめ》いた。

雪哉は答えられないのではなく、この質問には答えたくないのだ。それに気付いてしまえば、茂丸も無視は出来なかった。

「いやいや、そう言われても、俺達には答えられませんて」

どうしてこんな雰囲気になっているのか分からないまま、強引に嘴《くちばし》を突っ込むと、その場にいた全員の視線がこちらに突き刺さって来た。

「どうも。雪哉と同室で北領出身の、茂丸と申すもんです」

言いながらのっそりと立ち上がり、驚いた顔をしている雪哉の肩を叩く。

「いくら待っても俺の順番が回って来ないので、勝手に自己紹介を進めちまいますけどね。俺もこいつと同じように、山内を守りたくって勁草院に入ったんです。同じ境遇の者として言わせてもらえば、明留殿の質問は答えにくいことこの上ない」

冗談めかして茂丸が言えば、明留は戸惑ったようだった。

「何故」

「だって、俺達のような田舎者は、宗家《そうけ》の方と会った経験がないんだもんよ」

人となりを知らない八咫烏についてアレコレ言われても、反論も肯定も出来るわけがない、と。

明留は絶句した。

屈託がない茂丸の言葉は公近も意外だったようで、思わず、といったように呟いた。

「だったら、卒院後は誰に忠誠を誓うつもりでここにやって来たのだ」

「そんなの、まだ分からねえに決まっているじゃないですか」

あと三年もあるんでしょ、と茂丸はあっけらかんと笑う。

「まずは頑張って、山内衆になれるだけの力を付けないといけねえや。その成績に応じて、勤め先が決まるって聞いていています。宗家の誰に仕えるかは分からないが、どなたについて、どこで働こうが、山内のためになれるってんなら俺はそれで満足です」

単純極まりない茂丸の持論に、しばし、食堂《じきどう》内は静かになった。しかし、黙って話を聞いていた貞木の間から堪《こら》え切れなくなったように笑声が漏れると、一気にその場の空気が弛緩《しかん》した。

「いや、確かに、茂丸の言う通りだ！」

「面白い奴が入ったな」

「公近。君も座りたまえ。せっかくの酒がまずくなるぞ」

白けたような目で茂丸を眺めていた公近は、貞木に声を掛けられ、渋々といった様子で口を閉ざす。明留も取り巻き達になだめられ、納得がいかない表情ながらも引き下がった。

自己紹介が再開したのを確かめて、茂丸も元いた場所に座り直す。

「茂《しげ》さん、ありがとう」

小声で礼を言って来た雪哉に「気にするな」と手を振ってやる。一息ついたところでつまみを口にしようとしたら、苦りきった顔の市柳が近くにやって来た。

「お前ら、ちょっとこっちに来い」

そのまま宴会の席から連れ出され、向かった先は浴場であった。

「ああ、最高だな！」

「いいですねえ」

勁草院の浴場は、茂丸がこれまで見たことがないほどに広々としていた。

湯槽《ゆぶね》に足を伸ばし、雪哉と共にまったりしていると「呑気《のんき》なもんだな！」と怒声が聞こえ、洗い場とを仕切る戸を乱暴に開けて、市柳が入って来た。

「どうして、俺がわざわざお前達を宴会から連れ出したか分かるか」

それはな、貞木連中からそうしろと言われたからだ、とこちらの返答を待たずに市柳はわめき散らす。

「これ以上面倒事が起こる前に、なるべく早めに指導しておけと言われたんだ！　すげえ恐かったんだからな」

「でも、あれは仕方ないでしょう」

仕掛けて来たのは西家の坊ちゃんの方ですよ、と雪哉がうんざりしたように抗弁すると、市柳は怯《ひる》んで「じゃあ、茂丸！」と矛先《ほこさき》をこちらに向けようとした。

「朝廷の事情を知らない茂さんが僕を庇《かば》おうと思ったら、ああ言うしかないじゃないですか。市柳草牙は助けてくれなかったのに、今になって茂さんを責めるのはどうかと思いますけれど」

どこか刺《とげ》のある口調で雪哉に非難され、市柳は「ぐう」と呻《うめ》く。

どうにも、穏やかでないやり取りである。

「……俺、何かやらかしちまったのか」

おそるおそる尋ねれば「大丈夫ですよ」と、薄暗い中でも雪哉が笑う気配がした。

「くだらない、朝廷の権力争いの話ですから」

雪哉が、妙に事情に通じた様子なのが不思議だった。訝《いぶか》しく思っているこちらに気付いたのか、実はですね、と雪哉が気恥ずかしそうに頭を掻いた。

「きちんとお伝えしていなかったのですが、僕も市柳草牙と同じく、郷長家の次男坊なんです。しかもつい最近まで、宮中で宮仕《みやづか》えをしていたので」

「なんだ、そうだったのか」

それで、雪哉が田舎者にしては垢抜《あかぬ》けているのにも合点《がてん》がいった。羽衣を着ていたので勘違いしてしまったが、こいつは地方出身とはいえ、貴族だったのだ。

「そういう意味じゃ、俺よりもお前の方が説明役にふさわしいかもしれないな」

お前が教えてやればいいと市柳に勧められ、「では」と雪哉がこちらに体を向けた。

「茂さんは、十年ほど前に、若宮殿下とその兄上――長束《なつか》さまの間で、日嗣《ひつぎ》の御子《みこ》の座をめぐる争いがあったのをご存じですか」

本格的に説明する体勢となった雪哉に向けて、茂丸は首を横に振る。

「噂程度は。詳しい話は全然」

少し前まで、次の金烏《きんう》には兄宮がなるべきか、若宮がなるべきかで、中央は大いに揉《も》めていたのだ。山内の一大事だから地方にも話は聞こえて来ていたが、いつの間にか、若宮が次の金烏になるということで決着がついていた。

「とにかく、兄宮さんと弟宮さんがすごい不仲だとは聞いていたが……」

「いえ、それは違います。意外に思われるかもしれませんが、若宮殿下と長束さまの関係は、決して悪くないのですよ。それどころか長束さまは、見ているこちらが驚くくらい、弟思いな方なんです」

　そう言う雪哉は、まるで二人の人となりを知っているかのような口ぶりであった。

長子相続が慣例になりつつあった宗家において、弟である若宮が日嗣の御子におさまることが出来たのも、兄宮が尽力したおかげなのだという。

「もともと、若宮殿下が兄宮の代わりに日嗣の御子となったのは、若宮殿下が『真の金烏である』と神官達に言われたためでした」

　山内の族長である金烏には、『真の金烏』と『金烏《きんう》代《だい》』のふたつが存在している。

『真の金烏』は、生まれつき、山内の統治に必要な全ての要素を持つ支配者であると伝えられている。宗家に『真の金烏』が生まれた場合、それがたとえ長子でなかろうが側室の子であろうが、問答無用で八咫烏の長となるものと決まっているのだ。

　一方で、『真の金烏』が不在の期間は、宗家の長子がその代わりを務めることになっていた。

その、あくまで『真の金烏』の代わりを務める者を『金烏代』と呼ぶのだ。

「だから一口に金烏と言っても、本来の統治者たる『真の金烏』と『金烏代』は、本質的にまるで違うものと言えます。そして、若宮殿下は『真の金烏』であると神官に判断されました」

　ちょっと待ってくれ、と茂丸はこめかみを押さえた。

「えっと、弟が本物の金烏だと言われたから、『金烏代』となるはずだった兄が、日嗣の御子の座を弟に譲った……？」

「そういうことです」

長束からすれば、『真の金烏』が他にいるのなら、自分がその代わりとなる必要はない。もともと長束は公明正大な男で、権力には興味がなく、伝統に則《のっと》った弟君の即位には賛成していた。

ところが、それに不満を持つ者が現れた。

「それが他でもない皇后、大紫の御前《おおむらさきのおまえ》――長束さまのお母上です。彼女は南家出身の正室であり、側室である若宮の母上は、西家の出身でした」

『真の金烏』の不在が長かったせいもあり、南家筋の貴族達は、長束の譲位に猛烈に反対した。当然、西家は若宮の即位を望んでいたから、長束本人の意向を無視し、兄宮派と若宮派で、朝廷を二分する事態となってしまったのだ。

「そんなこんなで、兄宮殿下を推す南家と、若宮殿下を推す西家が対立しているわけなんですけどね。どうもそれが、勁草院の中にまで影響を及ぼしているようですね」

雪哉に水を向けられた市柳が、「まあな」と疲れたように答えた。

「もう分かると思うが、公近の奴は、南家筋の宮烏《みやがらす》だ」

「それで、明留は西家の御曹司でしょ？　公近先輩は兄宮派で、明留は若宮派なんです」

「ああもう、ごちゃごちゃ面倒くせえな！」

一気に言われたせいで、正直、茂丸は何が何だか分からなくなった。

「つまり、奥さんと跡取り息子がいる、大きな畑を持った父ちゃんが浮気をして、他所《よそ》に女と子どもを作っちまった。でも、次男の方が優秀なんで、跡取り息子は畑を弟に譲ろうとしている。奥さんはそれに大反対。奥さんの実家と浮気相手の実家まで嘴を突っ込んで来て、あら大変——ってことか?」

市柳と雪哉が、しばしの間黙りこくった。

「み、身も蓋もねえ話だな……」

「いや、でもまあ、間違ってはいないですかね。今の茂さんの言い方に沿うなら、奥さんの実家の者が公近先輩で、お妾《めかけ》さんの実家の者が明留です」

「おし。やっと納得がいったぞ」

理解した茂丸に、「あいつらには出来るだけ関わるな」と市柳が釘を刺した。

「絶対、面倒になるぞ。触らずに済む神には、なるたけ近付かないのが賢明だ」

「それが正解でしょうねえ」

彼らが突っかかってこない限り、こちらから何かする必要はないでしょうと雪哉も続ける。

「さて。話も一段落したところで、俺はもう出るぞ」

お前らよく平気な顔していられるな、とふらふらしながら立ち上がった市柳の姿に、自分も汗だくになっていることにようやく茂丸も気が付いた。

さっぱりして自室に戻ると、明日に備えて早々に寝支度を始めた。

坊の中央に補修痕だらけの衝立《ついたて》を置き、奥半分を市柳、出入り口側の半分を雪哉と茂丸が使うことになった。部屋の隅に畳まれていた煎餅布団《せんべいぶとん》を敷きながら雑談しているうちに、本当はどうして勁草院に来たのかという話になる。

「それは俺も聞きたいな」

特に雪哉、と言って、衝立の向こうから市柳が顔を覗かせた。

「さっきは聞きそびれちまったからな」

勁草院に入るのは嫌だと言っていたじゃないか、と、そう言う市柳は苦い顔だ。意外に思った茂丸が視線を向けると、雪哉は照れくさそうに首を竦《すく》めた。

「確かに、前は勁草院なんかに入ったら、訓練について行けなくて死ぬと思っていました。勁草院に入るか宮仕えするか選べと言われて、最初は宮中を選んだくらいです」

「だったら、どうしてここに来たんだ？」

「昨年の夏以降、甘ったれたことも言っていられなくなりまして」

ふと告げられた「昨年の夏」という言葉に、茂丸も市柳も真顔になった。

「……『猿』の襲撃か」

ぽつり、と呟かれた市柳の声に、雪哉は無言で頷いた。

昨年の夏、山内に住まう八咫烏全てが、恐怖のどん底に突き落とされる事件があった。

——辺境の集落が大猿に襲われ、住民が一人残らず殺害されたのだ。

当初は大猿の目的も、大猿がどこからやって来たのかも分からなかったが、やがて、被害にあった八咫烏達は、大猿どもの食糧となっていたと判明した。

大猿は、八咫烏を喰うために村を襲ったのだ。

山神による結界に守られているとされる山内は、これまで、外敵からの攻撃を受けた経験がなかった。

山内に住まう八咫烏達は震撼《しんかん》した。

朝廷は大猿の侵入経路を探すことにやっきとなり、程なくして、大猿が山内へと入り込んだと見られる『抜け道』が発見された。現在ではその封鎖に成功し、大猿はもう山内には入って来られないと、朝廷から正式な発表がされている。

だが、あんなのは中央貴族たちの願望だと、雪哉は一刀両断した。

「『取り敢えず見つかった穴は塞いだから、猿がもう入って来なかったらいいなあ』くらいの気休めですよ。山内の民がこれ以上動揺しないようにという狙いがあったようですが、あの見解によって、民の警戒心は薄まり、自衛しようという気力を奪ってしまった。いっそ終息宣言なんかしない方がよかったのにと僕は思っています」

もどかしそうに語る雪哉は、それまでの呑気そうな雰囲気とは少々異なって、いかにも聡明そうだった。

「なるほどな。だから『山内を守るため』か。お前も、猿に対抗するために勁草院に入ったんだな」

「まあ、大体そんなところです」

茂丸の問いかけに「中央ばかりに任せておけないので」と付け加えた雪哉は、ふと、こちらを見た。

「お前も、と言うと……」

「ああ。俺がここに入った理由も、雪哉と同じだよ。さっきは言わなかったけど、俺、風巻郷《しまきごう》の佐座木《さざき》出身なんだ」

「さざき」

雪哉も市柳も、同じ北領の出身だ。反応は顕著だった。

「まさか、猿に襲撃された――あの佐座木か」

狼狽した市柳の囁《ささや》きに、茂丸は首肯《しゅこう》した。

猿の襲撃において、被害にあった集落は垂氷郷《たるひごう》の栖合《すごう》と、風巻郷の佐座木だった。

集落そのものが全滅した栖合に比べ、佐座木の方は、集落から離れた一軒家が襲われただけで済んだため、もっぱら猿の被害として名前が挙がるのは栖合の方である。だが地元住民からすれば、一歩間違えれば襲われたのは、自分達だったかもしれないのだ。

「猿に襲われた家は、地元では下屋敷って呼ばれてたてよ」

もともとは、佐座木とは別の集落の中心となる旧家であったらしい。しかし、旧街道が使われなくなるにつれて、そこは集落としての体裁を保てなくなり、いつの間にか下屋敷一軒だけがあそこに取り残されたのだと聞いていた。最近では、自給自足で生活が事足りるようになったと見えて、佐座木の者とも顔を合わせる機会はほとんどなかったのだ。

「あの夏、郷長さんから辺境の家の安否確認をしろって通達が来てよ。俺は、これでも地元じゃ腕が立つ方だったから、様子見に駆り出されたんだ」

そしてそこで見たものこそが、住人が消え、血みどろとなった下屋敷だったのである。

厩《うまや》に繋《つな》がれたまま死んだ馬の腐臭に、飛び交う無数の蠅《はえ》。

囲炉裏端《いろりばた》は、何故か黒く変色していており、最初はそれが何か分からなかった。だが、しゃぶられたように綺麗になった骨が、ところどころに散らばっているのを見て、あのどす黒い染みこそが、古い血の海であると気付いたのである。

あまり親しくはなかったとはいえ、全く交流がなかったわけではない。

真っ先に気にかかったのは、つい先日、顔を合わせたばかりの小さな男の子の安否だった。

エイタどこだ、と声をかけて探し回った屋敷の一角。

広々とした板の間は、墨汁をぶちまけたようにあちこちが黒ずんでいた。

そんな中、見覚えのある小さな独楽《こま》が一つだけ、転がっているのを見てしまったのだ。

――あの時の気持ちは、おそらく、一生忘れられないだろう。

黙り込んだ茂丸に感じるものがあったのか、雪哉も市柳も先を促すような言葉はかけなかった。

茂丸はひとつ息を吐き、苦く笑う。

「……まあ、そんなわけだ」

これまでにも「勁草院の入峰試験を受けてみないか」と、茂丸は勁草院関係者からさんざん誘われていた。それを突っぱね続けたのは、勁草院に行く必要を感じなかったからだ。大抵の厄介事だったら、自分一人の力で解決出来ると思い込んでいた。しかし、猿の襲撃を目《ま》の当たりにして、それがほとほと甘い考えだったと思い知らされた。

「猿から自衛するために、もっと武芸を身に付けたいと思ったのか」

他人事ではないと感じたのか、市柳の表情は先ほどとは異なり真剣だった。それに茂丸は「いんや」と笑って否定を返す。

「いくら俺一人が鍛えたって、大勢の猿に奇襲されるようなことになったら、手も足も出ないじゃねえですか。まして、猿の抜け道が中央にあったって聞いた時に、悟っちまったんです。本当に守りたいものを守ろうと思ったら、一人で棒っ切れを振り回して、家の前に立っているだけじゃ駄目なんだって。まあ、山内衆になって、俺に何が出来るかってぇと、正直まだよく分からないんだけどよ」

少なくとも、家の前で踏ん張っているよりは、出来ることはずっと多いはずだ。何にせよ、血に染まった独楽を拾い上げるような経験は、もう二度とごめんだった。

「もしこの先、同じようなことがあった時によ、山内衆になっておけばよかった、今のままで満足してなければ、もしかしたら、他に何か出来たことがあったかもしれないのに――なんて、悔いるのだけは絶対に嫌だったんだ」

入峰《にゅうぶ》資格がぎりぎりあるうちにそれに気が付いて、本当に幸運だったと茂丸は思う。

「その気持ち、僕もすごく分かる」

静かにそう言った雪哉は、しかし口調に反して、何故だか喜色満面といった様子だった。

「茂さんと仲良くなれてよかったよ。絶対、一緒に山内衆になりましょうね」

はしゃいでいる風の雪哉に、茂丸は「でもなあ」と天井を仰ぐ。

「実は俺、入峰試験の座学が最下位だったんだ。無事に卒院出来っかな」

それを聞いた雪哉は噴き出して、けらけらと明るい笑い声を上げた。

「大丈夫。僕が助けてあげるから。座学なんて、大した問題にはならないよ」


「おい、起きろ、木偶《でく》の坊！　もうとっくに鐘は鳴ったぞ」

翌朝、茂丸は市柳の怒鳴り声で目が覚めた。

布団を引っぺがされ、まぶしさに目を瞬く。

「おはようございます……」

「先輩よりも長く惰眠《だみん》をむさぼるとはいい度胸だな、豆っこども！　さっさと身支度して朝飯に行くぞ」

どことなく楽しそうに言った市柳が、足取りも軽く外に出て行く。

寝ぼけ眼《まなこ》を擦《こす》りつつ周囲を見れば、隣の布団は既にたたまれており、寝間着から羽衣《うえ》姿となった雪哉が枕元に端座していた。

「おはよう茂さん」

「おう、おはよう。お前は随分と起きるのが早いな」

「僕、結構眠りが浅いんです。そのせいで、楼の音ですぐに目が覚めちゃって」

笑いまじりに差し出されたのは、顔を洗うための手ぬぐいだ。

「今日は入峰の儀があるから、朝飯がちょっと早いんだって。はやく行こう」

「ああ、分かった」

食堂《じきどう》で朝餉を済ませると、市柳は他の先輩達と共に出て行ってしまった。食堂に残るように言われた新入り達が、背の順で並ばされてしばし。事務方の男が足早にやって来た。

「あちらの準備が整ったようだ。速やかに前の者について歩き、私語は慎むように！」

そう言ってから、先頭の雪哉の前に立って歩き出す。言われた通り、ぞろぞろと一列になって向かった先は、昨日のうちに案内された大講堂であった。

いよいよ入峰の儀である。

広い板間《いたま》の両脇には、新入りを挟むように草牙、貞木の先輩諸氏が整列し、祭壇の前、上座にあたる場所には、教官と思しき年かさの男達がずらりと並んでいた。その場にいる全員がみな同じような羽衣をまとい、黒一色の様相となっていたが、教官の肩にだけは色とりどりの懸帯《かけおび》が掛けられている。

式は、山神の祀られた祭壇への一礼によって始められた。

号令によって先輩達が礼をするのに倣《なら》い、新入りも慌ててお辞儀をする。ざっ、と音が聞こえるほど先輩の動きが揃っているのに比べ、新入りの動きは不揃いでぎこちなかった。

教官の一人によって勁草院への入峰を歓迎する旨の他、日々の生活における注意事項、心得などが述べられていく。

同輩の中で一番背が高かった茂丸は、最後尾から講堂全体を見渡せた。新入りと先輩、その後ろ姿だけでも、明らかに違いが見て取れるのが面白い。

長い話の間、新入りの中には集中力が切れ、わずかに身じろぐ者の姿も見られたが、その横で佇《たたず》む先輩達は、全く微動だにしないのだ。一本芯が通っているかのように、ぴんと背筋を伸ばした立ち姿の安定感は、見るからに新入りとは異なっていた。

一年後には俺もあんな風になっているのだろうか、などと茂丸が考えているうちに、教官の話が終わった。次いで珂仗貸与《かじよう》のために出て来たのは、黒髪に白い筋の混じった、六十の半ばを越えているだろう男だった。

この勁草院の頂点、教官達の長である院長、尚鶴《しょうかく》である。

神官の纏《まと》うような法衣《ほうい》の形に編んだ羽衣に、濃紫に金の刺繍《ししゅう》の入った懸帯を掛けている。体格はよいとは思えなかったが、その面差しは知的でありながらいかにも厳格そうであった。

新入りの代表として前に進み出たのは、ゆうべ雪哉に突っかかって来た、西家の明留だった。院長から珂仗を受け取る所作には物怖じしたところがなく、茂丸より年下とは思えないほど、堂々としている。

明留がもとの位置に戻ったのを確かめてから、院長がようやく口を開いた。

「新入り諸君。まずは、勁草院へやって来てくれたことに礼を言おう。よくぞここに来てくれた」

思いがけず、院長の祝辞は控えめな言葉から始まった。

我々は君たちを歓迎する、と続いた声は、年齢の割に深く張りのある美声であり、微妙に焦点が結ばれていなかった新入りの視線も、自然と院長の方へと集まっていった。

「今年度は、入峰希望者が多かった。その中で、試験を潜《くぐ》り抜けてここへ来た君達は、間違いなく逸材であり、これからの勁草院を形作る希望であると言えよう」

勁草院の基本理念は、自主自立と実力主義だ、と院長は謳《うた》う。

「いかなる外部からの力にも制限されず、実力さえあれば、どこまでも上に行ける。我々が忠誠を誓わなければならない相手は、ただ宗家一族と金烏のみだ」

山内は今、未曾有《みぞう》の危機に瀕《ひん》している。

静かに言い切った院長は言葉を切り、じっくりと講堂内を見渡した。

「君達にはこれまで以上に、宗家を、ひいてはこの山内を守るために、前線に出てもらうことになるだろう。命を賭《と》して、宗家と山内を守る覚悟を持ってほしい。院生として、恥ずかしくない働きを期待している」

それだけを言って、院長はもとの場所へと戻る。想像していたよりも短かった挨拶に、茂丸は内心でホッとしていた。

そのまま、式は粛々と進んでいった。

残るは閉式の辞ばかりとなった頃、不意に外が騒がしくなった。

「院長閣下、大変です」

必死の形相《ぎょうそう》で事務方の者が駆け込んで来て、何事かを告げられた上座の教官達が、慌てたように動き始める。

「道をあけなさい」

教官の指示に従って、困惑しながらも荳兒《とうじ》が中央から退く。何がやって来るのかと訝しんでいると、いくらも待たずに、色鮮やかな一団が姿を現した。

ざわりと、講堂の空気が揺れる。

「長束《なつか》さまだ……！」

囁きの中に、驚愕の声が混じった。

長束――弟に日嗣の御子の座を譲り渡した、宗家長子である兄宮殿下！

振り返ると、真っ先に目に飛び込んで来たのは、異様な風体《ふうてい》の男だった。

そいつは、大柄な茂丸でも驚くような巨軀《きよく》を誇っていた。

衣の上からも明らかな、筋骨隆々たる体つき。その身に纏う羽衣は褐衣《かちえ》の形をしているが、頭に冠は付けておらず、適当に縛られた髪の毛は、まるで冬毛に覆われた狸の尻尾のようだった。笑みを含んだ口元からは尖った鬼歯が覗き、大きな鷲鼻とぎらぎら光る目が、ひどく印象的である。

――とてもじゃないが、宗家の皇子には見えないぞ。

そう思っていると、その背に守られるようにして歩く、若者の姿に気が付いた。

こちらは、中央の貴公子然とした男だった。

前を歩く男ほどではないが、それなりに背は高くて見栄えが良い。背中には切り揃えられた長髪を流しており、紫色の法衣の上に、豪華な金の袈裟《けさ》をまとっていた。気品のある面差しをしていながら、彫りが深く、武人のようないかめしさも同時に持ち合わせているようである。服装から考えるに、どうやら先頭を行くのは護衛であり、後ろにいる方こそが、長束さまらしい。

一行を出迎えるように、院長が他の教官達を引き連れて講堂の中ほどまでやって来た。

「長束さま。今年はいらっしゃることが出来ないと伺っていましたが」

「所用を急いで片づけて参ったのだ」

長束に代わり、先頭を歩いていた護衛の方が、ニッと笑ってそれに応える。

「喜べ、院長。若宮殿下の名代《みようだい》だそうだぞ」

「もうよい。下がれ路近《ろこん》」

路近と呼ばれた護衛を押しのけるようにして、長束が院長の前に立った。

「本当は、私ではなく若宮殿下が来たがっておられたのだがな。朝廷の方を殿下が引き受けて下さった代わりに、こちらに私を遣《つか》わされたのだ。突然に押しかけてすまぬ」

齢《とし》の割に落ち着きのある声である。宗家の皇子に詫《わ》びられた院長は、ゆっくりと首を横に振った。

「いいえ。勁草院、ひいては山内衆にいたるまで、我々は全て宗家のもの。わざわざ足をお運び頂き恐悦至極に存じます」

こちらへ、と院長は祭壇の前に設置された宗家専用の倚子《いし》を示したが、長束はそこに座ろうとはしなかった。居並ぶ院生達の前までやって来ると、くるりとこちらを振り向く。それに自然と付き従うように、路近と呼ばれた護衛も長束の一歩後ろの位置に控え、部下達もそれに続いた。

目の前の院生達を見回した長束は、教官の前口上を待たなかった。

「荳兒諸君、まずは峰入り、おめでとう」

ここでの君達との出会いを嬉しく、また誇りに思う、と長束は朗々と告げる。

「近年、宗家と勁草院の関係は疎《おろそ》かになりがちであった。だがそれは、宗家と勁草院、互いにとって、とても不幸な状態であったように思う。今回は残念ながらいらっしゃることは叶わなかったが、若宮殿下も今後は折を見つけて勁草院へと足をお運びになるご意向である」

何せ時代の変わり目だ、といささかも表情を変えずに長束は言い切った。

「我々を害する猿がやって来た。勁草院も山内衆も、そして宗家も、今までのようにはいられない。新院生のみならず、在院生諸君にとっても、これからは時代に合った態度が求められるだろう」

きらりと目を光らせて、長束は講堂内を睥睨《へいげい》した。

「金烏の剣となり、楯《たて》となるという意味で、私と諸君とは共に同じ立場にある。我らが主君を戴き護り、山内の安寧を保つのは我々なのだ。その誇りを持たないものに、刀は預けられぬ」

――諸君が勁草院《ここ》で、金烏に最も忠実な者としての自覚を持つことを期待する。

「励め！」

空気の震える大喝に、気付けば院生達は「はっ！」と敬礼を返していた。

胸の下で両手を重ね、手のひらを上へと向けるこの姿勢は、鳥形になった時に現れる三本目の足を相手に捧げる行為を模したものだ。

講堂内の院生達に見えない三本目の足を捧げられた長束は、満足そうに頷いた。

一行はその後、閉式の辞が述べられてすぐに、院長とともに講堂を出て行ったのだった。


「長束さまは、本当に若宮殿下と仲がいいんだな」

式の終了後、今後の授業説明を受けるために食堂へとやって来た茂丸は、式の間、最前列にいた雪哉を見つけて話しかけた。

「そうでしょう。少々、過保護なきらいはありますが、若宮殿下の一番の支持者であるのは間違いないですよ」

「宗家の八咫烏を見たのは初めてだが、やはりこう、威厳っていうのか？　偉そうな感じが一味違うな」

ざわざわと雑談に興じていると、食堂の入り口に人影が見えた。そして、それが何者かを茂丸が認識する前に、大きく息を吸う音がした。

「貴様らには、既に己が院生なのだという自覚がないのか！」

柱がびりびりと震えるような大声であった。

のんびりとおしゃべりをしていた荳兒達は飛び上がり、慌てて口を閉ざしたものの、時すでに遅し。補助教官を従えて食堂に入って来た教官は、その額に青筋を立てて怒鳴り散らした。

「ピーチクパーチクと囀《さえず》りおって、調子に乗るなクソガキどもが！　今のお前達はさんざん鳴き、喚《わめ》き、口を開いて餌《えさ》を突っ込んでもらうのを待つだけしか能のない、ただの雛《ひよこ》だ」

いきなり新入りを怒鳴りつけた教官は、武人としては背の低い男だった。だが、偉そうに組まれた腕には目を疑うほどの筋肉が盛り上がっていて、あれで殴られたらどうなるかを想像すると、背筋がうすら寒くなる。

年の頃は、院長よりもいくらか下といった感じだろうか。その顔立ちは、厳格ながらも年長者特有の思慮深さを感じさせた院長とは異なり、金壺眼《かなつぼまなこ》に獅子っ鼻――言ってしまえば、やくざ者を画に描いたような強面《こわもて》である。使い込まれたなめし革のような肌をしており、頭髪が一切ない頭が黒くつやつやと輝いて見えた。

「教官の前で、何を偉そうに座っている。立て！」

命令を受け、雛鳥《ひなどり》扱いされた新入りたちが、泡を喰ったように立ち上がる。その間も「遅い」「ぐずぐずするな」と、四方八方から叱責が飛んだ。

いつの間にか、四名もの補助教官が新入りを取り囲み、きつい目つきでこちらをじろじろと眺めていた。

「わしは、貴様らの実技主任となった、勁草院院士《けいそういんいんし》華信《かしん》である」

名乗りを上げた教官は、低い位置から睨み上げるようにしながら荳兒の前を歩いた。

「尻に卵のカラをくっ付けたような貴様らを見ると頭が痛いが、引き受けてしまったものは仕方がない。ピヨピヨ言いながら口を開けたままの奴には、取って来た餌を詰めに詰め込んで、その腹がはち切れるまで詰め込み続けてやる」

だから、と方向を変えながら華信は言う。

「そうなる前に、餌を運んでくる奴らの飛び方、狩りの仕方を盗むだけの意識を持て。一旦嘴を閉じて餌を咀嚼《そしやく》しさえすれば、腹がはち切れる前に、飛べるだけの血肉はつくはずだ」

ぴたりと立ち止まり、華信は目の前の一人に顔を近付けた。

「おい、お前」

「は、はい！」

「山内衆に必要な素養とは何だ」

「は？」

「勁草院の入峰試験科目は、それによって構成されている」

言ってみろ、と言われたその院生は震えるばかりで、何も答えられなかった。

「遅い！　分からないなら、分からないと言え」

「わ、分かりません」

「己の怠惰《たいだ》を恥じろ。次！」

隣にいた院生は、しどろもどろながら答えだした。

「剣術と、弓術と、あと、馬の乗り方……？」

「それだけか」

「これ以上は、分かりません」

「貴様は鶏《にわとり》か。自分のやったことさえろくに覚えていられないのか」

「すみません！」

「簡単に謝るな、虚勢でも胸を張れ。相手が誰であろうが、他者に付け入る隙を易々《やすやす》と見せるんじゃない。次！」

「山内衆になるために身に付けるべき素養は、六芸四術二学《りくげいしじゅつにがく》です」

落ち着いた声の即答に、華信は怒鳴らずにその院生を見返した。

「その意味は？」

「六芸とは、礼、楽、射、御、書、算の六つの芸事であり、四術とは兵、剣、体、器の四つの術、二学とは医、法の二つの学問を指します」

流れるような回答に、同輩の間から感嘆の声が漏れる。

華信に指名された三番目の院生は、赤い髪をした美少年――西家の明留《あける》だった。

真っ直ぐ前を向いたままの明留をじっくりと見つめた後、ようやく華信は「その通りだ」と頷いた。

「今こいつが言った通り、山内衆になるために身に付けるべき素養は、まとめて六芸四術二学と呼ばれている」

六芸は、緊急時に文官と同じ権限を与えられる山内衆として、身に付けるべき必須の事項であり、これらは『礼楽《れいがく》』『弓射《きゅうしゃ》』『御法《ぎょほう》』『書画』『算法』という五つの科目にまとめられている。

これに、用兵術を学ぶ『兵術』、剣の腕を磨く『剣術』、徒手格闘を習う『体術』、槍や手裏剣投げなど、刀や弓以外の道具を使った戦闘技術を身に付ける『器術』の四術が加えられる。

さらに、いざとなった時の傷病に対応するための『医薬』と、朝廷の法令、山内衆が力を行使出来る範囲を学ぶ『明法』の二学が加えられた十一の科目が、勁草院の主要教科となるのだ。その他、場合に応じて特別授業が設けられ、学年が上がるに従い、座学よりも演習が増えていく。

「このうち、実技教科とされているのは『弓射』『御法』『剣術』『体術』『器術』の五つ。草牙、貞木になれば『兵術』に実戦形式の演習も加わる」

少なくとも十一の科目のうち、約半分を華信が担当することになるのだ。

「甘えは許さん。容赦もしない。去りたいなら去れ。逃げたいなら逃げろ。やる気のない奴を引き留めてやれるほど、勁草院は甘い場所ではない」

ふいに静かな口調になって告げられた言葉に、茂丸の前にいた者が、ごくりと唾を飲み込んだ。

「これより、それぞれに珂仗《かじょう》を貸与する。名前を呼ばれた者は、返事をして前に出ろ」

はっ、と敬礼をした萱兒達に、それぞれ珂仗が渡される。

これまで、何人の手を経て来たものなのだろうか。茂丸に渡された珂仗は、佩《は》き緒《お》こそ新しかったものの、あちこちに細かい傷がついていた。

全員に珂仗が行き渡ったのを確認し、華信は補助教官を一人、前に呼び寄せた。

「これから先、授業に際して好き勝手な羽衣など許されぬ。今すぐ、この者と同じ形の羽衣を編め」

華信の言葉を受け、補助教官は院生達に見えやすいよう両手を広げ、その場でゆっくりと一回転して見せた。

儀式で教官達が身につけていたものや、長束の護衛が纏っていたものとは、全く違う形の羽衣である。袖《そで》は袂《たもと》がない筒のような形で、肘の部分できゅっと絞られていた。袴《はかま》の膝下は、脚絆《きゃはん》と足袋《たび》がつなぎ目なく一緒になっているようである。胸から腿にかけては襴《らん》のついた胴巻《どうま》きで覆われ、その上から帯を巻いているので、一見して袍《ほう》を着ているように見えなくもなかった。

なるべく同じ形になるように羽衣を編んだつもりだったが、院生の間を歩きながら駄目な部分を指摘して回る補助教官に、茂丸も注意を受けた。

「見た目だけでは意味がない。膝と、肘の部分をことさら厚くして、体にぴったり固定するようにしろ。少なくとも、足裏と同じくらいしっかり編む必要がある」

「厚く……？」

「関節を守るためだ。ぶつけた時に衝撃を吸収するよう、何重にも重ねてやり直せ」

なるほど、と羽衣を編み直していると、補助教官と同様に歩き回りながら、華信が説明を始めた。

「この羽衣の形は、実戦で動きを阻害しないため、極力無駄を省いたものだ。急所を守るつくりになっており、機能性は折り紙付き。なおかつ、儀式や礼典の際に威儀を損なわぬよう、正確に編みさえすれば、どこぞの芋烏《いもがらす》でもそれなりに美しく、折り目正しく見えるようになっている」

大体の修正が済んだのを確認した華信は、今後の院生生活において、この形の羽衣を身に付け続けるようにと念を押した。

「次は、珂仗の佩《お》び方だ」

武人は変事あらば転身して、自らが大烏《うま》となる必要がある。その際に武器を取り落とさないよう、また、佩き緒が転身を妨げないように佩刀《はいとう》しなければならない。

「貴様らは今後『御法』で学ぶことになるが、佩き緒の正しい使い方さえ知っていれば、刀や太刀は大烏《うま》の轡《くつわ》、鐙《あぶみ》の代わりに出来る。いいかげんな結び方をしておいて、いざという時に役に立たないなんて姿をさらしたら、わし自ら出向いて貴様らを刀の錆《さび》にしてくれるからな」

どうやって珂仗を騎乗道具の代わりにするのか想像も出来なかったが、言われた通りに佩き緒を結び、珂仗を腰に佩びる。再び補助教官達による検査に合格して、ようやく全員が勁草院の院生らしい格好となった。

全てが終わっても、まだ日は高い刻限である。

その足で荳兒達は、大講堂前の広場へと連れ出された。いよいよ本格的な実技が始まるのかと茂丸は密かに胸を膨らませたのだが、結局その日、華信が口にした命令は「集合！」と「整列！」の二言だけであった。

ばらばらに動いていた新入り達は、号令に従って整列しては散開し、場所を移動、再び集合、整列、そして再び散開する——という行動を、日没まで延々と繰り返させられたのである。

夕餉の支度が始まる時刻になり、ようやく「今日はここまで！」の号令がかかった時には、新しい豈兒達は体よりも精神から来る疲労にぐったりとなっていた。

「何なんだ、あれ……」

「あんなことをして、一体どんな意味があるんだ？」

同じ命令をひたすら繰り返させられた同輩達は、しきりと文句を言っていたが、この退屈極まりない訓練は、初日だけでは終わらなかったのである。

翌日も、そのまた翌日も、午後の時間はこの訓練だけに費やされ、徹底して集団での動き方を叩き込まれたのだ。結局、号令を一つ聞けば、その声に応じて体が勝手に動くようになるまで、他の訓練は一切許されなかった。

豈兒は、いつ終わるとも知れない単調な訓練にうんざりしつつも、同時に、座学の講義をこなしていくことになった。

茂丸にとって問題だったのは、訓練よりも午前中の座学だった。

午前の講義——『礼楽』『書画』『算法』『兵術』『医薬』『明法』の六つの座学。

文字を読むこと自体が故郷ではまれだったから、どの授業も、茂丸にとってはちんぷんかんぷんである。しかも、教官から出される課題の量は、聞きしに勝るものだった。

食事と風呂を済ませて自室に戻ってから、寝る時間を惜しんで課題に没頭したのに、結局全ては終えられないのだ。しかしこれは茂丸に限らず、平民階級出身者の多くが、同様の苦戦を強いられているようだった。

二日目以降、雪哉は茂丸の課題を手伝ってくれるようになったのだが、それを聞きつけた平民階級の同輩達が、恥を忍んで助けを求めて来た。雪哉は嫌な顔ひとつせず、出来る限り茂丸達を助けようとしたが、そこで大きな壁にぶち当たったのである。

――雪哉は、他人にものを教えるのが、信じられないくらい下手くそだったのだ。

「想定外だ。まさか、こんなことで自分の無力を痛感する羽目になるなんて！」

最初「それくらいお安い御用ですよ」と意気揚々としていた雪哉は、言葉が通じるのに意思の疎通が図れないという事態に直面し、頭を抱えた。

「もういい、もういいよ雪哉。お前が本気で教えてくれようとしたのは分かったから……」

十番坊に集まった連中は、明日の教官からの叱責を思って泣いた。それを心苦しそうに見ていた雪哉は「本当はよくないんですけどね」と言いつつも、こっそりと課題を写させてくれるようになった。

座学は、どれも茂丸の天敵だ。当然、好きになれるはずがなかったが、そんな中で、一味違うと思える授業があった。

それが『礼楽』である。

初回の『礼楽』があったのは入峰の翌日、勁草院における、最初の座学の授業がこれであった。

食堂の膳を片付けた後、隅に寄せられていた長い座卓を並べて、茂丸達は緊張しながら教官を待っていた。そこに「みんな、おはよう。ゆうべはよく眠れたかな」と言いながらにこやかに入って来たのは、勁草院の教官らしからぬ男だった。

年は四十過ぎだろうか。脂っ気のない髪をゆるくまとめており、温和そうな顔立ちには笑い皺が刻まれていた。体に合わせて編まれた羽衣はゆったりとしており、さながら、若くして店の奥に引っ込んだご隠居といった風情《ふぜい》である。ただ、普通のご隠居と異なり、その右腕は存在していなかった。

――『礼楽』の教官は、年の割には枯れた雰囲気の、隻腕《せきわん》の男であった。

「私の名は清賢《せいけん》。この一年間、君たちの『礼楽』を担当することになった。授業内容について、何か分からない点や要望などがあったら、遠慮なく言うといい。この授業に割《さ》かれる時間は決して短くはないからね。どうせなら、お互いに有意義な時間を過ごせるように努力していこう」

前日の午後いっぱい、おっかない顔の華信に怒鳴られ続けた荳兒達は、清賢と名乗った教官の笑顔に拍子抜けした。ほとんどは困惑しただけだったが、分かりやすい一部の院生は腰の低い教官に対し、早くも侮《あなど》りを抱いたのだった。

「院士《せんせい》」

さっと手を挙げたのは、授業が始まる直前まで、勁草院の座学の多さに不満を漏らしていた者だった。

「何だね」

　笑みを浮かべたまま顔を向けた清賢に、はきはきとその院生は質問した。

「正直、『礼楽』の授業を勁草院で受けなければならない理由が分かりません」

「おや」

　これは参った、と眉を八の字にして呟く清賢には、怒る気配が一向にない。それに勇気付けられたように、質問した院生はますます調子に乗った。

「山内衆になるには、剣の腕が一番重要なんじゃないんですか？　それなのに、昨日は順刀《しない》に触れさせてももらえませんでした。こういった授業をやる時間があるなら、その分、道場に行った方がよいと思います」

　確かに『礼楽』は、座学の中でも、最も意義を見出しにくい授業である。『書画』や『算法』はまだ納得出来る。指令書の読解やら行軍の計算やらに必要だと分かるからだ。しかし、『礼楽』は容儀《ようぎ》帯佩《たいはい》や宮中道徳といった、何をやるのかよく分からない内容ばかりなのだ。

　ただでさえ、集団行動の他は座学ばかりの現状に不満のあった連中が、口ぐちに同意するような囁きをこぼしていった。

「それに、その腕はどうしたんですか」

　興味本位の質問に、清賢は苦笑する。

「若い頃に、色々あってね」

「勁草院の教官なのに？」

腕が片方なくて、武人となる自分達の指導が出来るのか、と言いたいらしい。

座学の多さに辟易《へきえき》していたのは茂丸も同じだったが、これは流石《さすが》に関係ないし、失礼なのではないかと思った。院生らしからぬ舐《な》めた態度に、清賢はどうするのかと反応を窺ったが、彼は暴言について、一切咎《とが》めようとはしなかった。

「心配してくれるのはありがたいが、私はすでに近衛《このえ》の任を解かれている。お察しの通り、この体ではまっとうな護衛など出来ないから」

動揺こそ見せないものの「困ったなあ」と言わんばかりの表情に、何人かの院生から失笑が起こった。

「それでも、世の中というものは上手く出来ていてね」

淡々と続けられた言葉に、ふと、笑いがおさまる。

「適材適所、確かな力さえ持っていれば、それを発揮できる場所はどこかに存在しているものだ。私の場合、山内衆としての資格はとうに失ったが、山内衆を鍛える役目の適性が見出された。つまりは君達の指導役として、こうしてここに立っている」

穏やかな表情はそのままなのに、空気がぴりりと緊張をはらんだ。

「山内衆は時に、文官に代わって力を行使する権限を持つ。君達は、ただの兵になるのではない。『礼楽』において君達が学ぶのは、力の付け方ではなく、身に付けた力をどう行使するか――つまりは、力の使い方だ」

まあ、それはこの授業に限らず、学問全般に言えると思うがと感慨深げに呟いた時の顔つきは思慮深く、若者達の侮りを一切寄せ付けないものだった。

「君たち自身が力になってはいけない。それでは、まるで意味がない」

きっぱりと言い放ち、静まり返った院生達に向けて、清賢は目を細めて見せた。

「勘違いをするな。腕っぷしが強いだけなら、谷間《たにあい》の荒くれ者達と何も変わりはしないのだ。君たちは無法者などではない。そんな者を育てるために、勁草院《ここ》が存在するわけではない」

この授業は、力ばかりあり余って、とかく理性なく暴走しがちな獣を、立派な一人の山内衆《にんげん》にするためのものだと、清賢はあくまでも穏やかに、だが力強く宣言した。

「それを聞いた上でなお、この授業に不満があるのなら、受けてもらわなくても構わない。その意志を尊重しよう。ただし他の院生の邪魔になるから、速やかに出て行きなさい」

『礼楽』は六芸四術二学の中で、真っ先に挙げられる必須科目である。教室から出て行ったら、その足で自室まで行って荷物をまとめ、今すぐ勁草院に別れの挨拶をしなければならなくなるのは明らかだった。

「……質問は、以上かな？」

凍り付いた生徒達を、静かだが、抗《あらが》いがたい視線でぐるりと見回して、清賢は口元にほのかな笑みを浮かべた。

「よろしい。では、授業を始めよう」

この日の授業は、院生の自己紹介と、清賢が今後の予定を話すだけで終わった。その間、清賢は一度も声を荒げず、優しい態度をちらとも崩さなかったが、鐘の音を聞いて礼を終え、食堂を出て行く頃には、新入り全員がほぼ同じ感想を抱いていた。

——もしかしたらあの人は、華信院士よりもおっかないかもしれない、と。

そして、その次に行われた『算法』の授業において、清賢が自分達の、座学教科の主任教官であることを知らされたのである。

ひたすらに集団行動訓練と座学の課題をこなし続けているうちに、峰入りした時に咲いていた桜はすっかり葉桜に変わり、集合、整列も完璧に行えるようになった。ようやく本格的な実技教科に入ることが許され、最初に始まった実技教科は、『御法《ぎょほう》』であった。

御とはすなわち、馬《おおがらす》、飛車《とびぐるま》を操《あやつ》る技である。山内衆は、自身が馬になったり御者になったりするから、二人一組になり、上空で人馬が入れ替わって長時間飛び続けられるようにするのが最終的な目標に設定されていた。

『御法』の始まりは、行軍訓練である。

教官と補助教官に先導、または並走されながら、全員で勁草院の敷地を走り回り、場所によっては鳥形になって空を飛ぶ。

八咫烏は、日が暮れると転身する力を失ってしまう。

鳥形のまま日没を迎えれば、翌日の日の出まで人形に戻ることは出来ないし、その逆もまたしかりである。そのため行軍訓練は日没を目途《めど》に終了となったが、この訓練がまた、長かった。

何せ、昼餉後から日が落ちる直前まで、休憩を挟みつつとはいえ、何度も転身を繰り返すのだ。

　茂丸は最初、この訓練に雪哉はついて来られるだろうかと心配していた。

　自分のような平民は鳥形への転身にも慣れていたが、宮烏の中には、一生を人形のままで過ごし、転身を経験しないまま一生を終える者も少なくないと聞いている。実際、他の科目では成績優秀だった明留が、この行軍訓練では苦戦しているようだった。

　八咫烏は、中央に行くに従って――あるいは、身分が上へいくに従って、鳥形となることを「恥」と捉える傾向がある。そうなってしまった背景には、人形での生活が立ちいかなくなった者は大烏《うま》となり、鳥形のまま働かなければならないという現状が関係していたし、『斬足《ざんそく》』という刑罰の存在もあった。

『斬足』は、死刑、山内追放の次に重い刑罰であり、強制的に鳥形を取らせ、生涯にわたって馬としての労役を課すというものである。

　鳥形をとった時に現れる三本目の足は、八咫烏にとって「山神に与えられた神性の証」であり、最も重要な器官であるとされていた。だからこそ、山内における武人の敬礼は、それを差し出す行為を模したものなのである。『斬足』とは、この三本目の足を斬り落とすことであり、これをされると八咫烏は、二度と人形には戻れなくなるのだ。

　おそらくはそのために、鳥形にならなくとも支障のない暮らしが出来る宮烏は、人前での転身を嫌うのだと思われた。だが平民からすれば、鳥形になった方が移動も手っ取り早く、効率的に働けるのだから、「恥ずかしい」という理由で鳥形にならない方が馬鹿らしい。

雪哉は地方貴族出身との話だったが、そのあたりの感覚はどうなっているのだろう?

訓練開始時、少なからず懸念していた茂丸だったが、結局その心配は杞憂に終わった。

この訓練で一番の難所は、竹林であった。

余分な竹を間引き、鳥形のままでぎりぎり飛び抜けることが出来るか出来ないかくらいにまで調整された竹林だ。上空では教官が監視しており、ズルをして竹林の上を通ろうとすれば、たちまち厳しい指導が入る。

翼使いが巧みな者は鳥形のままそこを突破するが、下手な者は途中で人形になってしまったり、竹にぶつかってしまったりした。鳥形のまま一人が行き詰ると、後ろから来た者の進路を塞《ふさ》いでしまうので、飛ぶのには慣れている茂丸もこれには難儀した。

やむなく人形に転身し、珂仗を手に持ったまま茂丸が走りだそうとした時だ。

頭上の混乱を、すり抜けていく鳥影を見た。

見事な翼巧者《つばさこうしや》だった。

特別、飛ぶのが早いというわけでは決してない。だが、同輩達がわめき、羽が舞い、目の前が羽ばたきでいっぱいになっても、燕《つばめ》のような身軽さでひらり、ひらりと躱《かわ》していくのである。

後方から来たのに、最終的に先頭集団の仲間入りを果たしたそいつは、人形に戻るとたんぽぽの綿毛のような頭をしていた。

間違いない。雪哉である。

「茂さん、お疲れさま」

遅れて到着した茂丸を出迎えた雪哉は、まだまだ余裕のある表情をしていた。

「すごいな、お前！　気が付いたら一番前にいるから、驚いたぞ」

「地方貴族といっても、実態は武家ですからね。武人としての基本は、子どもの頃に叩き込まれました。武人は鳥形になれなきゃ、有事の際に使い物になりませんからね」

しばらくして分かったことだが、それまで我流で鍛えて来た茂丸にとって、正統な武家出身者である雪哉と仲良くなれたのは幸運だった。

実技教科において、茂丸達、平民階級出身者の身に付けて来た力は、教官達によってことごとく否定されてしまったのである。

『弓射』ではまず、立ち方から違うと指摘を受け、矢を手に取ることさえ許されなかった。基本がなっていないと怒られたのは他も同じであり、『体術』では受け身ばかり、『剣術』では姿勢の矯正と順刀《しない》の持ち方からやり直しを命じられたのである。

何日もの間、射法の矯正、受け身、素振りだけを続けさせられれば、誰でも気落ちするというものだ。

「……やっぱり、俺達って差別されているんじゃないのか」

実技科目が、ようやくひとめぐりした後のことである。

この頃には、空いている坊に集まっての勉強会が、毎夜の恒例となっていた。勉強会といっても、その実態は『雪哉の課題を写させてもらう会』だ。最初は二号棟十番坊に集まっていたのだが、助けを求めて来る同輩が三名を超えてからは、場所を空き部屋へと移したのである。

集まっているのは出身地を問わず、もっぱら平民階級出身の者達だ。

何も書き込まれていない課題を前にしたまま、暗い顔で教官の差別を疑ったのは、昼間の『剣術』で教官にことさら怒られた東領出身の桔苹《きつぺい》だった。

「どうしたんだ、いきなり」

茂丸は課題から顔を上げ、硯《すずり》に筆を置いた。教官の差別を疑った桔苹は、「いきなりなんかじゃない」と、堪え切れなくなったように不満をぶちまけ始めた。

「ずっと思っていたんだよ。いや、座学に関してはまだ分かるさ。明留達の頭がいいのは、授業を見ていれば分かるから」

問題は実技教科だ。

自分達は剣の腕や身体能力を買われて勁草院にやって来たのに、実際はろくにその力を発揮する機会すら与えられず、叱責を受けるばかりなのだ。これでは、さっさと辞めてしまえと、無言で嫌がらせをされているようなものではないか、と。

「実際、明留やその取り巻き連中は、全然教官から怒られていないじゃないか。こんなの理不尽だ」

俺もそう思っていた、実は俺も、と、話を聞いていた同輩達が、口ぐちに不満を漏らしていった。

「俺、地元じゃ剣の腕は一番だったのに、素振りしかさせてもらえてねえもん」

唇を尖らせたのは、お調子者の久弥《ひさや》だ。

「試合さえさせてもらえりゃ、俺達の力を見てもらえるのにな」

普段はあまり不平を漏らさない、辰都《たつと》までがそんなことを言う。

「華信の野郎も、本当は裏で俺達を馬鹿にしているんじゃないのか」

枯苹が再び息巻いたのを見て、こりゃ、あんましよくない傾向だな、と思う。不平不満の行き先を敏感に感じ取った茂丸は、淀んだ空気を打ち払うように手を鳴らした。

「ほらほら、文句ばっか言ってないで、さっさと手を動かせお前ら。腕に覚えがあるのなら、乱取り稽古が始まった時に実力を見せればいいじゃねえか」

「だってよう、茂さん。その乱取りさえ、させてもらえるか分からないんだぜ」

「茂さんはそれで構わないのかよ」

同じ境遇の友人達からじとりとした視線を受けて、茂丸は反応に困った。

自らそうなろうと企図したわけではなかったが、雪哉の始めた『茂さん』呼びが浸透した頃から、茂丸は彼らのまとめ役として目されるようになっていた。そうなってしまった以上、宮烏の連中との諍《いさか》いは避けたいのだが、確かに、茂丸にも疑問がないわけではないのだ。

課題に苦しむ茂丸達に対し、貴族階級出身者は、総じて座学も実技も着実にこなしているようだった。中でも、宮烏代表とも言うべき西家の明留の優秀さは群を抜いており、『御法』以外で、教官から注意される姿を見た者はいなかった。苦労する平民階級出身者は明留に対し、羨望《せんぼう》とも、やっかみともつかない視線を向けるようになっていたのである。

もっぱら、火を吹くような教官の怒鳴り声にさらされているのは、茂丸などの平民階級出身者だ。僻《ひが》むわけではなくとも、なんらかの裏事情があるのではないかと勘繰《かんぐ》ってしまうのも仕方がなかった。

何と言ったらよいものか考えていると、「お疲れさまー」という気の抜けた声と共に、席を外していた雪哉が戻って来た。

「お茶っ葉を貰おうと思ったら、厨房《ちゅうぼう》で干し芋をくれたよ。一旦休憩にしないか」

気のいい笑みを浮かべる雪哉に、先ほどまで宮烏の悪口を言っていた連中が、気まずそうに顔を逸らす。さんざん世話になっている手前、雪哉を悪く言える者はここには存在していないのだ。

「……何かあったの?」

おかしな雰囲気に気付いた雪哉が説明を求めて来た。

「いやいや、何でもねえよ!」

慌てて久弥が誤魔化《ごまか》そうとしたが、ここは雪哉の意見を聞いた方がいいだろうと茂丸は判断した。正直に今上がった不満を伝えると、雪哉は宮烏を悪く言われたことを不快に思う風でもなく「それは違うと思うな」と冷静に否定したのだった。

「多分、今教わっているのは、御前試合を前提にした技なんだよ」

「御前試合を?」

だってここは勁草院だぜ、と雪哉は笑った。

「宗家の近衛兵が、ごろつきと同じじゃ困るんだよ。喧嘩じゃなくて、まっとうに戦うための技術を学ぶんだから、これまで正統な指導を受けて来なかった八咫烏が注意されるのは、ある程度は仕方ないと思う」

まあ、皆が不満を持つのは当然だと思うけどね、と雪哉はとりなすように言った。

「何より、変な癖がついていると後で体を痛めるから、ここは素直に従っておいていいんじゃないかな。華信院士《せんせい》は口こそ悪いけれど、変な指摘はしていなかったよ」

「そう――なのか？」

変な指摘か、的確な指摘か、それすらも茂丸達には分からなかったのだ。戸惑いを隠せない同輩達に向かって、不安にならなくて大丈夫、と雪哉は明るく声をかけた。

「確かに、明留は全然指導されていなかった。でも、あいつが矯正されなかったのは、何も西家の御曹司だからじゃない。おそらくは入峰前から、優秀な師範の指導を受けて来たんだろう」

明留には、矯正する必要がそもそもなかったのだ。

教官達が贔屓《ひいき》しているわけではないと分かって安心した一方で、こういうところで差が出るのか、と少しだけ焦る気持ちも出て来た。

難しい面持ちとなった同輩達に対し、しかし、雪哉は頓着しなかった。

「皆は、貴族連中との差を気にしているみたいだけど、道場でお手本みたいな動きが出来るからといって、実戦に強いかどうかはまた別問題だよ。今、乱取りとか試合になったら、多分皆の圧勝だと思う」

「そう思うか？」

「だって、どう見ても喧嘩《けんか》慣れしてないでしょ、あれ」

雪哉は目を細めて口角を引き上げたが、今度は笑っているようには見えなかった。

「これだけ様子を見ていれば、誰がどれくらいの実力を持っているかくらい、察しはつくさ。流石、ここにいる皆は腕を買われて来ただけあるよ。身体能力で言えば、かなり上位に入るんじゃないかな」

「お前、授業中に他人を見ていたのか！」

こっちは自分のことで精いっぱいだったのに、と桔苹が呆れたように言う。

「とにかく、僕みたいな――宮烏とは名ばかりの武家出身者は例外として、明留とか、その取り巻き達が馬脚を現すのは、そう遠くないと思うよ」

自信ありげに言い切った雪哉に、仲間達は顔を見合わせた。

「よし。ここは雪哉の言葉を信じて、俺達は今、自分に出来る最善を尽くそうじゃないか」

な、と茂丸が同意を求めれば、「ああ」「そうだな」と不満を言っていた者達も、素直に頷いた。雪哉の言葉がどこまで本当かは置いておいても、皆が納得してくれたことに、茂丸はひとまず胸を撫で下ろしたのだった。

そして数日後、雪哉の言葉は、そのほとんどが的を射ていたものだったと、思い知るのである。

まず、教官達の間に差別意識がなかったのは、早々に明らかとなった。

指導通りの形で打ち込みが出来るようになった順に、平民出身の者でも乱取りに参加出来るようになったのだ。

素振りに使用するのは木刀であるが、乱取りや打ち込みに使用するのは、竹で誂《あつら》えた順刀《しない》だ。水を得た魚のように順刀を振るう仲間に茂丸は嬉しくなったが、ここで、雪哉の言葉が「全て」ではなく、「ほとんど」合っていたと言わざるを得ない出来事に直面した。

取り巻き連中が次々に平民出身者によって負かされていく中でも、明留は己の優位を守り続けたのである。明留をやっかんでいた者は乱取りに参加出来るや否や、早々に明留に勝負を挑んでいったが、ろくに一本を取れないままだった。

「喧嘩慣れはしていないかもしれないが、あいつが道場剣術に慣れているのは間違いないみたいだな」

休憩時間中、手ぬぐいで汗を拭きながら話しかけると、雪哉は苦笑した。

「そうだね。少なくとも、彼がかなり訓練を積んで来たのは確かなようだ」

話題の中心となっている明留を見れば、自分の取り巻きが情けない姿をさらしたことを怒っているのか、ひどく不機嫌そうな顔をしている。

「彼を、少々甘く見過ぎていたかな」

そううそぶく雪哉に、茂丸はひとこと言ってやりたくなった。

「随分な上から目線だが、お前こそ、乱取りでろくに戦えていなかったじゃないか」

「ありゃ。見ていたんですか」

「乱取りの順番待ちをしている時にな。今のままだと、ちょっとまずいんじゃないのか」

陰で大口を叩いている割に、雪哉の剣術の腕前は、さほどのものではなかったのだ。

打ち込みは形になっているし、動きが鈍いわけでもない。実際、乱取り形式の稽古に参加するまで、茂丸は雪哉には何の問題もないものと思い込んでいた。

しかし蓋をあけてみれば、乱取りになっても、雪哉には攻めっ気が全く感じられないのだ。防戦一方となっているのに気付き、教官が大声で叱りつけたりもしていたが、雪哉はへらへらと笑ってばかりで、改善される様子は全く見えなかった。

――喧嘩慣れしていないのは、本当は雪哉の方かもしれない。

勁草院の試験は、座学よりも実技重視だ。これまでは自分の心配でそれどころではなかったが、雪哉の進級が危ういとなれば、今度はそちらの方が気になった。

「大丈夫、大丈夫。風試までには、何とかするから」

呑気なのは本人ばかりである。

そうこうしているうちに、休憩が終わった。

道場へ戻ると、換気をしても消えない汗臭さがこもっていた。それにももう慣れたもので、言われる前に防具である胴と小手を付け、頭を羽衣で覆う。

再開後は乱取りに戻るものと思っていたが、茂丸の予想を裏切って、試合形式の稽古が行われることが告げられた。本来であれば二本先取で勝敗を決するところであるが、しばらくのうちは試合に慣れさせるため、先取り如何《いかん》には関係なく、必ず三回は対戦させる形式をとるという。道場の中央に四角を描くように教官達が立ち、試合場の範囲が決められる。茂丸は雪哉と一緒に、教官達を少し遠巻きに囲むようにして、観客としては最前列にあたる位置に腰を下ろした。

主審となった華信が中央に立ち、院生を名指しする。

「赤、三の二の明留。前へ」

呼ばれるだろうと予想していたのか、当然という顔をした明留が進み出て、補助教官から赤い帯を受け取った。

「白、一の一の千早《ちはや》。前へ」

明留の相手として呼ばれたのは、茂丸があまり知らない顔の荳兒だった。

授業中にすれ違った記憶はあるのだが、会話した覚えもなければ、自己紹介の時に何を言ったかも覚えていない。あまり印象にない奴だな、と思って眺めれば、そいつは、見た目からしていかにも寡黙《かもく》そうな男だった。

真一文字に結ばれた口は、生まれてこの方、一度も開かれたことがないかのごとき閉ざしようである。上背がある体つきは均整がとれており、よく引き締まっていたが、面長な上に頬骨が尖っているせいか、どことなく痩せて不健康そうに見えた。顔に垂れた長い前髪の間から覗く三白眼《さんぱくがん》は、ひどく鋭い。

教官によって最初の試合に選ばれたということは、おそらく、この二人は現時点で、同輩の中で最上位の腕前を持っていると判断されたのだろう。

白い帯を腰に結んだ千早が、すでに開始線で待っている明留の前に立った。両方の準備が整ったと見た華信が、副審の教官達と目を合わせてから、頷き合う。

「始め！」

開始を告げられると同時に、明留が「ヤアッ」と気合の声を上げた。だが、千早の方は黙したまま、微動だにせず明留を見つめている。

一瞬、明留は不審そうな顔を見せたが、すぐに自分から打ち掛かって行った。

明留は、院生の中では身軽な方である。素早い動きで肉薄し、勢いよく順刀を振り下ろした次の瞬間、その順刀は宙を切っていた。

それが起こったのは、一瞬だった。

軽く体をねじるようにして打ち込みを避けた千早が、左手一本で持った順刀で明留の胴を薙《な》ぎ払う。

パァン、と綺麗な音が響き、副審二人が一斉に、白い帯を絡ませた左手を上げた。

「白、一本！」

――見ているこちらが、目で追い切れぬほどの早業であった。

主審が左手を上げるのを確認し、千早はろくに乱れてもいない襟元を正す。明留は呆然としていたが、すぐに表情を引き締め、開始線へと戻った。

「始め！」

主審の声に、今度は明留も声を上げなかった。自分から飛び込んで行くことをせず、細かく動き、慎重に順刀の先を揺らしながら千早の出方を窺《うかが》う。

と、千早が動いた。

試合中とは思えない、まるきり無造作な動きで一歩前に出ると、両手から右手持ちに変え、防御しようとした明留の順刀を一刀のもとに弾《はじ》き上げた。

傍観《ぼうかん》していた院生達に向かって、弾かれた順刀がくるくると宙を舞う。

慌てて退《しりぞ》いた見物人達の間に順刀が落ちた時には、空手《からて》となった明留の面は、あっさりと千早に奪われてしまっていた。

「何だ、これ……」

誰かが呟くのを聞いたが、茂丸とてわけが分からなかった。

二人の力の差は、あまりに歴然としていた。

あっと言う間もなく二本を取られた明留の顔色は、既に酷《ひど》いものとなっている。本来の三本勝負ならばここで終了であるが、今回は最後の一本が残っていた。

順刀を手元に戻し、再び二人が向き合った時、両者の表情は対照的だった。

せめて一矢報《いっしむく》いてやらねば気が済まぬと意気込む明留に対し、千早は眼前の対戦相手に対し、さしたる感慨を持っていないようである。

三度目の「始め！」の声が響くと同時に、明留は裂帛《れっぱく》の気合と共に千早へと突きを繰り出した。千早は、もはや構えてもいない。迫り来る明留の切っ先を大げさに避けるでもなく、ただ首を傾げるだけでいなすと、左手のみで握った順刀で、明留のこめかみを打ち払ったのだった。

明留の体が吹き飛び、受け身も何もない、見ている方が心配になるような倒れ方をした。

「白、一本！　おい、大丈夫か」

一応勝敗を告げてから、華信が慌てて明留のもとへと駆け寄る。体を起こした明留は怪我こそしていないようだったが、自分の身に起きたことが理解出来ないという顔をしていた。

一方、明留を一顧だにせず開始線へと戻った千早はと言えば、相変わらずの無表情である。

双方、礼をして試合は終わりとなったが、これほどあっけない結果になるとは、教官達も思っていなかったらしい。少しの間話し合った後、試合に出る院生の名前が次々と呼ばれたが、その後、千早と明留の名が挙げられることはなかったのだった。


「すごいな、お前！」

「あんなに強いなんて、知らなかった」

「一体、誰に剣術を教わったんだ？」

試合後、千早はちょっとした人気者となっていた。

明留を快く思っていなかった者は勿論《もちろん》、単純に、その剣の腕前に惚《ほ》れ込んだ者も、皆して千早の話を聞きたがった。当の千早は矢継早《やつぎばや》の質問にも答えないままだったが、周囲を取り囲む連中は、本人の反応にはお構いなしに盛り上がっている。

午後の授業を終え、道場から帰る道すがらである。

いつもの勉強会の連中は、千早とその周囲に群がる者達からは少しばかり距離をとっていた。

「くそ。俺が一番に明留をやっつけたかったのに」

「いやいや。もう一回くらい当たってりゃ、絶対に俺が勝ってたぜ」

歯嚙《はが》みする桔苹と久弥に、辰都が溜息をついた。

「つまり、お前達も明留には敵《かな》わなかったんだな……」

「うるせえ！」

「何だよう。辰都だってろくに勝てなかっただろ」

内輪もめの始まった友人は放っておき、茂丸は明留達の方に目を向けた。

「それにしても、明留は大丈夫だったのかな」

明留本人は濡らした手ぬぐいをこめかみに当てて黙り込んでいるが、明留の取り巻き連中は、浮かれている千早の一団を苦々しい目で見遣《みや》っていた。

「千早はあれでも手加減していたみたいだから、怪我の心配はないと思うよ。問題なのはむしろ――」

言いかけて、雪哉がふと目を瞬かせた。

「どうした？」

雪哉の視線を追った茂丸は、思わず「げっ」と声を出してしまった。

「千早！　お前、お手柄だったそうだな」

騒いでいた荳児《とうじ》達は、その姿に気付いてはたと口を閉ざす。

どこで話を聞きつけたものやら、南橘家の公近が、食堂の方からこちらに向かって来るところであった。

近付いて来た先輩に怖気《おじけ》づき、千早にしきりと話しかけていた連中も一歩後ろに下がる。それには構わず、公近は親しげに千早の肩を叩いた。

「西家の坊ちゃんを、こてんぱんに負かしたって聞いたぞ。それは本当か」

当の千早は何も言わなかったが、公近は顔を上げ、自分達を無視して行こうとした一団を機嫌よく呼び止めた。

「なあ。本当なのか、明留」

明留はぴたりと立ち止まると、苛立《いらだ》ちを隠しきれない顔で公近を振り返った。

「……ええ、負けましたよ。それが何か」

「そうか、そうか。そりゃあ素晴らしい。知らないなら教えてやるがな、坊ちゃん。お前が負けたこの千早は、我が家に仕える山烏《やまがらす》なのだ」

顎で示された千早は、無言のまま公近の傍らに控えている。

公近の家――長束《なつか》派である、南橘家に仕える下賤《げせん》の者。

「若宮の忠臣を気取っているお前が、若宮派の代表としても、宮烏としても、一番負けてはならない相手だよ」

面目丸つぶれもいいところだな、と。

いやらしく笑う公近の言葉に、一瞬、明留は表情をなくして唇を震わせた。が、静かに息を吐くと、すぐに平静を取り繕《つくろ》ったようだった。

「僕を負かしていい気になっているところを申し訳ないが、そうしていられるのも、今だけですよ」

「あ？」

「今上《きんじょう》陛下から、若宮殿下への譲位が決まりました」

「――何？」

「近々、正式に発表があるはずです。南家の方々が粋《いき》がっていられるのも、後どれくらいでしょうかね」

はっきりと言い放った時、もう、明留の表情に動揺は見えなかった。

初耳だったのか、得意げだった公近の顔が驚きの色に染まる。息を殺して様子を窺っていた周囲も、我慢出来ずにざわめき始めた。

それを横目で見て、明留が小さく笑みを浮かべる。

「本当のことです。入峰の儀に若宮殿下が現れなかったのは、その件に関する御前会議が長引いていたためなのですから」

何かを思案するように黙り込んだ公近に代わり、明留は無言を貫く千早へと目を向けた。

「千早。君の力は大したものなのに、残念だよ。これから、政局如何によっては、君の主とども放院させられるかもしれないなんてね。落ち目の主につくなんて、運がないな」

せめて若宮派の者の下につけばよかったのに、という皮肉に対し、視線を足元に落としたまま、千早がぽつりと呟いた。

「……長束派も若宮派も、俺は別に、どうでもいい」

思わず目を丸くした明留よりも、公近の方がその言葉に驚いたようだった。

「おい！　貴様、何を言っている」

こっちへ来い、と他の者には挨拶もないまま、公近は引きずるようにして千早を連れて行く。

その後ろ姿を呆然と見送って、茂丸は唸《うな》った。

「……なんか、おかしな雲行きになってないか？」

信頼関係があるとは思えない二人の様子に、どうにも嫌な予感がした。

そしてそれは、その半刻後の夕餉の席で、早くも現実のものになってしまうのである。

「――貴様、調子に乗るのもいい加減にしろ！」

食堂中に響いた怒声に、片付けの最中だった院生達は一斉に声の出どころに目をやった。

「なんだなんだ」

「喧嘩か？」

教官、貞木、草牙の順に片付けをするので、この場に残っているのは荳兒ばかりである。しかし、茂丸の見やった先で仁王立ちし、顔を真っ赤にしている男は、見覚えのある鷲鼻をしていた。

「千早と、公近草牙じゃねえか」

「公近草牙の取り巻き連中はどこに行ったんでしょうね」

「こんな時に限って、役に立たねえな」

雪哉とひそひそと会話している間にも、公近と千早の応酬はどんどん不穏なものになっていく。

「もう一度言うぞ、千早。俺の膳を、今すぐ、片付けろ」

怒鳴りたいのを無理やり押さえつけているのか、そう言った公近の声は震えている。だが、居丈高《いたけだか》な公近の態度にも、千早は全く動じずに座ったままであった。

「断る」

「何故だ！」

「理由がない」

言葉足らずではあるが、どうやら公近が自分の膳を下げさせようとして、それを千早が頑《かたく》なに拒《こば》んでいるらしいのは分かった。

「先輩命令だと言っているだろう。何でもいいから、お前は俺の言うことを聞け！」

これに対して千早は、ちらりと視線を上げ、鼻で笑うだけである。すでに何度か同じやりとりを繰り返した後だったのか、公近はその顔を憤怒《ふんぬ》に歪ませた。そのまま、再び大声を出すかと思われた公近は、しかし急に、不自然なくらい穏やかな顔つきになった。

「お前、私に逆らえばどうなるか、忘れているわけではないだろうな」

問うような千早の眼差しに、公近がうっそりと笑う。

「お前だけの問題じゃないってことを、思い出させてやってもいいんだぞ」

余裕たっぷりに告げられたその言葉に、千早の目つきが激変した。それまでの冷淡さが一転して、瞳の中に、激情が燃え上がったように見えた。

ただごとではない雰囲気に、挑発した公近の方が怯《ひる》む。

「……なんだ。反抗のつもりか」

音もなく、ひどくなめらかな動作で千早が立ち上がった。

――これはまずい。

そう思って周囲を窺うも、皆、凍り付いたように動かない。仕方ねえな、と茂丸が出て行くよりも先に、隣にいた人影が動いた。

「おーっと、足が滑った！」

公近の後頭部に、焼き茄子《なす》と冷麦の味噌汁が、盛大にぶちまけられる。

高らかに叫んだのは、音もなく、公近の背後まで移動していた雪哉である。わざわざ残飯をよそってから公近の傍に忍び寄り、椀を思い切りよく振りかぶったように見えたのは、多分、茂丸の気のせいではない。

雪哉の野郎、やりやがった！

噴き出しそうになるのを必死でこらえながら、茂丸は騒ぎの中心へと駆け寄った。

「あらら、ごめんなさい。でも、先輩がこんな場所でぼさっーとされているのも悪いんですよ。他の草牙はとっくに自分で膳を片付けてお帰りになったのに、ここで何をなさっているんです？」

雪哉は棒読みで謝罪しながら、自分の袖で拭うふりをして、公近の顔面にくたくたの茄子をすり込んでいく。公近も千早も、突然の事態について行けず、その場で彫像のように固まっていた。

「てめえ、この、チビ！」

ようやく我に返ったらしい公近が、雪哉の腕を振り払い激昂《げっこう》した。

まあ、当然だよなと茂丸ですら思う。だが、今にも摑《つか》みかからんばかりの公近に笑ってもいられず、慌てて二人の間に割って入った。

「ままま、落ち着いて下せえ、先輩。こいつに悪気はなかったんです。ほら、実技の授業後で疲れていて、足元がおぼつかなかっただけで。なあ、雪哉」

「はい、その通りです。悪気はなかったんです」

雪哉は神妙な顔でうなだれたが、公近は騙《だま》されてはくれなかった。

「ふざけるな！　悪気がなかったら、どうしてこんな場所にいるんだ」

食堂は広い。ここから膳を片付けている場所まで、およそ五間《けん》は離れている。

茂丸と雪哉は顔を見合わせた。

「どうしてこんな所にいたんだ？」

「散歩です」

「散歩だそうです」

「貴様らは俺に殺されたいのか」

口調こそ静かだったものの、その額には青筋が浮かんでいる。どうお茶を濁したものかと考えていると、不意に、公近は雪哉と茂丸の顔をじろじろと見つめて来た。

「二人とも、確か、北領の辺境出身だったな。田舎から出て来た山烏には分からんだろうが、南橘家《みなみたちばなけ》は、中央においてもかなりの力を持っているんだぞ」

唐突《とうとつ》なお家自慢が始まって、茂丸はぽかんと口を開いた。

「それが、どうかしましたか」

堪《こた》えないこちらの様子に、公近の頬が引き攣《つ》る。

「……知らないのか？　長束《なつか》さま一の側近、今は路近《ろこん》と呼ばれている方のかつての名は、南橘の路近《みちちか》。つまりは、私の兄上だ。弟を馬鹿にしたと知られれば、色々な所で不都合が生じるかもしれんぞ」

「いえ、仮にそうなったとしても、あなたに泣きつく予定はないので、心配はご無用です」

茂丸が何か言う前に、雪哉がきっぱりと断った。

「それにしても、そんな簡単にお兄さまの権威を持ち出すなんて、後輩をいじめるにしても芸がないですねぇ」

もうちょっと他にこう、何かないのですか、と溜息でもつきそうな雪哉に、公近の偉ぶった態度はあっさりと崩れ去った。

「下賤《げせん》の者が、知った風な口をききやがって！」

自分の胸倉を鷲摑《わしづか》みにしてこぶしを振り上げた先輩を、雪哉は他人事《ひとごと》のような目で見返している。どこか殴られるのを待ち構えているようなその表情に、茂丸は、咄嗟《とっさ》に公近の片腕をつかまえていた。

「ちょっと待って下せえ」

振りかぶった腕を取られた公近も、されるがままになっていた雪哉も、驚いた顔を茂丸に向ける。

「なんだ、この手は」

「先輩が、後輩の生意気に耐えかねてっつうならまだ分かります。でも、身分を持ち出されたんじゃや、黙っているわけにはいかねえや」

勁草院は実力主義で、家柄は関係ないと教わったばかりなのだ。

「生まれで馬鹿にされたんじゃや、俺達はここに来た意味がねえ。俺達はあんたの身分にへつらうつもりはねえし、身分によって、あんたに馬鹿にされる筋合いもねえよ！」

雷にも似た茂丸の一喝は、びりびりと食堂の中に響き渡った。小さく息を吞んだ公近は、それでも負けじと茂丸を睨み返した。

「この手を放せ」

「あんたこそ、雪哉を放せ」

荳兒ではあるが、茂丸の体格は公近以上である。一日《いちじつ》ならぬ、一年の長がある草牙相手にどこまでやれるかは分からなかったが、喧嘩になったら、せめて一泡吹かせてやりたかった。

ところが、緊迫した空気に、思わぬ所から横やりが入った。

「そのあたりにしておいた方がよいのではありませんか、公近草牙」

「ああ？」

取り巻きを引き連れてやって来たのは、公近の天敵であった。

「明留。貴様も、先輩に対して口答えするつもりか」

唸るように言った公近に、明留はひどくつまらなそうな表情で答えた。

「あなたは今、先輩としてではなく、宮烏《みやがらす》として彼らに物を言っておいでだったようなので。ひとつ、同じ宮烏としてご忠告をと」

「何？」

「今、あなたが『下賤の者』と吐き捨て、殴ろうとした彼――北家《ほっけ》の御曹司ですよ」

びっくりして茂丸が振り返ると、当の雪哉は、酸っぱいものを口いっぱいに頬張ってしまったような顔をしていた。

それをちらりと見た明留は、淡々と雪哉の身分を暴露《ばくろ》していく。

「北家当主、武家の頂点に立つ大将軍玄哉《たいしょうぐんげんや》公《こう》の孫にして、北本家《きたほんけ》内部では、次期北家当主とその嫡男に続いて第四の位を持つ、宮烏の中の宮烏です」

「こいつが……？」

公近も呆気《あっけ》にとられたような声を出したが、それに対する雪哉の態度は、いい加減極まりないものだった。

「はあ。まあ、一応はそうらしいですね」

思いがけぬ高級貴族の存在に、息を凝らしていた他の院生達の間に衝撃が走る。さざ波のような囁きが席巻する中、誰かが呼んで来たのか、廊下に清賢の姿が現れ、公近が小さく舌打ちをした。

「これは、何の騒ぎです」

さて、何と言ったものやら。

黙り込んだ一同の中、最初に雪哉が手を挙げた。

「僕が足を滑らせ、先輩に味噌汁をかけてしまいました」

ほう、と表情を変えずに呟いて、清賢は公近に顔を向けた。

「それで、間違いありませんか？」

問題の発端が自分であるがゆえに、同意せざるを得ないのだろう。苦い顔で「そうです」と肯定した公近に、清賢は軽く頷いた。

「なるほど、事情は分かりました。ではまず、雪哉君。武人たるもの、転ぶにしても他人に被害を与えるなど、あってはなりません。先輩に謝りなさい」

「はい。公近草牙、ごめんなさい」

素直に頭を下げた雪哉を、公近は苦虫を百匹は噛み殺したような顔で見下ろしている。その表情をしっかりと見据えつつも、清賢は淡々と話を進めた。

「そして、公近君。君も、それくらい避けられずになんとしますか。しかも、感情に任せて豈児相手に声を荒げるとは情けない」

「……申し訳ありません」

「双方に過失があったということで、ここはおさめたいと思うが、異存は?」

静かに見つめられた両者が、それぞれ「ないです」「ありません」と答えた。

「よろしい。双方、よくよく反省なさい。罰として、ここは君達で協力して片付けること。いいね?」

——つまりは、お咎《とが》めなしとしてくれたのだ。

は、と敬礼を返したふたりに、清賢はよろしい、と微笑した。これで終わりかと思われたが、清賢は明留の方へと視線を向けた。

「君も、喧嘩の仲裁、ご苦労だったね」

「いいえ。雪哉と同じ陣営にある宮烏として、僕も黙ってはいられなかったので」

澄まして言った明留に、そうでしょうとも、と、笑みを絶やさずに清賢は言う。

「ですが、勁草院で家の関係を持ち出すのは推奨されません。仲裁するにしても、雪哉の身分を持ち出すのは、あまりよくなかったですね」

滅多《めった》に、教官からの注意を受けない明留である。一瞬、不意を突かれたように目を丸くしたが、すぐに眉のあたりを険しくして、挑戦的に清賢を見上げた。

「……清賢院士《せんせい》は、若宮派と兄宮派、どちらの味方なのですか」

明留の質問に、公近は目線を鋭くし、その場にいた院生の視線が一斉に清賢へと向かった。

普段からやわらかな物腰を変えない清賢は、やはりこの時も、うっすらと微笑を湛《たた》えたまま、全く動揺を見せなかった。

「その質問には、さほど意味がありませんね。長束さまは、若宮殿下にお仕えすると表明しています。そもそも、若宮派、兄宮派という区別が、現状に即しているとは思えません」

「それは表向きでしょう。実際、朝廷は若宮派と兄宮派で割れているではありませんか」

「だったとしても」

感情的になった明留に対しても、清賢は穏やかに見つめ返すだけである。

「勁草院は宗家に仕える山内衆を養成する機関です。宗家のどなたであろうが、金烏陛下以外に、序列や派閥を見出すなど、あってよいことではありません」

何より私は勁草院の教官ですよと応じた清賢の口調は、講義をする時となんら変わらなかった。

「政治上の派閥には関係なく、私は、院生の味方です」

反論を封じるように、清賢は少し困ったような顔で明留を見た。

「君も、外に意識をとらわれ過ぎて、身近な大事を見逃さないよう、気を付けなさい」


「――それで？」

これはどういう状況だ、と市柳は頬をぴくぴくと震わせながら問うて来た。

「清賢院士《せんせい》に言われた通り、さっきまで食堂で掃除をしていました。一緒にやれって言われた公近は、先に帰っちまいましたけどね。まあ、お咎めなしになったのも奇跡みたいなものなんで、それを告げ口する気はありませんが」

来てくれたのが清賢院士で本当によかった、と茂丸は答えたが、「いや、そんなのはどうだっていいんだよ」と市柳は吼《ほ》えた。

「そうじゃなくて俺が聞きたいのは、どうしてこの部屋の豈兒が、一人増えているのかってことだ！」

市柳の苦りきった視線を受けるのは、正座させられた雪哉と茂丸――そして、千早だった。

「それが、公近の奴がわがまま言ってよう。もともと自分が指導役だったくせに、こいつを自分の坊から追い出しちまったんだ」

喧嘩の発端となっておきながら、途中からは完全に蚊帳《かや》の外に置かれていた千早である。騒ぎを自分達が大きくしてしまった自覚がある分、茂丸は千早を放っておけなかった。

「点呼に間に合いさえすれば、授業時間以外は院生がどこにいようが、教官は注意しないって聞きました。なあ市柳草牙。他に行く所もねえし、こいつ、十番坊に来てもらっても構わないだろ？」

「ふざけるな。ただでさえ狭い部屋が、さらに狭くなるだろうが」

当事者のはずの千早はむっつりと押し黙り、今も部屋の隅でそっぽを向いている。市柳は納得がいかない様子で頭を抱えた。

「なあ、お前達分かっているか？　茂丸のせいで俺の領域が、すでに部屋の四分の一になってんだよ。草牙なのにこんな狭い寝床あり得ないだろ」

「そうけちけちしないでくださいよ。あんた先輩でしょう？」

「その先輩に、文字通り肩身の狭い思いさせているのはどこのどいつだ、後輩」

「いっそ衝立《ついたて》なんか取っ払っちゃえばいいんじゃないですか」

「断固断る」

からかうように言った雪哉に噛みついて、市柳は顔を両手で覆った。

「しかも、喧嘩の相手は公近だと？　あいつには関わるなって言っただろうが！」

分かっていたつもりだったが、俺の言うことなんて聞きゃあしねえ、と市柳は嘆いた。

「公近って、草牙の中でも評判が悪いんですか？」

「え？　ああ……」

茂丸の質問に、市柳は渋い顔になった。

「同じ南家系列の教官がひいきしているから進級出来たって噂だが、性格も頭も最低だからな。南家系列の奴ら以外には嫌われてる。まあ、腕だけはそこそこ立つんだけどよ」

「市柳草牙よりも？」

「うるせえ。とにかく、本来だったら人格の問題だけで放院されかねない野郎だよ」

南家筋の取り巻きを従え、傍若無人《ぼうじゃくぶじん》に振る舞うのが常なのだという。

勁草院では、教官だろうが先輩であろうが関係なく、自分の使った夕餉の膳は自分で片付ける決まりとなっている。今回の件も元はと言えば、それを無視しようとした公近の態度がきっかけだったのだ。

――実家じゃどうだったか知らねえが、勁草院の規則を守れないってだけでも問題だよなぁ。

そこまで考えて、茂丸はふと、隣に座っている雪哉の素性に思い至った。

「そういえばお前も、大貴族の坊ちゃんだったんだな」

しみじみと言えば「ちょっと待って下さい！」と、急に雪哉が慌て始めた。

「垂氷出身というのは、別に嘘ではないんです。ただ、実母が北家の出身だったというだけでして、その……」

尻すぼみになったまま口を閉ざし、雪哉は、上目づかいで茂丸を見上げる。

「怒りました？」

反応を恐れるように尋ねた雪哉に「なんでだ？」と茂丸はきょとんとした。

「さっきも言っただろ。俺ぁ、生まれで人を判断するつもりはねえよ。貴族だからって毛嫌いしたんじゃ、公近の野郎と何も変わらないじゃねえか」

茂さん、と妙に感動した風の雪哉に、茂丸はおかしくなった。

「あ、でも、今さらお前の身分に畏《かしこ》まれって言うなら、無理な話だぞ」

からかうように言ってやると「誰がそんな馬鹿を言うものですか！」と雪哉は叫んだ。

「むしろ嬉しいです」

「お前ならそう言うと思ったよ。じゃあ、今まで通りってことで」

どことなく心配そうに見守っていた市柳が、そのやりとりを聞いて安心したように溜息をついた。それから軽く頭を掻き、この坊にやって来て以降、一言も喋《しゃべ》っていない千早をちらりと横目で見た。

「……こうなっちまった以上、仕方ねえ。いいか、千早。ここで寝起きしても別に構わないが、絶対に、これ以上問題を起こすな。喧嘩しないで、頼むから仲良く生活してくれ」

でないと、豈兒の指導不行き届きだとして市柳まで教官に目を付けられてしまうのである。

しかし、これに対する千早の答えは、無愛想かつ端的なものだった。

「断る」

一瞬、千早が何を言ったのか分からなかった。

「な、なんだと?」

市柳の声がひっくり返る。彼の先輩としての主張は至極まっとうだし、最低限押さえるべき点だったと言える。それを「断る」の一言で退けた千早が何を考えているのか、市柳は全く理解出来ないようだった。

「千早?」

雪哉が名前を呼ぶと、千早は剣呑《けんのん》な三白眼で市柳と雪哉を見やった。

「あんたも、そこのチビも、貴族だろう」

「貴族って言ったって、お前……」

雪哉はともかく、俺は単なる田舎貴族だぞ、と市柳は困惑しながら答えた。

「だが、家では馬を飼っている」

「は?　そりゃあ、まあ」

郷長屋敷に馬がいなければ、郷吏《ごうり》の仕事に支障が出る。茂丸が訪ねた時も、風巻郷の郷長屋敷には立派な厩《うまや》があったし、垂氷郷も似たようなものだろうと想像はつく。

当然のことであったが、それを聞いた千早は、眼差しをいっそう冷ややかなものにした。

「俺は宮烏が嫌いだ。だから、仲良くは出来ない」

言葉を失った一同を睨むと、千早は足早に外へと出て行った。

「ちょっと、千早！」

その後をすぐに追おうとした雪哉を、茂丸は押し留めた。そして、呆然とする市柳に対し、深く考える前に頭を下げていた。

「すまねえ先輩。でも、ちょっと待ってやってくれねえか」

「いや、どうしてそこでお前が謝るんだ」

「同じ山烏として、あいつの気持ちは分からなくもないもんで。ここは、俺に任せちゃくれませんか」

『山烏』は、貴族を表す『宮烏』に対し、庶民を蔑《さげす》んで言い表す向きが強い言葉だ。それをわざわざ使った後輩に、察するものがあったらしい。市柳は、間抜けとしか言えない表情を引き締めて頷いた。

「――分かった。ここはお前に任す。さっさとあいつを連れ戻して来い」

「ありがとうございます」

茂丸は珂仗を携え、坊を飛び出した。

大して探し回る必要もなく、千早はすぐに見つかった。

中から明かりの漏れる宿舎の裏手に、壁に背を預けるようにして座る人影がある。

その足元には、小さな包みが置かれていた。公近の坊を追い出される際に投げつけられた、身の回りの品を集めたものだったが、その量は他の平民出身者に比べても圧倒的に少なかった。

「……市柳草牙も雪哉も、面食らっていたぞ」

声を掛けながら、一定の距離を置いて立ち止まる。ちらりとこちらを見た千早は、すぐに視線を足元へと落とした。

「知らん」

「寝床を確保するつもりがあるなら、もうちょっと謙虚になれよ。まさか、ここで寝るつもりじゃねえんだろ？」

「もともとそのつもりだった」

「おいおい、本気か」

千早を十番坊へ引きずるように連れて行ったのは自分だが、まさか、そうでなければ野宿するつもりだったとは思わなかった。

少し考えた後、茂丸は手を伸ばしても届かないくらいに間をあけて、千早と並ぶように壁に寄りかかった。

「馬となった八咫烏が、馬として生きるのを本当は嫌がっているなんて、雪哉や市柳は考えたこともないんだろうなぁ」

　独白するように言って顔を上げれば、林立する講堂の屋根の上に、欠けた月がぼんやりと浮かんでいるのが目に入った。

　淡い月光に照らし出された柿の木は、瑞々しい若葉によって、すでに豊かな影を落とすようになっている。深く息を吸い込めば、空気の中には、入峰の時には感じられなかった初夏の味がしていた。

「……でもさ、想像も出来ないってのは、あいつらが馬を邪険に扱っていなかったってことの、裏返しでもあるんじゃねえの？」

　ふと、隣からひそやかな笑声が零《こぼ》れた。

「それで問題の本質に気付いていないというのは、蔑むよりもなお、タチが悪い」

「そういうもんかな」

　先ほどよりも千早の気配がやわらかくなっているのを感じ、茂丸は何気《なにげ》なさを装って口を開いた。

「俺の母方の祖父《じい》さんは飢饉の時、自分の娘を遊郭に売り飛ばすくらいならって、世話になっていた地主の馬になった。俺は、祖父さんが馬になってくれなきゃ、この世に生まれてすらいなかった」

　千早は黙って、茂丸の話を聞く姿勢を見せている。

「納得ずくだったから、本人は従順な馬になって、飼い主には随分と優しくしてもらったみたいだ。最期は飼い主一家に看取られて死んだくらいだから、タチが悪いといえばそうかもしれん。でも俺は、祖父さんが鞭《むち》で叩かれて嫌な思いをするよりも、その方がずっとよかったと思っている」

「……娘を守ったのだろう」

言葉少なながらに、立派な人だと言おうとしてくれたのは伝わった。茂丸は「ありがとよ」と小さく笑う。

「多分、雪哉も市柳草牙も『良い飼い主』でこそあれ、自分の身内で、馬になった奴はいないんだろうな。いい奴らだが、そこは流石《さすが》に仕方ねえと思う。いくら想像したって、経験しなきゃ分からんことってのは、絶対にあるもんだ」

千早は無言だったが、あえて反論もしなかった。

「だからと言って、それだけであいつらの全部を否定すんのは、お前にとっても損だと思うぞ。俺達が宮烏になれないように、あいつらだって、山烏の立場は逆立ちしたって経験出来ないんだからよ」

そう言いつつ、茂丸は伸びをした。

「お互いに、分からないことは分からないで構わないと思うんだ。無理に、分かった気になるよりも、その方がずっといい。理解できないってことが、自分の知らねえ世界に生きる八咫烏《にんげん》を馬鹿にする理由にはならねえんだと、弁《わきま》えてさえいれば十分だ」

「宮烏の横暴にも黙って耐えろと？」

千早の皮肉を、茂丸はまさかと笑い飛ばした。

「そういう時はな、自分のものさしでしか世界を測ることが出来ねえ、器の小さい野郎だって馬鹿にしてやればいいんだよ。宮烏だってだけで馬鹿にしてちゃ、そいつと何も変わらねえぜ」

じっと足元を見据えたままだった千早が、やがて、小さく溜息をついた。

「心には、留めておく」

「おう。そうしておいてくれ」

しばらくの間、茂丸は空を見上げ、千早は両袖に腕を突っ込んだまま、じっと足元を見ていた。

「……家族同然だった奴が、強盗の濡れ衣で足を斬《き》られた。本当の下手人《げしゅにん》は、そいつの一家が畑を借りていた地主の息子だ」

ぽつん、と呟かれた言葉に、茂丸はただ「そうか」と返した。

この場合の足とは、鳥形になった時に現れる三本目の足のことだろう。

――千早と親しかった者は、濡れ衣で『斬足』されたのだ。

契約によって馬にされた者は、主人によって三本目の足を特殊な紐で縛りつけられ、許可なく人形を取れないようになる。だが、『斬足』によって強制的に馬にされた者は、二度と人形には戻れない。

千早は、この時初めて顔を上向け、茂丸を見上げた。

「このことは」

「言わねえよ。お前さんが、あいつらに話してもいいって思えるまではな」

「そんな日が来ると思うか」

最初から期待する気もない様子の千早に対し、大真面目に茂丸は頷いた。

「来るさ。少なくとも、俺はそう信じているよ」

第二章　明留

「こんにちは」

そう言った少年の瞳は、透き通るような漆黒《しっこく》だった。

西日を弾《はじ》いた肌の色は、それでもなお、純白の木蓮《もくれん》よりも白く輝いて見える。薄い紗《しゃ》の羽織《はおり》をかけた肩は細くて、くせ一つない髪の毛が、さらさらと肩口からこぼれ落ちていた。

——なんて、きれいなひとなのだろう。

それこそが、僕が若宮《わかみや》殿下に対して抱いた、最初の印象だった。

当時、母の関心は嫡男《ちゃくなん》である兄と、入内《じゅだい》を見込まれた姉へと向いていた。少なからず寂しい思いをしていた僕は、少しでも周囲の大人に構ってほしくて、悪戯《いたずら》ばかりしていたのだ。あの日、屋敷の離れに忍び込んだのも、女房達に「大切なお客さまがいらっしゃるから、勝手に入ってはいけない」と言われていたからだった。

今でもよく覚えている。

黄昏時《たそがれどき》だった。

僕は、花をつけていない山茶花《さざんか》の生垣をくぐって、離れを覗き込んだ。近くに誰もいなければ、中に入って探検してやろうと思っていたのだ。

ところが、赤く照らし出された縁側には、誰かが腰を下ろしていた。

暮れなずむ空は茜《あかね》色で、満開の白木蓮は、薄い桃色に染まっていた。ほろり、ほろりと落ちる花びらを見上げていたその人は、先にこちらに気付いて、何気ない調子で挨拶をして来たのだ。

「こ……こんにちは」

焦《あせ》りながら応えた声は、我ながら蚊の鳴くような、ひどく頼りないものだった。

「何か、わたしに用か？　真赭《ますほ》殿からことづてだろうか」

姉を親しげに呼ぶ様子が気になったが、僕は無言で首を横に振った。

「では、ここはもともと、きみの遊び場だったのかな」

お邪魔してすまない、と言われて、慌ててしまう。

「違うの！　ここにはね、入ったらだめって言われたんだよ。だけどね、あのね」

「入ってしまったのか」

「入っちゃった……」

女房達の言葉を覚えていたから、既にこの少年が「大切なお客さま」なのだと察しはついていた。このまま家人《けにん》を呼ばれて怒られるのだろうなと思っていたのだが、次に言われた言葉に、僕は耳を疑った。

「では、ないしょにしておこう」

え、と顔を上げると、少年は己《おのれ》の口元に、ひとさし指を立てていた。

「きみも、怒られるのは嫌だろう。ここでわたし達があったのは、ないしょだ」

いいね、と言われ、ぽかんとした。

もしここにいたのが兄だったならば、厳しく叱責されていたのは間違いない。

それまで、悪戯を見つかって困り顔をされたことは多々あったが、このように「内緒にしよう」と言って来た者はいなかった。

思えば生まれて初めて、悪事を一緒にしてくれる仲間というものが存在するのだと、気付いてしまった瞬間だったのだ。

「――うん、分かった！」

ないしょだね、と僕も口元に指を当てると、少年は、それはそれは優しく微笑したのだった。

＊　＊　＊

「いよいよだ」

眼前に居並ぶ者の面構《つらがま》えを確かめながら、明留《あける》は口を開いた。

勁草院《けいそういん》、三号棟二番坊。

明留が荷物を運び入れ、半刻も経たないうちに、西家《さいけ》に縁《ゆかり》ある院生達が雁首《がんくび》を揃えていた。

「ここ数年、南家《なんけ》方の横暴が目に見えて酷《ひど》くなっていたのは、彼奴《きやつ》らの焦りの表れだ。そのせいで我々は煮え湯を飲まされて来たわけだが、それも早晩、決着がつく」

熱心に聞き入っていた院生達が、その言葉に「もしや」と身を乗り出した。

「そうだ。いよいよ、若宮殿下が即位なさる」

ここ数日、朝廷で何度も御前会議が開かれ、今上《きんじょう》陛下から若宮殿下への譲位を求める動きが活発化していた。

南家をはじめとする長束《なつか》派は反対しているものの、若宮派の勢いを留められるだけの説得力はなく、近く朝廷の合意を得られるのは間違いないと思われた。

「若宮が正真正銘の金烏《きんう》陛下になった際に、あの時のような不届き者が山内衆《やまうちしゅう》にあってはならない。僕は若宮殿下御自《おんみずか》らのお達しにより、諸君らを取りまとめるため、勁草院《こ こ》にやって来たのだ」

凛々しく言って見回せば、荳兒《とうじ》から貞木《ていぼく》に至るまで、その顔つきは真剣そのものだった。

「我々こそが、若宮殿下の真のお味方となる。怠惰《たいだ》は許されない。気を引き締めて努めよ！」

はは、と声を揃え、同胞たちは明留に向かって頭を下げた。

あの夕焼けの日から、明留が待ちに待った時が、ようやくやって来たのである。

「この方は、いずれお前の義兄《あに》となるのだ。失礼のないようになさい」

そう言って父が引き合わせた少年こそが、生まれて初めて出来た、明留の共犯者であった。

若宮殿下。明留の姉が入内する予定の、宗家《そうけ》の若君。

西家に来て最初の頃、若宮は体調を崩していた。離れで療養し、元気になったのを見計らって紹介されたのだが、父に見つからぬように口に指を当ててみせると、若宮も澄ました顔で一瞬だけ、唇に人差し指を当ててくれた。

それ以降、子ども同士だからという理由で、姉と明留、若宮で遊ぶ機会が設けられた。

『真赭《まほ》の薄《すすき》』と呼ばれる心優しい明留の姉は、その頃から若宮を心から好いているようだった。

明留は、大好きな姉と未来の義兄のために、何か自分にも出来ることがしたかった。だからこそ、后選びのために若宮が外界の遊学《ゆうがく》から帰って来ると知った時、その側仕《そばづか》えとして真っ先に名乗りを上げたのである。

数年越しの再会は、初春の招陽宮《しょうようぐう》――日嗣の御子のために用意された、宮殿前でのことだった。

当時の招陽宮は、若宮不在のために閉鎖されていたので、その日は生活するための準備を整える予定だった。明留は側仕えの筆頭、ひいては招陽宮に仕える者の代表として、主の帰還を心待ちにしていた。

ところが、てっきり朝廷から続く橋を渡って来るものと思っていた若宮は、大烏《うま》に騎乗したまま、豪快に明留達の前に乗り付けて来たのだ。

その時の光景は、なかなか忘れられそうにない。

三本の脚が石床をつかみ、巻き起こる風に皆が目を庇《かば》う。

急停止すべく翼をはためかせたため、大烏の黒い羽が数枚、宙に舞っていた。

くせ一つない、鮮やかな黒髪が風に躍り、紫水晶のように輝く瞳をこちらに向けた。

「明留か。久しいな」

豪華な金糸で刺繡《ししゅう》のされた袖を払って、若宮は慣れた様子で鞍から飛び降り、開口一番にそうのたまった。

すっかり大人びた若宮は、それでも明留の記憶を裏切らず、幼い頃と同じように美しい人のままであった。

「お戻りなさいませ、若宮殿下。ずっと、ずっとお待ち申し上げておりました！」

この方のために、僕は身命を賭《と》して働こう。心から、そう思えた。

だが、招陽宮の門を開き、締め切られた部屋の掃除に取り掛かろうとした一同に向けて、若宮は「その必要はない」とはっきり言い放ったのである。

「その方ら。昨日まで勤めていた部署に戻るがいい」

へ、と、どこからか間抜けな声が上がった。

「招陽宮には、側仕えが一人でもいれば十分だ。後は、もう帰っていいと言っている。とりあえず、明留だけついて来い」

そう言ってさっさと招陽宮に入った若宮は、本来寝起きするべき殿舎は無視して、小さな離れを自身の部屋と決めてしまった。離れの周囲を見て回り、埃っぽい室内を検《あらた》めた若宮は、その時になってようやく明留に命令を出した。

「庭の草木が気になる。室内から遠くまで見渡せるよう、片っ端から刈ってしまえ。室内にごちゃごちゃと物が置いてあるのも気に食わん。書物を置けそうな棚を残し、全て撤去しろ。この後、私はすぐに行かなければならん場所がある。日没までには戻るが……そうだな。最低限、室内は寝られるくらいに掃除をしておけ」

出来そうか、と訊かれ、明留は自信満々に頷《うなず》いた。

「どうぞ、お任せを」

「では頼もう。留守の間、誰も中に入れるなよ」

「かしこまりました。どうぞ、行ってらっしゃいませ！」

若宮に頼られるのが嬉しく、その期待に応えられる自分が誇らしかった。

出て行った若宮を見送った後、明留は門の外に控えていた自分付きの下人《げにん》に命じ、西家の朝宅《ちょうたく》——自領にある本邸とは別に、朝廷への出仕のために構えられた屋敷へと使いを出したのだった。

それから日没までの間、明留は忙しく立ち働いた。その甲斐《かい》あって、若宮が帰る頃には、招陽宮の様子はすっかり一変していた。

戻って来た若宮は、夕日の射し込む室内に一歩踏み込んで、何故だかびくりと肩を震わせた。

「……何だ、これは」

「殿下のおっしゃる通り、あのままではあまりに見苦しかったので、僭越《せんえつ》ながら、わたくしめが調度品を揃えさせて頂きました」

　どれも西領《さいりょう》の名工の作ですよと言って改めて見回した室内は、つい数刻前までの雑然としたありさまが嘘のようである。

　庭に面した窓には光沢のある真紅の幕が掛けられ、金細工の留め具によって、当世風に蝶が羽を広げた形に留められている。その前に置かれた文机《ふづくえ》は漆黒に螺鈿《らでん》細工が施《ほどこ》されたものであり、同じ意匠の二階厨子《にかいずし》には、虹色の鶴が舞っていた。さり気なく置かれた香炉《こうろ》も、紅梅が活《い》けられた花瓶も、金で装飾のされた青鷺印《あおさぎじるし》の逸品である。

「どれも若宮殿下がお使い頂くのに不足はない品であると自負しておりますが、もしご不満があるようでしたら、何なりとお申しつけ下さい。替えはいくらでもございますので」

「いや、家財は使えれば文句はない、のだが……少しばかり目に痛いな……」

　若宮がどことなく面食らった風なのは、あまりに見事な変貌に驚いているからだろう。

「どうぞ、庭もご覧になって下さい。西家お抱えの庭師を呼び、徹底的に整えさせました。もう、見苦しいとは思われないかと」

　窓から外を窺《うかが》った若宮は、繊細に刈り込まれ、または新たに植樹された庭木の数々を見て絶句していた。

　その後ろ姿に、明留は自分の苦労は報われた、という気になった。

　何せ、若宮が帰って来るまでの間に、これら全てを手配するのは大変だったのだ。朝宅にいた下人を総動員し、庭師を呼び、朝宅の宝物庫を開かせて調度品を選んで回った。吟味する暇がなく、今の部屋の出来が満足とは言い難いのが残念だったが、まあ、時間はこれからいくらでもあるのだ。若宮の命令以上の結果は出せたのだから、ひとまずはよしとしておこう。

「ご満足頂けたでしょうか」

しばしの間、額に手を当てて考え込んでいた若宮は、無表情ながらも、なんとなく困ったような顔でこちらを見た。

「確かにすさまじい変わりようだが、これは到底、お前一人の手で為されたものではあるまい」

明留は、若宮が何を言いたいのか理解出来なかった。

「いえ。やったのはわたくしですが」

「この棚やら壺やらも、お前一人で運んだと言うのか？」

明留の背丈以上あるそれらを撫でながらの言葉に、明留は「ああ！」とようやく合点《がてん》がいった。

「それはもちろん、西家の手勢に運ばせました」

「私は、誰も招陽宮には入れるなと言ったはずだが」

「ですから、命令は守りました。殿下の留守中、わたくし以外の八咫烏《にんげん》は、招陽宮に入っておりません」

「……庭師やら、荷運びの者を中に入れただろう」

「だって、いずれも下人でございますよ？」

押し黙ってしまった若宮との間に、微妙な齟齬《そご》が生まれているような気がした。

「あの、ですから、命令を完遂するため、確かに下人は中に入れました。でも、若宮殿下の目に触れぬよう、ふだんは下がらせますので、どうぞ無いものとしてご放念下さい」

「もしや、今も待機させているのか？」

「ええ、裏の厩《うまや》に」

自分がどこへ行くにしても、常に付き従う下人達である。呼べばいつでも仕事をしてくれるだろうし、若宮の命令とあれば、その視界に入らぬようにさせるつもりだった。

若宮は何事か口を開きかけたが、結局は何も言わないまま、難しい顔をして黙り込んだ。

何を思い悩んでいるのか想像がつかずに困惑していると、若宮は框《かまち》へと腰を下ろし、改まった雰囲気となって明留を見据えた。

「明留。お前、本気で私に仕える気はあるか」

話の切り出し方こそ唐突《とうとつ》だったが、待ちに待った言葉である。明留は若宮の足元に跪《ひざまず》き、覚悟を決めて若宮を見上げた。

「は。身命を賭して、お仕えする所存でございます」

そうか、と呟いた若宮は、その口で「ならば、お前は勁草院《けいそういん》へ行け」と命じた。

「勁草院……でございますか？」

考えたこともない話だった。

何故かと問うた明留に、若宮は静かに答えた。

「それは、勁草院に行けば分かる」

「ですが、殿下の側仕えは……」

「側仕え候補は他にもいるが、自分から私の臣下となってくれようとする者は少ない。お前が本気で私に仕えようと思うのならば、勁草院での経験は、いずれ必要になるであろう」

そう言われて、嫌だと返せるわけがない。

若宮が西家当主に何を言ったかは知らないが、明留はその日のうちに、西本家《にしほんけ》へと戻された。そして、もとは山内衆《やまうちしゅう》であり現在は西領で剣術教室を開いている男を招くと、入峰《にゅうぶ》が許される年になるまでの間、みっちり稽古《けいこ》を付けてもらうことになったのだ。

しかし、どうして若宮は、自分を勁草院に送ろうとしているのだろうかと明留は不思議でならなかった。その疑問が解決したのは、それから半年も経たないうちのこと――若宮の暗殺未遂事件が起こってからだった。

詳細を父から聞かされた明留は、驚倒した。

「殿下は、若宮殿下は大丈夫だったのですか！」

「幸いご無事だ。お怪我もない」

「一体、誰がそんな真似を」

「首謀したのは南家の宮烏《みやがらす》――長束さまの側近だった」

「兄宮殿下の……？」

背筋をヒヤリと撫でる感覚があり、思わず声が上ずった。

「長東さまは関与を否定なさっているし、件《くだん》の側近に対して、たいそうなお怒りようだ」

しかし、と付け加えた父は、ひどく苦い顔をしていた。

「側近の考えを、どこまで長束さまが承知していたのか、それこそご本人しか知るまいよ。今回の一件を受けて、長束さまは改めて若宮殿下に忠誠をお誓いする旨《むね》を明らかにされたが、どこまで本気か分かったものではない」

若宮の忠臣を装う顔の裏で、何を考えているかは闇の中だ。

「その上、公にこそされていないが、実際に若宮殿下に向けて凶刃を振り上げた者の中には、長束さまに忠誠を誓う山内衆もいたようだ」

「そんな馬鹿な！」

誰よりも先に、宗家の者を守り、その命令に従わなければならないはずの山内衆が、あろうことか、日嗣《ひつぎ》の御子《みこ》と目《もく》されている皇子を殺そうとしていた？

それを聞き、ようやく明留にも若宮の狙いが分かった気がした。

危険に曝《さら》されている若宮の近くに居続けるためには、どうしても武人の力が必要になる。『蔭位《おんい》の制《せい》』を使い、朝廷で力を集めるだけならば今のままでも可能だが、山内衆を指揮するためには、自分自身も武人としての力がなければならない。だから、明留に勁草院に行けと命じたのだ。

真赭《ますほ》の薄《すすき》が入内し、その弟である自分が若宮の側近として活躍する。そうして西家が朝廷を掌握すれば、若宮自身の身の回りも落ち着くに違いない。

――だが、ことは西家の思惑《おもわく》通りには進まなかった。

明留が入峰の準備を始めた約一年後、真赭の薄は入内せずに、桜花宮《おうかぐう》の筆頭女官となったことが伝えられたのである。

姉に代わり、若宮の正室となったのは、長束の母親の生家――南家出身の姫であった。

「南家は、他家への妨害をあからさまに行ったらしいぞ」

「どこまでも見下げ果てた奴らだ！」

南家の姫入内の報《しら》せを受けて、西家系列の主だった宮烏達は西家の朝宅に集まって来た。そこで交わされる話を聞いた明留は、ただ姉をひたすらに哀れに思った。

あれほどまでに若宮を恋い慕い、誰よりも優しかった自慢の姉だ。まっとうに勝負をしていたら、政治しか頭にない南家の女なんかが選ばれるはずがない。勿論《もちろん》、姉は南家の陰謀によって、入内を阻止されたのだ。

「南家が憎いです。姉上は、どれほど気落ちしていらっしゃることか……」

ぽつりと漏らしたのを聞きつけて、その場にいた青年貴族の一人が、明留に話しかけて来た。

「正室になれなかったのは痛かったですが、桜花宮に残ってくれたのなら、まだ勝ちの目はございますよ」

「どういう意味だ？」

「これまでにも、正室に憚《はばか》って一旦は女房として桜花宮に留め置かれた姫が、後に側室として

迎え入れられた例があるのです。実際、東家と北家の姫には宿下がりを命じられたそうですが
——真赭の薄さまだけは、未だに桜花宮に残されておいでです」

東家と北家の姫は、そのまま桜花宮に残っていたとしても入内の可能性はないと判断されたのだ。それを踏まえると、真赭の薄が、彼女達とは違った扱いを受けているのは間違いない。

「幸いにも、若宮殿下にはまだ御子がいらっしゃらない。南家の田舎娘が身ごもる前に、側室になった真赭の薄さまが男《おのこ》を授かれば、実質、正室になったようなものです」

「そうか！」

そうなれば、側室という立場になってしまった姉を守るためにも、ますます自分の力が必要となって来るだろう。

明留は一層、真摯《しんし》に稽古に打ち込み、見事、首席という成績で勁草院への峰入りを決めたのである。


西家勢に向けて号令をかけた後、食堂《じきどう》において院生同士の顔合わせが行われた。

自己紹介をする荳兒《とうじ》達を冷めた目で見つめながら、明留は自分がここにやって来た意味を再確認していた。

——今の山内衆は、腐敗している。

その実態を教えてくれたのは、入峰準備のために雇った、もと山内衆の剣術師範だった。

何でも、勁草院、ひいては山内衆が荒れている元凶は、今上陛下であると言われているらし

い。今上陛下、つまりは現在の金烏代《きんうだい》その人であり、若宮殿下と長束の実の父親でもある。

「先代の金烏代もそうでしたが、歴代の金烏達は足しげく勁草院に通い、将来、自分の近衛《このえ》となるはずの院生達と、親交を結ぶのが常でした」

教官達をねぎらい、山内衆の育成のため、勁草院の運営そのものにも積極的に関わっていく。当然、山内衆になる者の忠誠心は厚く、宗家の近衛《このえ》として、申し分のない働きをした。

「ですが、今上陛下はそれをなさらなかった。噂では、武人をお厭《いと》いになっているとかで、即位以来、一度も勁草院にも山内衆の詰所にもいらっしゃっておりません」

主人に顧《かえり》みられなくなった山内衆は、その存在意義を徐々に見失っていったという。

結果として、今上陛下の代になってから、勁草院への入峰希望者は徐々に減っていった。また、勁草院に入ったとしても、卒院後、山内衆になろうとしない者、すぐに辞めてしまう者が激増したのだ。残った山内衆といえば、他に生きる道のない平民階級出身者や、腹に一物《いちもつ》を抱えた曲者《くせもの》ばかりとなってしまった。

山内衆の腐敗の根が勁草院にあるのは明らかであり、それを、どこかで断つ必要があった。若宮は、自分に忠誠を誓った者を送り込むことによって、勁草院内で自身の味方を増やそうと考えているのだろう。

そしておそらくは、そういった目的でここに送り込まれたと思われる茂丸が、自分の他にもう一人いた。

明留は、若宮が遊学から帰って来て、最初の側仕えとなった男である。

すぐに勁草院へ行くように言われたので、実際に側仕えだった時間はごくわずかだったが、明留の後任として若宮の側仕えとなった者達は、ことごとく長続きしなかった。

若宮の期待に応えられずに辞めさせられた者、自分から辞めてしまった者。

話が聞こえてくる度に、いずれも覚悟が足りないのだと、明留は腹立たしい思いをしていたのだ。

ところが一名だけ、一年も若宮殿下に仕え続けた挙句、近習《きんじゅう》として召し抱えられた者がいた。

側仕えと違い、近習は、将来の側近となることを期待されての立場である。一体どんな者か気になって調べさせれば、その身分を知って納得した。

そいつは、相当の位を持った北家の御曹司だったのだ。

北家は、四家の中では西家に次いで、若宮殿下に好意的な家である。

自分は西家の代表として、そして、例の近習には、北家の代表としての役割が期待されているに違いない。明留と同様に高い身分を持ち、若宮の側仕えを経験しながら、勁草院へとやって来る変わり種。

同じ立場の者同士、仲良く出来るはずだと思った。それと同時に、どこか張り合うような気持ちもあって、どんな奴か見てやろう、と明留は待ち構えていたのだった。

「僕は、二号棟十番坊となりました、北領が垂氷郷《たるひごう》の雪哉《ゆきや》と申します」

名前も噂も聞いていたが、顔を見るのは初めてだ。酒肴《しゅこう》が並べられた中で立ち上がったのは、小柄である以外に特徴のない、いかにも凡庸《ぼんよう》そうな少年だった。

にこりと笑って、若宮の近習であった男は言う。

「以後、お見知りおきを」

――正直、雪哉はとんだ期待外れだった。

次の授業がある講堂に向かいながら、明留は一人溜息をついた。

見栄《みば》えもせず、喋り方は気が抜けていて、お世辞にも賢そうとは言えない。

挙句《あげく》、若宮を侮辱されても、我関せずという態度を取り続ける始末だ。

母親こそ北本家《きたほんけ》の令嬢であるものの、彼は地家《じけ》――初代金烏の子達を始祖に持つ四家とは異なり、もともとは地元の豪族だった一族の次男坊として育てられたらしい。若宮派の宮烏としての気概も感じられず、公近《きみちか》とその下人のもめ事にまで首を突っ込む始末だ。

若宮は、おそらく自分か雪哉に若宮派の先頭に立ってほしいと考えているだろうが、ここは、自分が頑張らなければならないだろう。

実際、この頃になると一通りの科目の様子が分かって来たが、どの授業でも、雪哉に特筆すべき才能は感じられなかった。残っているのは、これから始まる『兵術』の演習くらいである。

座学として数えられる『兵術』の授業は、教科と演習の二つに分けられている。

食堂《じきどう》に座卓を並べ、教本を開き、その内容をさらっていく教科に対し、実際の対戦を経て戦術理論を学ぶのが演習である。

草牙《そうが》、貞木《ていぼく》にもなると、この演習は実技教科と合併し、実戦形式で行われるようにもなるが、豈兒の演習授業と言えば「盤上訓練《ばんじょう》」が基本だった。

明留も、「盤上訓練」を実際に行うのは初めてである。最初に師範から戦場を模した盤と兵を模した駒《こま》を使うものだと聞いた時は、将棋や囲碁のようなものを想像したのだが、実際の「盤上訓練」は娯楽として楽しめるような類のものではなかった。

盤は『場《ば》』と呼ばれ、山内《やまうち》にある実際の地形をかたどったもので、その種類は豊富である。地方川や山などが図面上に再現され、実在する屋敷や寺院などもその中に組み込まれている。地方を模した『場』は、その周辺で反乱が起こった場合を想定して制作されており、朝廷に保管されている正式な地図をもとにして作られているらしい。

一方の駒も、ただの兵卒から士官、馬、斥候《せっこう》、間諜《かんちょう》に至るまで、非常に細かく設定されている。

面倒なのは、設定された「昼の時間」と「夜の時間」との兼ね合いだった。転身が不可能になる「夜の時間」に入る直前に、兵卒のうちどれだけを鳥形《ちょうけい》とし、どれだけを人形《じんけい》のまま残すのかを判断しなければならない。

また、「昼の時間」ではお互いの『場』の駒がどう動いているのか見えるのに対し、「夜の時間」になると、相手の駒の動きが完全に隠された状態になる。その上で、斥候や間諜といった駒を使って相手の動向を予測し、戦術を練らなければならないのだ。

盤上で戦闘が起こった場合、どういった成果、あるいは損害が出るのか。また、間諜や斥候が持ち帰った情報がどの程度正しいものかも、賽子《さいころ》によって決められる。

だから、『兵術』に携わる教官は複数人存在していた。教科担当の教官と、その実践としての演習担当の教官、そして、その補助教官である。

山内衆の方針の一つとして、「有事の際は年齢を問わず、その時、最も用兵の能力を持つ者が指揮権を握る」というものがあった。この、当代で最も優れた戦術家と目される者こそが、『兵術』の演習担当教官に任命され、平時は勁草院に待機することになっているのだ。教科の方は高齢の教官が担当していたが、演習の方の教官は、勁草院の教官の中で最も年若い男であると聞いている。

「盤上訓練」に使用するのは、今まで使ったことのない講堂であった。中へ入るとそこでは既に、補助教官と事務方の手によって、すっかり準備が整えられていた。

講堂の中央、石で出来た床には地図に枡目《ますめ》の刻まれた『場』が広げられ、陣地と設定された場所には、たくさんの駒が並べられている。

対戦者の立ち位置は『場』を挟んだ両側にあり、賽子を振り、記録を取る者の席の後ろには、一目で対戦状況が分かるように大判の表が貼られていた。院生達の席は他の講堂とは異なり、『場』を囲む柵の外側、表の貼られた壁を除く三方向に設けられている。

珍しい講堂の様子を眺めながら院生達が席に着き、いくらもしないうちだった。

授業の始まる鐘の音とほぼ同時に、教官が講堂に入って来た。

乱暴に扉を押し開き、足音を立てて講堂内を突っ切るその姿は、どうにも上機嫌とは言い難い。おしゃべりをしていた院生達もすぐに口を閉ざし、新しい教官に注目した。

院生達の前に立った教官は、いかにも神経質そうな男だった。

背は低くないが体に厚みはなく、見ているこちらが息苦しくなるような、喉元まで隠れる形の羽衣《うえ》を編んでいる。口唇《こうしん》は薄く鼻筋は通っており、柳の葉のような眉と、鋭い刃物で粘土を切り取ったかのような、奥二重の目を持っていた。視力に問題があるのか、細い鎖と緑の留石《とめいし》で頭に固定する形の眼鏡をかけている。長い黒髪には毛一筋ほどの乱れもなく、前髪を全て後ろに撫でつけているせいか、青白い額が顕《あら》わとなっていた。

無言のまま、温度の感じられない眼差しで院生達を睥睨《へいげい》した教官は、その見た目を裏切らぬ尖がった声を上げた。

「勁草院院士《いんし》翠寛《すいかん》である。聞き知っている者もいるだろうが、現在、山内において最も用兵に長《た》けていると言われているのは、この私だ」

皮肉っぽい口調は、翠寛が本気でそれを誇っているのか否か、判断のつきにくいものだった。

「本年は、ことさら勁草院への入峰希望者が多かったと聞く。そのせいか、用兵に関する試験および教科科目の課題において、例年になく、ずば抜けた才能を見せた者が一人いた」

心臓がひとつ大きな音を立てた。近くに座していた者が、ちらりと横目で明留を見る。

「今日は、そいつに相手になってもらおう」

翠寛の言葉を聞いて、傍らに控えていた補助教官が狼狽《ろうばい》したように口を挟んだ。

「お待ちを。今日は手本として、私がお相手をする予定でこの『場』を設定いたしました」

荳兒が最初に行う「盤上訓練」にしては難易度が高過ぎるし、何より、一度も駒を動かした経験のない者に、いきなり対戦相手になれというのは酷ではないか、と言おうとしているのは明白だった。

　だがそれを、翠寛は「問題ない」と一蹴する。

「座学の方で、彼が提出した課題を読んだ」

す、と視線を向けられて、院生達が自然と背筋を伸ばす。

「見事なものだ。とてもとても、荳兒が書いたものとは思えない」

　駒の動きは完全に頭に入っているし、この『場』でも十分戦えるだろうと、感情を一切推し量らせない口調で翠寛は言う。

「しかし……」

「実力的には十分。最初の手本として、よい働きをしてくれるものと期待しての人選だ。自信がないと言うならば考えるが、それは本人に訊《き》いてみなければ分かるまい」

　いつ名前を呼ばれてもいいように、明留はこっそりと深呼吸をした。緊張している院生達を、翠寛はねっとりとした目つきで眺め回す。

「二号棟、十番坊の雪哉はいるか」

　――一瞬、翠寛の言葉が理解出来なかった。

　多くの院生が驚いた表情を浮かべ、雪哉と自分を見比べる。名指しされた雪哉はと言えば、戸《と》惑《まど》った様子もなく、手を挙げてその場に立ち上がった。

「自分です」

「出来ないのならば強制はしないが、どうだ」

「……お相手させて頂けるのならば、光栄です」

「よろしい。前に出ろ。今日の対戦相手はお前だ」

言いながら教官は歩き出し、『場』の片側に設けられた台へと向かう。

勁草院の授業において、担当教官の命令は絶対だ。顔をわずかに強ばらせた雪哉も、すぐに前に出て、教官の反対側の台へと登った。

その様子を、明留はにわかには信じられない思いで見つめていた。

分かっている。雪哉の『兵術』の成績が、自分よりもよかったという、それだけの話だ。

――そう頭では理解していても、すぐには、実感が湧かなかった。

「想定されているのは地方反乱の平定だ。私が反乱分子の頭であり、お前は中央から派遣された鎮圧軍の大将」

翠寛が雪哉に対して淀みなく説明を始めたが、それもどこか遠くに感じられる。

「反乱軍の拠点となっているのは寺院。鎮圧軍の駒は全部で三十。大将一、士官二。三分の一に馬あり、斥候あり、間諜なし。対して反乱軍は大将一、士官なし、半人半馬四十、武器なし、斥候あり、間諜なし」

やはり、初心者には難しい内容だったが、抑揚《よくよう》なく告げられる『場』の条件に、雪哉は真剣に聞き入っていた。

「制限時間はこの授業が終わるまでの一刻半。終了時の残存兵力によって勝敗を決める。制限時間を待たずに勝利が決まる条件は、どちらかの指揮官の首が落ちるか、撤退を余儀なくされるほどの損害を被《こうむ》った場合のみ」

「昼夜の転換はどうなっていますか？」

「四半刻ごとに入れ替わる。つまりは、三日間がお前に与えられた日数ということになる」

他に何か質問は、と訊かれ、雪哉は「ありません」と即答した。

「結構。それでは始めよう。他の諸君も、これからの試合をよく見ておけ」

翠寛の指図に従い、補助教官が審判として『場』の横に立った。

「『場』、東領《とうりよう》が鮎汲郷藤道《あゆくみごうとうどう》、海鳴寺《かいめいじ》占拠。時期六月。主上《おかみ》より反乱平定の命あり。上方《かみかた》、勁草院院生二の十の雪哉」

「お願いします」

「下方《しもかた》、勁草院院士翠寛」

「お願いします」

雪哉と翠寛、対戦相手が互いに礼を交わしたのを確認し、審判が号令をかけた。

「始め！」

合図を受けて、記録係の者が香時計《こうどけい》に火を点《つ》ける。

「初手《しょて》、上方」

審判に手を向けられ、雪哉はすぐに指示を出す。

「人馬一号、斥候一号として四の六へ。人馬二から六号、八の三へ。そのまま待機」

雪哉の声を受けて、手伝いの事務方が駒を指定の場所に動かし、記録係が背後の表と、手元の用紙に駒の動きを書き込んだ。

駒が移動し終わったのを見て、翠寛も雪哉の駒に応じる。

「半人半馬、一号から七号、四の十二へ。同八号から二十号、寺院の周囲に散開」

先ほどと同じように駒を動かし、記録が取られた後、再び雪哉へと順番が回って来る。

「斥候一号、四の八へ前進。人馬二号、斥候二号として八の八へ。人馬三号から六号、八の六へ前進。そのまま待機」

「半人半馬、一号から七号、四の八へ」

翠寛の声を受けて移動した駒が、雪哉の駒と同じ枡目でぶつかった。

交戦あり、と審判が宣言すると、記録係の一人が賽子を振り、戦闘の結果を読み上げる。

「上方、斥候一号、負傷して自陣へ撤退。以後、歩兵と同じ働きしか出来なくなります。下方、軽傷を負うも動きに変化なし」

雪哉の駒が後ろに下げられ、翠寛の駒が四の八とされた座標上に残る。

「下方、追いかけますか？」

「こちらも撤退する。四の八にある半人半馬、全て四の十二へ」

雪哉は時折対戦相手の顔色を見ていたが、一方の翠寛は目線を『場』に落としたまま、どこまでも冷静に指示を出し続けた。

同じことを繰り返し、交戦、撤退を続けて行くうち、おおよその形勢が見えて来た。雪哉の兵はどんどん前に攻めて行く一方で、翠寛の兵は守りの陣形を固めて行く。

どうにも、雪哉の兵が攻めあぐねているようだと明留が見たところで、『場』の昼夜が変わった。

「日没になりました。人馬の数を決定して下さい」

審判が言うのと同時に、二人の対戦者と『場』の間に、衝立《ついたて》が立てられた。

「夜の時間」になると、対戦者の目に見える形では駒は動かされなくなる。対戦者は『地形図』を見ながら、見えない相手の駒の動きを予測し、駒を進めなければならないのだ。敵の様子を知る手がかりは、「昼の時間」に『場』へ放った斥候だけだ。

記録係が対戦者の間を行ったり来たりして、それぞれの指示を聞き取り、衝立で隠された『場』の動きを進行させて行く。対戦者には見えないように設置された『場』を見下ろしながら、審判は次々に宣言をしていった。

「六の八にて交戦あり」

「下方、重傷を負って自陣に撤退です。上方、軽傷を負うも動き変わらず」

「四の十一にて交戦あり」

「下方、撤退。死亡者ありです。上方、動き変わらず」

審判が声に出して対戦者にもたらされる情報は、雪哉の優勢を知らせるものばかりである。

雪哉は、自陣が勝っているという情報が知らされても浮かれずに、終始落ち着いて駒を進め続けているようだった。

だが、雪哉とは異なり、明留達の席からは、『場』の状況がはっきりと見えている。

二人の対戦は明留にとって現実感がないものだったが、それでも駒の異常な動きは、否《いや》が応《おう》でも目に飛び込んで来る。もし自分が雪哉の位置にいたら、とぼんやりとでも考えられていたのは最初のうちだけだ。

段々とおかしな具合になっていく『場』に困惑し、それでも大勢が決したと分かる状況になって、ようやく「夜の時間」が終わった。

衝立が退けられ、改めて『場』を見ることになった雪哉は、顔を歪《ゆが》めて呻《うめ》いた。

雪哉の駒は、見事に敵の陣地を突破している。

しかし――雪哉の攻め抜いた本陣に、敵の大将は存在していなかった。

翠寛の本隊は寺から移動し、いつの間にか、雪哉の構えた陣営のすぐ近くまで迫って来ている。その兵の数は多く、陣形には隙がない。ここまで完成してしまった陣形を崩すのが至難の業《わざ》であることは、誰の目にも明らかだった。しかも、攻めに兵を割《さ》き過ぎたせいで、雪哉の本陣はがら空きとなっている。

それから先は、あまりに一方的な展開となった。「昼の時間」に戻ってから、たったの数手で決着がついてしまったのだ。

制限時間を待つまでもない。完全な雪哉の敗北だった。

「……これが実戦であったならば、お前の首は飛んでいるな」

台を降りた翠寛は、自分が倒したばかりの大将の駒を持ち上げると、無造作にその場に落としてみせた。かつん、と軽い音を立てて、駒が雪哉の足元へと転がっていく。

この試合展開は変則過ぎて、もはや明留の理解が及ばないものとなっていた。

――夜になって以降は、完全に翠寛の独壇場だったのだ。

「昼の時間」における翠寛の駒は、どう見ても長期戦を見据え、籠城に向けて動いているようにしか見えなかった。完璧な配置と、教本通りの人馬の采配《さいはい》。ここまでなら明留にもついて行くことが出来た。だが、日没を迎えた瞬間、翠寛の姿勢が一気に攻めに転じたのだ。

その変わりようは凄まじく、まさしく豹変した、と言うにふさわしいものであった。

手勢をばらばらに動かし、単体の斥候を『場』のあちこちへと送り込む。夜間に雪哉と交戦した翠寛の駒は、いずれも散開させた斥候の兵である。交戦の報が入って来るのに応じ、翠寛の本陣は恐ろしいほどの正確さで敵を避け、『場』を大きく移動して行った。その速さと正確さは、見物しているこちらが呆然とするほどであり、知らずに駒を動かす雪哉の姿は、翠寛の手のひらの上で、いいように転がされているようにしか見えなかった。

はっきり言って、まるで勝負にはならなかったのだ。

翠寛は、記録係のいる机上から紙の束を取って来ると、青い顔で固まる雪哉の前に立った。

「先ほど言った通り、お前の戦術案は読ませてもらった」

座学で出された課題だけでなく、入峰試験の答案に至るまで全てだ、と翠寛はのたまう。

「その上で言わせてもらう。確かにお前は優秀だ。だが同時に、答案の全てに驕《おご》りが見えた。

よくもまあ、峰入り前からこんな荒唐無稽を考えるものだが、こんなものは作戦とは言わない」

紙の無駄使いだったな、と言い捨てると同時に、翠寛は紙束を雪哉へと投げつける。パン、と音を立てて顔にぶつかった紙が、はらはらとその場に舞い落ちた。

「何でも自分の思い通りになるなどと勘違いするな、小僧。己の分をわきまえず、目上の者に対する尊敬の念がないから、そういう醜態をさらす羽目になるのだ」

聞いたぞ、と黙りこくった雪哉を睨み付けて翠寛は言う。

「ゆうべ、草牙相手に喧嘩をしかけたそうだな」

公近の件だ、とあちこちで囁《ささや》く気配がした。前方ではらはらと雪哉を見守っていた茂丸《しげまる》が、慌てたように声を上げる。

「待ってください、院士《せんせい》。だってあれは！」

「発言したいのならば、挙手して名乗ってからにしろ」

茂丸は言われた通りにした。

「二の十の茂丸です。ゆうべの一件ですが、あれは――」

「二号棟十番坊の茂丸。座学の成績には目を疑ったぞ。お前はまず、基本的な駒の動きを覚えてから物を言え。それすら出来ずに嘴《くちばし》を突っ込まれても、まともに状況が把握出来ているのか疑わしいだけだ」

院生達の間で忍び笑いが漏れる。まるで相手にされず、茂丸はただ立ち尽くした。

「雪哉、茂丸……一人足りないな。一号棟一番坊の千早《ちはや》はどこにいる」

周囲の者に促されて、名前を呼ばれた千早が渋々と立ち上がる。その場に立たされる形となった三名を、翠寛は嬲《なぶ》るようにねめつけた。

「千早、茂丸、雪哉の三名は、身の丈《たけ》に応じた態度というものを学び直す必要がある。目上の者を軽んじ、序列を蔑《ないがし》ろにし、規律を乱した罰は受けねばなるまい」

「でも、勁草院は実力を重視するのではないのですか？」

それなのに昨日の公近は、自分の家門を笠に着て威張《いば》ったのだ。向こうが悪い、と再度主張した茂丸を見て、「実力重視という点に関してはその通りだ」と翠寛は首肯《しゅこう》した。

「だからこそ、一度決められた上官と部下の関係はゆるがない」

お前達は言われたことが気に喰わないからといって、上官に味噌汁をぶちまけて許されると思っているのかと問われ、茂丸は口ごもった。

「嘆かわしい」

静かだが、吐き捨てるような翠寛の声が講堂内に響く。

「千早、茂丸の両名は、明日から一月の間、朝の大講堂の清掃を命じる。そして、雪哉。お前には夕餉《ゆうげ》後から消灯までの間、第四書庫の整理を命じる。期限は、未分類の書籍の目録を全て作り終えるまでだ」

「そんな！　だったら、公近の方にも罰を与えるべきじゃないのか」

悲鳴を上げた茂丸にも、翠寛は容赦なかった。

「私は今、お前達に向けて指導を行っている」

公近は関係ない、と翠寛の返答はそっけない。

「力のない者が語る言葉は、それがたとえ正論であったとしても、ただの負け惜しみとなり果てる。弱者には言葉を語る資格などないのだ。己が正論と信じる言葉を貶《おとし》めたくないのならば、弱者であるうちは何も語らぬことだ」

身の程を知るがいいと言い捨てた翠寛に、雪哉は目を眇《すが》めた。

「……今の僕達には、口を開く資格などないと？」

「ああ。特に貴様はな」

雪哉を見た翠寛の目は、とても教官が院生に向けるものとは思えなかった。

「私のやり方に不満あらば、一度でも私に勝ってから文句を言いたまえ。特別に、貴様の盤上訓練の相手は、常に私が受けて立ってやろう。その度に、己の無知と無謀を存分に思い知るがいい」

雪哉の反応を待つこともなく、翠寛は他の荳兒へと視線を向けた。

「上官に逆らい、規律を乱すような無能の指揮した集団が、いかに悲惨な末路をたどるか、君達もよく分かっただろう。今日の盤上訓練の結果について各自考察し、次の講義までに提出せよ。雪哉の打った手の何が悪かったのか。また、この者達のとった行為の何が問題なのかを、用兵の基本原則を踏まえてまとめて来い。本日の授業はここまでだ」

急《せ》き立てられるようにして立ち上がり、ありがとうございました、と上がった挨拶は、今までの授業よりも不揃いだった。

講堂を出て昼餉《ひるげ》に向かう道すがら、普段から雪哉と仲良くしている者以外は、あからさまに雪哉達を避けて歩いていた。

「どういうことだ。あの教官、あからさまに雪哉達をいじめに来やがったぞ」

憤慨する仲間に雪哉が何か言おうとしていたが、その前に声をかけた。

「翠寛は、南家に縁《ゆかり》ある男だ。昨日の件で、君達を放っておけないと考えたのだろう」

額を突き合わせていた雪哉達が、弾かれたようにこちらを振り返った。

「あいつ、南家筋の宮烏《みやがらす》なのか？」

「さあ。詳しい素性は知らないが、南橘家に関係のある者だったと記憶している」

「……市柳《いちりゅう》草牙の言ってた贔屓《ひいき》する教官ってのは、アイツか」

しきりと頷いている茂丸の横から、雪哉が怪訝《けげん》そうな顔をこちらに向けた。

「何か用ですか」

雪哉が若干警戒しているのには見て見ぬふりで、明留は「君に話があって来た」と大真面目に告げる。

「僕に？」

「そう、君に。先ほどの件で、僕は君を見直した」

最初は雪哉に負けたことを屈辱に感じてしまったが、逆に考えれば、自分が負けた相手が、他ならぬ雪哉でよかったと思うべきなのだ。

「正直、君をみくびっていたようだ。流石《さすが》、北家の子息と言うべきか。教官に負かされたとはいえ、君の用兵の才能は大したものだ。同じ若宮派として、誇らしいよ」

「はあ。そりゃ、どうも」

「その上で、忠告したい。僕は翠寛のやり方は好きではないし、公近は嫌いだ。それでも、彼らが言ったことは、一部正しいとも考えている」

前々から、雪哉には色々と思うところがあったのだ。やっかみとか、そういった事情を抜きにしても、今回はいい機会だと思った。

「君の態度にも問題がある。きちんと、付き合う相手は選ぶべきではないのか？」

雪哉の顔から、表情が消えた。

「……どういう意味ですか、それは」

「分からないのならば、はっきり言うが」

ちらりと、こちらを睨みつける雪哉の仲良し連中を見てから、明留は視線を雪哉へと戻した。

「山烏《やまがらす》と必要以上に狎《な》れあうのは、止《よ》した方がいい。少なくとも、宮烏としての品位に欠ける行為だと思われる」

茂丸と雪哉の二人は、宮烏の間で『熊の親子』と呼ばれていた。

荳兒の中で最も大柄な茂丸と最も小柄な雪哉が、休みの日も羽衣《うえ》のままで過ごしているのが由来である。一見呑気《のんき》なあだ名だが、その裏にはまともな着物を持たない者への嘲笑が込められているのは言うまでもない。自分と同じ四家の御曹司である雪哉が馬鹿にされるのは、明留にとっても我慢ならなかった。

雪哉はどこか、こちらを試すような目で見返して来た。

「僕は昨日、公近に味方するべきだったと？」

「いいや、そうではない」

公近とは政治的な面では対立しているが、明留が今口にしているのは、若宮派、長束派の対立以前の問題だ。宮烏と山烏の間での線引きがなされなければ、山内の秩序は保たれない。特に四家、宗家には、山内を支配するためにも威儀が必要なのだ。

もともと明留は、平素はなるべく公平な視点で物事を見たいと考えている。この場に姿は見えないが、山烏である千早が宮烏である公近の命令を聞かなかったのは、自分にとっても見過ごせなかった。

「勿論、規則を無視してくだらない命令を出した公近にも問題はある。だが、千早はそれに従うべきだったし、そうしなかった彼を庇《かば》おうとした君の行為は、宮烏としてあるまじきものだった」

このままではいけないのだ、と明留は断言した。

「近く、若宮殿下が即位なさるというのに、ここでは、若宮殿下の味方は驚くほど少ない。我々は宮烏として手を組み、勁草院内部から、若宮派を盛り立てて行く必要があるのだ」

「はあ」

「聞けば、十番坊は今、随分と手狭だそうではないか。もし君が望むのであれば、僕の部屋に来てもらっても構わない。共に若宮に忠誠を誓う者同士、仲良くやっていけると思う」

自分が言うべきことは言った。後は、雪哉の返答を待つだけだ。

じっと熱のない目でこちらを見返していた雪哉が、ややあって口を開いた時、その物言いは随分と砕《くだ》けたものになっていた。

「悪いけど、俺は地方で生まれ育ったから、今更《いまさら》若宮派の宮烏だなんだって言われても、全く実感がないんだ。俺は俺なりのやり方を通すから、あんたは気にしないでくれないか」

言い方こそ遠回しだったが、それは明確な拒絶だった。黙って明留の背後に控えていた西家出身の者達は、雪哉の返答に目を剝《む》いた。

「本当にそれで構わないのか。北家だって、若宮派なのだろう？」

「明留さまはああいう言い方をなさったが、これから西家が台頭していくのは間違いない。考え直すなら今のうちだぞ」

息巻く彼らに、雪哉が返したのは気の抜けた笑みだけだ。

「今後、北家や西家がどうなろうが関係ないね。それよりも、俺にはコイツらと仲良くしておくことの方が、よっぽど大事だ」

雪哉は、自分を囲む平民階級出身者を見回してにっこりと笑う。同じ宮烏とは思えない態度に、明留は一気に鼻白《はなじら》んだ。

「……そう。それは、とても残念だ」

そして、挨拶もなしに踵《きびす》を返すと、呼びとめて来る取り巻きを振り切って、食堂《じきどう》へは行かずに自分の坊へと戻った。

扉を閉めた瞬間、我慢が限界に達し、珂仗《かじょう》を床へと叩きつける。

何を考えているか分からない雪哉も、そんな雪哉に授業で後れを取った自分も許せなかった。

「畜生っ」

「明留さま！」

どたどたと、坊の向こうから、取り巻き達が走って来る足音がした。

「悪いが、しばらく放っておいてくれないか」

自暴自棄に言い放ったものの、すぐに「そんなことを言っている場合ではありません！」と大声が返って来た。

「たった今、西本家から連絡が来たのです」

「大変なことになりました。ああ、どういたしましょう」

「……何？」

——それは、若宮殿下の即位に、神官の長から「待った」が掛かったという報《しら》せであった。

＊　＊　＊

「父上の退位が阻止されたとは、どういうことだ」

長束《なつか》は激怒していた。

吼《ほ》えるように問い返したものの、たった今、その報せをもたらした護衛は、至って平然としていた。

「どうもこうも、譲位は認められないと、神祇官《じんぎかん》の方から宣言が出たのですよ。相変わらず今上陛下は引きこもったまま、何のお言葉もありませんので、白烏《はくう》の独断かと思われます」

これでは朝廷も大騒ぎでしょうなぁと、路近《ろこん》の態度に焦りは微塵《みじん》も感じられない。

白烏は山内における神官の長であり、かつて弟を『真の金烏《きんう》』と断じ、自分に譲位を勧めた張本人である。若宮の即位を最も推し進めていた男が、今になって何を考えているのか。

「城下にいる若宮殿下には、既に使いを出しておりますが、長束さまはいかがなさる」

「決まっている。朝廷へ向かうぞ」

ここで悩んでいても仕方がない。長束は立ち上がり、側仕えに差し出された上着を手早く羽織った。

「若宮殿下と合流して、白烏に話を聞きに行く。白烏には、用意を整えて出て来るように伝えろ。それまで、他の有象無象《うぞうむぞう》の接触を許すな」

「承知」

「お前はついて参れ」

朝廷に向かうまでの道すがら、若宮へ出した使いが帰って来た。同じことを考えたと見えて、若宮も白烏の元へ向かっていると言う。長束が朝廷の表口である『大門《おおもん》』へと乗り付けてすぐに、護衛と共に、馬に乗った若宮が舞い降りて来た。

「奈月彦《なづきひこ》！」

「兄上。状況はどうなっていますか」

鞍から飛び降りた若宮の顔は厳しい。

こちらの姿を見つけた官人達が騒ぎ始める中、長束は弟を庇うように立った。

「白烏の宣言を布告した神祇官の門は封鎖させた。白烏には今から出て来るようにと言ってある」

「大臣《おとど》達の反応は？」

「まだ何も。だが、四家《よんけ》の使者が既に神祇官に詰めかけているらしいから、封鎖が破られるのも時間の問題だ」

一瞬だけ黙り込んだ若宮は、仕方ない、とでも言うように小さく息を吐いた。

「取り次ぎを頼んでいる間が惜しい。正殿を突破して、直接禁門《きんもん》へ向かう」

「御意《ぎょい》」

話を聞いていた若宮専属の護衛である澄尾《すみお》が、先導するように歩き出した。それに若宮、長束が続き、周囲を路近とその配下が固め、朝廷の通路を突き進む。

朝廷の最深部、紫宸殿《ししんでん》の先は金烏代の私的な空間となっている。

本来であれば、今上帝の招きがなければ絶対に入れない場所であるが、今回ばかりはそれに構ってなどいられない。用があるのは父のいる御座所ではなく、そのさらに奥にある『禁門』なのだ。

朝廷を内包する中央山の山頂付近は、山神《やまがみ》さまのおわす神域であると言われている。

神域は外界へも通じているとされており、神域と御所を区切る所には『禁門』が存在していた。金烏と白烏は『禁門』を通じて山神の神意を聞き、祭祀を行って山内を治めるという。だからこそ、金烏の御所は『禁門』と最も近い場所に構えられ、神官の長、白烏も『禁門』を守るため、常にその近くに控えているのだ。

締め切られた紫宸殿を若宮が無理やり開かせると、騒ぎを聞きつけて来た金烏代の秘書官や女房達が悲鳴を上げた。流石《さすが》に全員で御座所の奥へと踏み込むわけにはいかないので、路近と澄尾以外の護衛は、紫宸殿の前で待たせることにした。

本来ならば神祇官を通じて連絡し、白烏との会談を申し込むのだが、今日は正規の手段を取っている暇がない。ほとんど押し込み強盗のような態《てい》で正殿を突っ切ると、神域との境へと向かったのである。

「若宮殿下、長束さま。まさか、こちらからいらっしゃるなんて！」

御所のほとんどを通り過ぎた頃になり、ようやく、官人とは明らかに風体《ふうてい》の異なる八咫烏が出て来た。白い装束《しょうぞく》に身を包んだ、白烏配下の神官である。

「ここから先は、金烏と白烏の他は、選ばれた神官しか入ることは許されません」

「真の金烏陛下ならここにおられる。それに、火急の用件だ。白烏には、既に使いを出しているはずだが」

澄尾や路近が口を開く前に、長束自らが告げる。もしかしたら先触れよりも先に自分達が着いてしまったかもしれなかったが、そこは都合よく忘れることにした。

狼狽した颪の神官であったが、後から来た仲間に何事かを耳打ちされると、ひどく驚いた顔になった。話しながら、ちらりとこちらの様子を窺い、覚悟を決めた表情となって一行へと向き直る。

「……失礼いたしました。白烏が、『禁門』にてお会いになるそうです」

ご案内致します、と今度は丁重に先導される。

いかにも宮中らしい装飾の施された一帯を抜けると、板間から、古い石造りの通路に出た。石の廊の両脇には水路が出来ており、いくつもの分岐を経て違う場所へと流れて行っているようである。

水は、自分達の向かう先から流れて来ている。流れに沿い、遡《さかのぼ》るようにして辿り着いた場所は、岩を削って造られただだっ広い大広間だった。

天井が驚くほどに高い、円形の空間である。

長束達が入って来た入り口とはちょうど反対に、見上げるように巨大な扉があった。

弧を描く岩壁の内側には、ちょうど人ひとり入れそうな大きさに切り出された石が、いくつも立てかけられている。しかも不思議なことに、通路へと続く水路へ流れ込んでいる水は、この石そのものから湧き出しているようだった。

長束自身、ここまで『禁門』に近づいたのは初めてである。異様な雰囲気に呑まれて立ち止まってしまったが、広間の中央には、見知った顔が佇《たたず》んでいた。

「神祇《じんぎ》大副《たいふ》……」

　思慮深そうな顔つきの初老の男は、ここ数年の間、体調を崩したという白烏に代わり、朝廷の祭祀《さいし》の采配を行っていた者だ。

「どうしてお前がここに。白烏はどうした」

「白烏は体調が優れませんので、先にわたくしが参りました。ただ今、こちらへ来る支度をしておりますが、おそらく自分でも、白烏の見解をお伝えすることは出来ると思います」

　深々と礼をする神祇大副に、長束は若宮と顔を見合わせた。

「では、聞こう。何故、お前達は父上の譲位に反対した」

「十年以上前に、若宮に即位しろと言いだしたのは白烏ではないか。今になってそれに待ったをかけるなど、私だとて納得がいかぬ」

　弟に続き、長束も補足するように言えば、大副は「そうおっしゃるのも尤《もっと》もです」と言って、再度頭を下げた。

「ですが、どうかご容赦下さいませ。白烏以下、神官達も大いに迷った上での決断なのです。我々とて、出来ればこのような宣言を出しとうございませんでした」

「ならば、何故」

　理由を申せ、と命じた若宮を、大副は縋《すが》るような眼差しで見返した。

「その前にひとつ、お願いをしてもよろしいでしょうか」

「何だ」

「『禁門』を、若宮殿下の手で開けては頂けませぬか……？」

長束は意外な頼みに面食らったが、頼まれた当の若宮は、素直に言われた通りにした。

『禁門』の扉には若宮の顔よりも大きい鍵が付けられているが、それはすでに解錠されている。見た通りであれば、誰でも開くことは可能なはずである。

若宮はまず、普通の戸を開けるように手を当てたが、扉はびくともしなかった。見かねた長束も手を貸し、肩をぶつけるようにして押し開けようとするも、やはり扉は動かない。

その様子に、やはり、と大副は項垂《うなだ》れた。

「どういうことだ？　一体、これにどんな意味がある」

要領を得ない大副の態度に、長束は苛立って声を荒げた。戸惑い顔の若宮の視線も受けて、大副は観念したように語り始めた。

「十九年前、若宮殿下がお生まれになった時、産屋《うぶや》の鈴は鳴り響き、『禁門』はひとりでに解錠しました。それらは全て、神祇官に代々伝わる言い伝え通り。間違いなくあなたこそが、『真の金烏』と思われた」

だからこそ、白烏は若宮を『真の金烏』であると当時の金烏代に報せ、山内中に宣言したのだ。皇太子だった今上陛下には『金烏代』の称号を与えず、その息子である奈月彦が成人した暁に、直接譲位が行われるはずだった。

そこで、予想外のことが起こりさえしなければ。

「『禁門』が、開かなかったのです」

「それは――」

「言い伝えでは、鍵が開いた時点で、『禁門』は神官でも開けるはずなのです。それなのに、誰がやっても――若宮殿下ご自身が開けようとなさっても、鍵が開いたはずの禁門は依然、閉ざされたままでした」

覚えておいでですか、と沈鬱な表情で大副は問うた。

「幼い頃、若宮殿下に一度、ここに来て頂いたことがあるのです。殿下ご自身ならもしや、と思っての行為でしたが、殿下が扉に手をかけても、禁門はびくとも動きませんでした。それが、あなたさまが『真の金烏』であるということに、我々が最初に疑問を抱いた出来事でした」

その言葉に、長束の頭は一瞬にして真っ白になった。

「……お待ち下さい。それではまるで、若宮殿下が『真の金烏』ではなかったかのようなおっしゃりようではありませんか」

主の大事に黙っていられなくなったのか、澄尾がわずかに上擦《うわず》った声で神祇大副を問い質《ただ》す。

澄尾の言葉に顔をそむけた大副に、長束は信じられない気持ちになった。

「まさか、お前達がそれを言うのか。奈月彦が、『真の金烏』ではなかったと?」

前々から『禁門』が開かない件について、おかしいという声は上がっていた。だが、神官達がそれに明確な答えを返さないことを腹立たしく思いこそすれ、まさか彼ら自身が、若宮の正統性に疑問を抱いているとは夢にも思わなかった。

ふざけるな、と長束は怒号を上げた。

弟が『真の金烏』であると宣言されて以来、波乱ばかりだった自分のこれまでを思い、何度も死にかけた弟を思った。宗家として生まれた者の責務、『真の金烏』として生まれた者の責務であると言い聞かせて、それこそ、血反吐《ちへど》を吐く思いで朝廷を渡り歩いて来たのに！

冷静になろうと思っても、どうしたって体が震えた。

「それを、今になって勘違いだったとほざくのか。私と奈月彦がどんな思いでここまで来たか、お前達だって心得てるはずだ。この全てが間違いだったと言うのなら、我ら兄弟は一体、何のために――」

「兄上」

若宮が、鋭い制止の声を上げた。ハッとして振り向けば、弟は動じた様子もなく、静かな目でこちらを見つめていた。

「まずは、神祇大副の話を聞いた方がいい」

「しかし！」

「では、先にこれだけ、はっきりさせよう」

神祇大副、と呼ばわった若宮の声は落ち着いており、この空間によく響いた。

「私は、『真の金烏』ではなかったのか？」

長束だけではなく、澄尾や路近も、息を凝らして神祇大副の返答を待つ。だが、尋ねられた彼は、絶望的な表情でゆるゆると頭を横に振ったのだった。

「……分からないのです」

「分からない……？」

「こうなるともう、我々には判断がつきません。『禁門』は解錠されたのに、扉が開かない。それだけならまだしも、若宮が本当に『真の金烏』であるのか否かについて、最も大きな疑問が、他にあるのです」

「それは何だ」

答えろ、と迫る長束は本気で怒っていたが、神祇大副は頑《かたく》なだった。

「言えません。『真の金烏』のふりをされては困るため、神官以外には漏らさぬよう、厳密に秘された条件《じょうけん》なのです。若宮殿下は、最も重大なそれを満たしていらっしゃらない」

言われた若宮が、困惑したように目を瞬いた。

「私は偽者などではない。少なくとも、私自身はそう思っているが……」

「奈月彦が『真の金烏』であるとされたのは、物心がつく前の話だぞ。いいかげんなことを申すな」

「我々も困っているのです。若宮殿下が、嘘をついていらっしゃるとは到底思えない。部分的に見れば、『真の金烏』としての力もある。それなのに、何故――」

神祇大副自身が、ひどくもどかしそうに口をつぐみかけた瞬間、か細い声が上がった。

「もうよい、大副。説明して差し上げよう」

路近と澄尾、二人の護衛が気付いて脇に避けると、広間の入り口に、白装束の一団が姿を現した。

その先頭に立つのは、小さな老爺《ろうや》である。

体は痩せ細っており、背筋は丸まっていて頼りない。支えてくれる者がいなければ、今にも倒れてしまいそうであった。皺だらけの顔にはたっぷりとした白い髭が生えているが、威厳があるとは到底言えない。

一瞬、激昂《げつこう》していたことも忘れて、長束は愕然《がくぜん》とした。

「そなた、白烏か……?」

以前会った時との変わりようは、にわかには信じられないものだった。

確かに、数年前に体調を崩したとは聞いていた。式典の際には神祇大副が出るようになって、もう五年近くが経っている。しかしながら、長束の記憶には自分に譲位を勧めて来た時の印象が強く、今でも高齢ながらに頑健なものと思い込んでいた。

立ち竦《すく》む長束に代わり、若宮が白烏へと駆け寄った。

「誰ぞ、床子《しようじ》を持って来い。白烏を座らせてやれ」

「いいえ、御前にあって、そういうわけには」

「命令だ。座れ」

ぴしゃりと言い切ってから、すぐに「すまぬ」と若宮は謝った。

「ここまで具合が悪かったとは知らなんだ。呼びつけたりして、悪かった」

「いいえ。ご足労頂き、こちらこそ申し訳が立ちませぬ」

弱々しく頭を下げた白烏は、配下の神官が持ってきた床子に腰を下ろし、深い息を吐いた。

「今になって何を言うかと、長束さまがお怒りになるのも当然でございます。しかし我々には、そうする他に方法がなかったのです」

「聞こう。秘されていた、『真の金烏』の条件とは、何なのだ」

それは、と白烏がしわがれた声を絞り出した。

「記憶でございます」

簡単な言葉が、すぐには理解出来なかった。呑み込めていない風の皇子達を見て、白烏は分かりやすいように言い直した。

「若宮殿下。貴方さまには、始祖である『真の金烏』の記憶がないのです」

「……どういう意味だ、それは」

「『真の金烏』は、始祖から始まる、歴代の『真の金烏』の記憶を継承しているはずなのです。だが、貴方さまにはそれがない。一番訊きたいのはわたくしどもの方です。貴方さまは、何故、何も覚えていらっしゃらないのですか！」

金烏《きんう》とは、八咫烏《やたがらす》全ての父であり、母でもある。

如何《いか》なる時も、慈愛をもって我が子たる民の前に立たねばならぬ。

如何なる困難を前にしても、民を守護し、民を教え導く者であらねばならぬ。

金烏とは、八咫烏全ての長《おさ》である。

――『真の金烏』は、八咫烏にとって完全無欠の統治者だ。

そう言われる所以《ゆえん》は、何よりも民を優先する、その魂ゆえだと長束は思っていた。

奈月彦は、自分とは違う。

山内の結界の綻《ほころ》びを繕《つくろ》い、夜間にも転身し、八咫烏の本質を見極めて用いる力を持っている。そして、それらの力を自分以外のために使う、無私の心を持っていた。それこそが、自分と弟を分け隔てる、最大の違いであると、長束はそう信じて来た。

だが、『真の金烏』となるには、それでは不完全だったというのか。

「『真の金烏』は文字通り、八咫烏全ての御祖《みおや》なのです」

震えながら、白烏が若宮へと手を伸ばした。

「山神《やまがみ》さまに率いられてこの地にやって来た初代金烏陛下――四家のもとになった四名の皇子の祖《おや》であり、山内に住まう八咫烏、全ての始祖であるお方。その生まれ変わりこそが、『真の金烏』の本来のお姿です」

本当に『真の金烏』であったならば、若宮に対し、このような説明を行う必要すらなかったはずなのだ。それどころか、記憶を取り戻した時点で白烏以下、神官全ては『真の金烏』の麾下《きか》に入るつもりだった。

役割が違うのです、と白烏はあえぐように言った。

「『真の金烏』陛下がいらっしゃらない間、代わって祭祀を執り行うのが白烏であり、政治を預かるのが金烏代という、そういう分担がされていたはずでした。我々の役目は、あくまで『真の金烏』陛下の帰りを待つことであり、皇子が『真の金烏』か否かを判断しなければならない事態が来るなど、思ってもみなかったのです」

『禁門』の鍵が開いた時は、すぐに若宮に記憶が戻ると思われていた。言葉も知らぬ幼子ならともかく、成長と共に、過去の記憶も取り戻すだろう、と。

ところが若宮は、外界から帰って来ても、元服した今になっても、思い出す気配を全く見せなかった。

これは白烏にとって、大きな計算外だった。

最も大きな条件を満たしていない以上、白烏は『真の金烏』として若宮の即位を認めるわけにはいかなくなってしまった。ぎりぎりまで記憶が戻るのを待っていたが、譲位の話が持ち上がったことを受けて、これ以上待つことは無理だと判断し、先だっての宣言となったのである。

無言で話を聞いていた若宮が、低い声で尋ねた。

「……ではやはり、私は『真の金烏』ではないのだろうか」

「それが、そうとも言いきれません」

苦しそうに、ぜいぜいと呼吸する白烏に替わり、神祇大副が説明を買って出た。

「若宮殿下が、『真の金烏』に限りなく近い存在であるのは間違いありません。若宮殿下がお持ちの能力は、疑いようもなく『真の金烏』のもの。ただの八咫烏ではないことは明らかです」

それなのに、完全な『真の金烏』とも言えない。何もかもが中途半端なのだ。

「では、私は一体――何だ?」

そう呟いた若宮は、途方に暮れたような顔をしていた。無理もない。長束だって、若宮が言わなければ、神官達に詰め寄っていただろう。

「ひとつ、考えられる可能性がございます」

白烏の視線を受けて、神祇大副が顔を上げた。

「若宮殿下、長束さま。これらが何か、お分かりになりますか」

指さされたのは、部屋の中心を囲むように等間隔で並べられた、水を流す石の箱だった。

いいや、と首を振った二人を見て、神祇大副が首肯する。

「これは『真の金烏』の棺《ひつぎ》です」

長束は目を見開いた。

確かに一瞬、棺のような形をしているとは思ったが、山内において、貴人の遺体は火葬されるものと決まっている。遺体の入った木棺を見た経験はあったが、このように石で出来た棺は見たことがなかった。

「石に見えますが、その棺は、もとは白木だったのです」

「これが木だと？　そんな馬鹿な」

近寄って見ても、棺はきらきらとした白い石に見えた。石の表面から湧き出ている水のせいで見えにくいが、促されて触ってみればやはり、それは石としか思えなかった。

「長くその水を流しているうちに、白木の棺が石へと変わるのです」

『真の金烏』は、他の宗家の者と違い、遺体は荼毘《だび》に付されない。死んだあとも山内を守る役割を与えられ、立ったまま白木の棺に入れられて禁門の周囲を囲むように安置されるのだという。

「どうして、白木の棺から水が湧きだすのか。その水の中で、どうして木が腐らず石になるのか、我々にも分かりません。ですが、ここに置かれた棺の中には、歴代の『真の金烏』のお体が入っているのは間違いないのです」

そして問題はこの棺です、と神祇大副が指し示した一つは、部屋の中でも一番端に置かれたものだった。

それは確かに白木の棺で、水は湧き出ておらず、まだ石にもなっていなかった。

まじまじと見つめていると、近付いて来た神祇大副が「どうぞ、ご覧下さい」と、棺の蓋に手をかけた。がこん、と思いの外軽い音を立てて、棺が開く。

「おい――」

思わず止めようと手を上げかけた長束は、しかし、その中を見て口を閉ざした。

「……空《から》？」

若宮の隣に控えていた澄尾が、拍子抜けしたように声を漏らした。

澄尾の言った通り、棺の中には、何も入っていなかった。

「その棺は、先代の『真の金烏』が入るはずだったものです」

どこか、涙の滲むような声で白烏が言う。

「これこそが、若宮殿下の記憶が戻っていない理由ではないかと、我々は考えております」

「先代の『真の金烏』の遺体は、どこにある。きちんと埋葬されなかったのか？」

長束の質問に、神祇大副は無念そうに空の棺を撫でた。

「それが、はっきりしないのです。遺体どころか、先代の『真の金烏』が、どのように亡くなったのかさえ、定かではありません」

先代の『真の金烏』が死んだのは、今より百年ほど前のことだとされている。

当時はまだ『禁門』が開いており、『真の金烏』自ら、神域に出向いて山神に奉仕していたらしい。その間、山内は安泰そのものだったのに、ある時、『真の金烏』は神域に入ったまま、帰って来なくなった。『真の金烏』の帰還を皆が待ちわびる中、『禁門』には勝手に鍵がかかり、誰の手でも解錠することが出来なくなってしまった。

――『真の金烏』は、神域で亡くなったものと思われた。

葬儀が行われ、新たに金烏代が即位したが、肝心の遺体は今に至るまで見つかっておらず、空の棺だけが残されているのだという。

「白烏に、代々受け継がれる記録には、それ以上のことは書かれておりませぬ」

「ですが、遺体がないまま、不完全な形で葬儀がされたのは確かです。他の宗家の埋葬とは違った方式を取りますから、もしかしたら『真の金烏』の葬儀には、記憶の継承の手続きが含まれているのかもしれません」

だが、百年前はその葬儀を完璧に行うことが出来なかった。若宮が不完全な『真の金烏』として生まれてしまったのは、それが原因ではないかと神官達は考えているのだ。

「もともと『真の金烏』陛下は、山内を襲う災禍に対し、気力、体力ともに最も充実した姿で対応出来るよう、時機を見計らうようにして転生なさっていました。ですがそれとて、どんなに長くても二十年以上、『真の金烏』が不在の時期が続くことはなかったのです」

――ここ百年もの間『真の金烏』が生まれなかったことが、すでに異常だったのだ。

凍り付く弟の肩を、長束は励ますようにつかんだ。そうでもしなければ、自分まで倒れてしまいそうだった。

「……だとしたら、なんとする」

白烏が、若宮を『真の金烏』と断言出来ない事情は分かった。だが、このままではいられない。

「奈月彦が即位しなければ、この先も父上が金烏代のままだ。四家の思うさまに朝廷は蹂躙《じゅうりん》され、それこそ、『真の金烏』が対応すべきだった禍《わざわい》にも対処出来なくなる！」

白烏も、神祇大副も、何も答えなかった。

沈黙したままの二人を眺めながら、若宮がぽつりと呟く。

「白烏の判断は正しい。このまま即位したとしても、不完全な『真の金烏』では、その禍にどこまで対処出来るか分かったものではない」

「しかし！」

「欠陥があるのは、よりにもよって金烏の意識――判断力に関わる部分だ。今の私は、切れ味の鋭い刀を持ちつつもその扱い方を知らない、幼児のようなものなのだろう。なまじ強い力を持っている分、使い方を誤れば、取り返しのつかない事態になりかねん」

「奈月彦」

何か言わなければと思ったが、長束には、弟にかけるべき言葉が見つからなかった。

「記憶さえ――今の若宮殿下に記憶さえ戻れば、我々はもろ手を挙げて、殿下の即位を歓迎いたします」

ですがどうか、お許し下さい。

そう言って白烏が、床子から崩れ落ちるようにして岩の床に平伏した。

「今の若宮殿下を、『真の金烏』と認めることは、我々にはどうしても出来ません……！」


着替えるために一旦自邸に戻った長束《なつか》は、濃紫の法衣《ほうい》を身につけながら、大臣達《おとど》になんと言ったものか頭を悩ませていた。

混乱を収めるため、これから正式に、紫宸殿で説明をしなければならない。だと言うのに、一番しっかりしなければいけないはずの自分が、若宮以上に動揺していた。

このままではいけない、と額に手をやった時、背後から笑みを含んだ声が掛かった。

「金烏の出来損ないを前にしても、貴方は今のまま立場を崩さぬおつもりですか？」

弾かれたように振り返ると、壁に寄りかかったまま、ニヤニヤ笑う路近《ろこん》と目があった。

「貴様、今、なんと言った……？」

――金烏の出来損ないだと？

足音も荒く路近に迫った長束は、その襟元を締め上げるようにして壁に叩きつけた。

「そのようにふざけたことを、二度と申すな！」

路近の背中がぶつかった壁が鈍い音を立て、着替えを手伝っていた側仕え達が、ヒイッとか細い悲鳴を上げた。だが、当の路近は、今にも耳でもほじくり出しそうな顔をしている。

「ふざけたことも何も。他でもない、若宮殿下本人がそう認めていらっしゃる事実でしょうに」

「だとしても、貴様にそう言われるのは我慢がならん。他の誰にも、奈月彦《なづきひこ》を侮《あなど》らせてなるものか！」

考える前に、口から言葉が飛び出していた。そして言った瞬間に、自分の中で迷いが消えるのが分かった。

「……感謝するぞ路近。今ので肚《はら》が決まった」

襟を乱暴に離して、長束は路近を睨み付ける。

「私には、宗家の八咫烏としての誇りがある。宗家に生まれた者として、課せられた義務を果たさねばならない。私利私欲で玉座を欲したことなど一度もないし――それは、弟とて同じだ」

奈月彦が、無私の心で宗家としての務めを果たそうとする限り、長束もまた、奈月彦を信じ続けなければならない。

「他の誰がなんと言おうとも、私の弟は山内を統《す》べるに足る、正当な金烏だ。貴様が何を企んでいるかは知らんが、我々の仲違《なかたが》いを期待しているのならば、さっさと諦めるのだな」

長束を観察するようにしていた路近は、それを聞いてふと、目を細めた。

「何かを企むなど、とんでもない。長束さまは、長束さまの思うままになさるがいい。あなたさまの命令であれば、私は何でも聞いて差し上げましょう」

まるで、我儘《わがまま》を言う子どもをあやすかのような口ぶりである。訝《いぶか》しく思ってその目を見返した長束は思わず息を呑んだ。

「私は、私なりの忠誠を尽くすのみですから」

そう言って笑った路近の瞳は、慈悲を知らない獣の色をしていた。

＊　＊　＊

翠寛《すいかん》が見守る中、院長の話を聞き終えた清賢《せいけん》が、「では」と口を開いた。

「やはり譲位は無期限の延期……ですか」

「ああ」

「朝廷の方で、詳しい説明などは？」

質問に院長はゆっくりと首を横に振る。

「明確な説明は、何も。白烏が譲位に待ったをかけた理由も、若宮殿下がそれを受け入れた理由も、我々には知らされなんだ」

それを伏せさせたのは長束だという噂があるが、本当のところは分からないらしい。

「いずれにしろ、厄介なことになった」

厳しい表情のまま、院長は溜息をついた。

――神祇官からの宣言が出て、すでに十日が経っている。

勁草院の教官宿舎、そこに設けられた広い書院に、荳兒から貞木までを担当する、主だった教官が召集されていた。

灯台の明かりが揺らぐ中で浮かび上がる教官達の表情は、揃って沈鬱《ちんうつ》なものだった。

「知っての通り、勁草院院長の座は、金烏陛下の践祚《せんそ》に応じて代替わりするのが決まりとなっておる。以前言うたように、近いうちに天景院《てんけいいん》から拓滂《たくぼう》院主をお招きし、院長職の引き継ぎに向けて動き出す手はずとなっておったが、それも白紙に戻された」

この先どうなるのか、誰にも分からない状況になってしまったのだ。

それぞれが複雑な顔で黙り込んだのを見て、院長は表情を引き締めた。

「皆、不安ではあるだろうが、院士として為すべき仕事は変わらない。朝廷の方に動きがない限り、これまでと変わらない体制で運営に当たる。各々の責務を果たしてくれ」

は、と声を揃えた教官の中で、「しかし困りましたね」と清賢が頰を掻いた。

「この一件は、すでに院生達の間で噂になっています。ただでさえ、若宮派、兄宮派に分かれて多くの軋轢《あつれき》を生んでいるのに、これからは対立がさらに激化するでしょう」

「一番問題となりそうなのは？」

「やはり、南橘家の公近でしょうな。前々から、そういう兆候はあった」

草牙を受け持つ教官が苦い顔で言えば、多くの実技授業に関わっている華信《かしん》がそれを補足した。

「今年の豈兒《とうじ》は、例年になく身分の高い者や優秀な者が多かったからな。焦っているところもあるのではないか？」

「確かに、下に西家の明留が入って来て以来、問題となるような行動が顕著になっている感がありますな。公近を筆頭にして、兄宮派を自称する一派が明留に喧嘩を売っている姿をよく見かけます」

草牙の座学担当教官の言葉を受けて、清賢が溜息をついた。

「明留の方もそれを高く買い上げていたので、同じ穴の貉《むじな》と思って放置していたのですがね。今回の一件を受けて、それも笑っていられなくなるかもしれません。対等な喧嘩が一方的ないじめにならぬよう、院士方《せんせいがた》は注意をお願いします」

清賢の言葉に、「了解」「承知した」とあちこちから応じる声がした。

今後、朝廷の方で何らかの進展あらば、すぐに召集がかかること、院生達の間で政治を理由にした問題が起こらないように指導を徹底することなどを確認し、その日の集会はお開きとなった。

なるべく目立たないようにしていた翠寛は、会議が終わるや否や、すぐに書院を退出した。

薄曇りの夜である。

廊下に出れば、生暖かい空気の中に湿っぽさが感じられた。雨が降ると実技が座学に振り替えとなる場合があり、明日のことを思うと憂鬱《ゆううつ》である。

そのまま自室に戻ろうとしたところで、背後から「翠寛院士、ちょっとよろしいですか」と呼び止められた。

振り返れば、黒い羽衣を揺らし、清賢が足早にこちらへ近づいて来るところであった。

「何かご用でしょうか」

「あなたの担当授業で、特定の院生を特別扱いしているという噂を小耳に挟んだのですが、それは本当ですか？」

答えないでいると、清賢は口元をきゅっと引き締めた。

「もっと具体的に言いましょう。公近と諍《いさか》いがあった連中に対し、改めて罰を与えたというのは本当ですか」

「はい」

「それ以降、演習においてあなたの対戦相手には雪哉を指名し続け、こてんぱんに負かしているというのも？　書庫の整理やら竹林の手入れやらを申し付け、彼には課題に取り組む時間すら与えないようにしていると聞きましたが」

いずれ、咎《とが》められると分かっていた。翠寛は澄まして答えた。

「多少、書き方を変えてはいましたが、多くの院生があれの課題を丸写ししているのは明らかでした。その罰と、今後の予防のためです」

「だったら、課題を写した院生全員に同様の罰を与えるべきでしょう。あなたの雪哉への態度は、教官が院生へとるものとはとても言えない」

「私は、あれを院生とは認めません」

言うと、清賢は意外そうに目を瞠《みは》った。

「何故？」

「あなたならば、言わずともお分かりになるのでは？　あれの存在は、勁草院の和を乱すだけ。ここでは、百害あって一利なしの男です」

他の院生にとって毒にしかならないと言い切ると、清賢は悩まし気にこめかみを揉《も》んだ。

「……だったとしても、院生である限り、彼らは等しく我々の教え子です。内心で何を思っていようが、一度それを態度に出せば、公近を贔屓《ひいき》していると思われても仕方がありません」

「別に、そう思われても構いませんが」

言った途端、清賢の眼差しが鋭くなった。

「これは翠寛院士だけでなく、勁草院の教官全ての信用に関わる問題でもある。院生には、あくまで平等に接した方がよろしかろう」

「は……」

清賢を怒らせるのは避けたかった。素直に頭を下げれば、清賢はこちらを観察するような目で見た後に、ふと微笑した。

「あなたは、まだ教官としての経験が浅い。あまり気負いなさるな」

「お心遣い、痛みいります」

　それではお休みなさい、といつもの笑顔で去って行く後ろ姿を見送って、思わず嘆息がもれた。重い足取りで自室に戻ると、そこには、先ほどまで話題に上がっていた院生が待ち構えていた。

「お邪魔させて頂いていますよ」

　表立っては禁じられている酒を掲げてみせるあたり、性質《たち》が悪い。杯《さかずき》やらつまみやらが広げられた室内で、翠寛は腕を組んだ。

「勝手に入ってよいとは言ったが、酒を飲んでも見逃すとは言っていない」

「そう、かたいことをおっしゃるな。それで？　会議はいかがでしたか」

「大して進展はない。お前が手にしている情報以上のものは得られないだろう」

だが、お前の話は出たぞ、と冷ややかに言ってやる。

「私の？　それはまた、どういった話の流れで」

「最近の挙動は目に余ると」

　横暴もいいかげんにしろと、翠寛はあえて不機嫌を隠さなかった。

「長束派を標榜《ひょうぼう》して、若宮派の連中に――特に、西家の明留に喧嘩を売っているだろう。馬鹿な真似は今すぐやめろ。このままだと、私とて庇《かば》い立てが出来なくなるぞ」

「よく言うよ。あんたこそ、北家の雪哉に辛く当たっている癖に」

　あれも若宮派でしょ、と余裕たっぷりに公近は言う。これには、大人げないと分かっていながら「お前と一緒にするな！」と噛みついてしまった。

苛立っているこちらの様子に気付いたのか、公近は呆《あき》れたように鼻を鳴らす。

「そう、ぴりぴりしないで下さいよ。ここ最近の私の態度に関して言うならば、別に、何の考えもなしにやっているわけじゃない。半分以上はわざとですよ」

「何？」

「他でもない、兄上がそうしろと」

最も聞きたくない人物の話になり、翠寛は覚えず呻いた。

「……あいつか」

長束一番の側近、路近。

院生時代、自分の一年先輩だった男である。

「これも、若宮派への牽制《けんせい》です」

「あれは何を考えている。長束さま自身が若宮への恭順の意を示している以上、そんなことをしても無意味だろうに」

それを聞いた公近は、あからさまにこちらを馬鹿にした顔つきとなった。

「あなたは、兄上をまるで分かっていない」

「分かってたまるか。『忠道とは道楽と心得よ』と嘯《うそぶ》く奴だぞ。共有出来ている言葉の方が少ないくらいだ」

控えめに言っても、狂っているのだ。あの男の考えを理解出来るようになってしまったら、それこそ自分はお終《しま》いである。

言い切った翠寛をおかしそうに見やって、公近は酒の入った杯を揺らした。

「兄上は、長束さまを金烏にすることを諦めていないのです」

空恐ろしい話を、まるで天気の話でもするかのような気軽さで公近は言ってのけた。

「そしてあなたは、兄上一番のお気に入りだ。いざとなった時、自分の参謀に置くつもりなのは間違いない」

「……ぞっとしない話だ」

「でも、こうして私を庇って下さるところを見ると、あなたもまんざらではないのでしょう?」

クソガキめ、と内心で毒づきつつ、翠寛は公近の言葉に、肯定も否定も返さなかった。

「とにかく、今の行動はお前自身のためにならん。お前の兄が何を企《たくら》んでいるかなんて知ったことか。北家の生意気な小僧に出し抜かれたくなかったら、言動には気を付けろ」

「あんな奴！　何も恐くなんかありませんよ」

「そうやって、豪胆《ごうたん》を気取るのは止めたまえ。下手な真似などしても、お前は兄にはなれないぞ」

それを聞いた瞬間、公近の顔から気取った余裕が抜け落ちた。

「うるさいな……。あんたには関係ないだろう」

子どもっぽく拗《す》ねた公近を、翠寛は頭から無視してかかった。

「お前は、あれと似ていないことをむしろ誇るべきだ。せっかくまともに生まれたのだから、自分からそれを無に帰すような真似をするんじゃない」

翠寛の本気の忠告を、公近はうるさい小言を嫌がるようなに聞き流した。

「ああ、もう、分かりましたよ。大人しくしています。私が手を出そうが出すまいが、どうせ結果は変わらないだろうし」

公近の言葉に眉根を寄せれば、「明留の付け焼刃が、毀《こぼ》れ始めたようですから」と、公近は口角を吊り上げた。

「近いうちに、自分から破滅するでしょう」

そう言って公近は、路近と似ているようで似ていない顔で、嬉しそうに笑ったのだった。

＊　＊　＊

「明留の奴、最近ぴりぴりしていないか？」

『御法《ぎょほう》』の授業中である。

すでに課題をこなした茂丸と雪哉は、崖の上で一息つき、他の連中が追いつくのを待っていた。

今行われているのは、「人馬交替」の訓練だ。

これは休憩を挟まずに長距離を飛ぶための訓練で、飛びながら、空中で騎手と馬が入れ替わるというものだった。今は単純に山を一周して交替するだけであるが、卒院試験の際には、中央から辺境まで往復させられるらしいとの噂である。

この訓練では、なるべく体格が近い者が組んだ方がよいとされているが、雪哉は茂丸相手でも平然としたものであった。

「お前は誰が相手でも問題なさそうだな」

「鳥形《ちょうけい》になっちゃえば、どうしたって人形《じんけい》より大きくなるからね。人形の時の体格は、あんまり関係ないんじゃないの」

「人形ではお前より体格がいいのに、手こずっている奴らもいるしなぁ」

「ああ、明留とお仲間達ですか」

明留の取り巻きはもとから成績はよくなかったが、最初の頃、優秀だった明留が、最近、その成績に陰りを見せていた。実技の難易度が上がるにしたがって、授業についていけなくなって来たのである。特に、以前から芳《かんば》しくなかった『御法』は、それが顕著なようだった。

だからかな、と最前の言葉で明留を表した茂丸に、雪哉は苦く笑った。

「原因の一端ではあると思うけど、全部そのせいではないだろうね」

毎回一番を譲らなかった座学においても、状況は変わり始めていた。

「まあ、ほとんど勉強していないお前と同じ点数じゃ、明留が焦るのも無理はないだろうよ」

――公近との一件以降、雪哉は完全に翠寛に目を付けられ続けている。

あれから一月が経ち、気候はすっかり夏と言えるものとなっていたが、翠寛は一向に雪哉を許す気配を見せなかった。

演習においては執拗《しつよう》に雪哉を指名し、ささいな理由を見つけては自由時間を奪うような罰を与える。時に、「お前はさっさと勁草院をやめるべきだ」と暴言を吐くこともあり、他の教官

──清賢院士あたりに相談した方がよいのではないか、といつもの面々が集まると相談するようにまでなっていた。

しかし当の雪哉は、全く堪《こた》えた様子を見せなかった。

怒られる自分が悪い、告げ口のような真似は好きじゃない、これで成績が落ちるようだったら問題だが、そういうことにはならないから、と。

笑って、いつもの連中の言葉を受け流したのである。

実際、雪哉は睡眠時間を削って課題をこなし、試験がある時も事前勉強なしに臨むようになったのだが、不気味にもその成績はむしろ上がって来ていた。その結果は明留と並んで一番か、悪くても二番なのだ。

一方の明留は、己の自由時間は全て自習に充てているともっぱらの噂である。雪哉の点数を知る度に表情がこわばっていくのが、傍目《はため》からでも見て取れた。

「それに、さんざん若宮派を気取っていたのに、即位が延期になったってのも大きいだろうね。勁草院でもお家でも、気が休まるところがないんじゃないの？」

「ちょっと、可哀想な気もするなぁ」

「成績が出せないのは彼の実力だし、若宮派を気取って赤っ恥かいたのも彼自身のせいだよ。俺達にはどうしようもない」

雪哉は、時折笑顔で毒を吐くことがあったが、明留に対してはその傾向が特に強い。

茂丸は雪哉と喋りながら、飛んでいる同輩達を何気なく眺めていた。

数々の二人組が一度上昇し、くるり、と宙返りするように入れ替わる。その瞬間は高度が落ちるが、下に入った鳥形の者が翼を広げて風をつかむと、再びもといた位置に浮き上がっていく。

傍《はた》から見ている分には曲芸のようで面白いが、あれが中々に怖いのだ。

馬から人になる時は馬を信じて飛べない姿に戻らなければならないし、逆に人から馬になる時は、重石《おもし》が乗っている状態のまま、浮かび上がれずに落ちてしまいそうになる。両方鳥形になったまま、人馬の状態になれずに完走してしまう組は失格だった。

人と馬、お互いに信頼関係があり、なおかつ息が合っていないと、なかなか成功しないのである。

そういった意味では、体格よりも仲のいい相手と組んだ方が成功しやすいかもしれないと思っていた茂丸は、空を飛んで行く同輩達の中に、妙にもたついている組があるのを見つけた。

「雪哉、あれを見てみろ」

指し示す前に、雪哉もそれに気付いていた。

「危なっかしいなあ。騎手が疲れているのかな？　もっと高度を上げた方がいいだろうに、あのままじゃ……って、あれ？」

雪哉が何か言いかけた瞬間、人馬が入れ替わろうとして、馬が二羽現れたように見えた。

交替が上手くいった時に、そういう風に見えることはあまりない。

——嫌な感じだ。

ぱっと、人と馬が同時に転身するのが最高とされる「人馬交替」で、その姿はあまりに不恰好だった。案の定、馬だった者が上になって転身した後も、高度はどんどん下がっていく。

両翼が風をつかみきる前に、馬は木々の中に突っ込んだ。

「落ちたァ！」

見ていた者の声が、素っ頓狂な具合に揃った。

「大変だ。あの落ち方じゃ、間違いなくどっか怪我したぞ」

「医務室に連絡を！」

途端に蜂の巣をつついたような騒ぎになり、馬が墜落した周辺に、教官達がすっ飛んでいく。

落ちる直前、騎手は転身して難を逃れたようだったが、馬となっていた方が心配だった。

「誰が落ちたんだろう」

「茂さん。落ちたのは、明留だよ」

「は？　本当か」

「間違いない。入れ替わる直前に、騎手の髪が赤く光ったのが見えた」

さっきの今であるだけに、何とも気まずい。

現場では、今も何羽もの鳥形の八咫烏が飛び交っていた。

＊　＊　＊

目を覚ました瞬間、体中が鈍く痛んだ。

痛み止めを飲まされたせいか、頭はぼんやりとしていて、体は熱く火照《ほて》っていた。

医務室の雨戸の隙間から見える空は、すっかり暗くなっている。

一度目が覚めた時に診察を受けたので、何が起こったのかは分かっていた。

全身はひっかき傷だらけで打ち身も酷《ひど》かったが、幸い、命にかかわるような怪我はなかった。

ただ、落ちた際に頭を打ったので、今日は医務室に泊まるようにと命令されたのだ。

落ちた瞬間は、はっきりと思い出せた。

よりによって、組んでいた相手は千早だった。

行軍訓練の様子を見ているから、千早はもっと速く飛べると知っていた。それなのに飛ぶのがやたらと遅くて、自分に対する嫌がらせだと思ってしまったのだ。

自分が鳥形となって、遅れを取り戻さなければと焦って、千早の準備が整う前に鳥形となり、無理やり体勢を入れ替えようとした。

反転する視界。

耳元で吹きすさぶ風の音。

交錯した瞬間に人形に戻った、千早の見せた一瞬の表情。

――結果として、自分の転身は間に合わなかった。

酷い失態だったし、成績にも大きく関わる問題である。このままでは若宮の側近になんか、なれないかもしれない。

こんなはずでは、なかったのに。

「ちくしょう……」

一体、どこで何を間違えたのかと、明留は打ちひしがれていた。

「西本家《にしほんけ》の方へは、我々から連絡をしておきました」

「そうか……。世話をかけるな」

翌日、自分と共に峰入りした同室の二人が見舞いにやって来た。

だが、彼らの様子がおかしい。

以前であれば甲斐甲斐《かいがい》しく明留の世話を焼いただろうに、今はどう見ても、嫌々やって来て、最低限の義理を果たしているようにしか見えないのである。

「どうした。何かあったのか」

「いえ、別に」

「何でもないです」

よそよそしい二人に対する苛立ちが、どんどん胸の奥に広がっていった。

「……近ごろ、お前達は僕を避けていたな。言いたいことがあるなら、はっきり言え」

明留の言葉に、一人がキッと顔を上げる。

「なら、言わせてもらいます」

「おい、やめろよ」

「止めるな。皆思っていることだ」

最近になって聞きました、と、そう言った彼の顔は醜《みにく》く歪んでいた。

「明留さまは、若宮殿下から命令を受け、自ら望んで勁草院へやって来たとおっしゃいましたね。でも、実際に若宮殿下にお仕えしていたのはたったの一日だったそうではありませんか」

今になって何故、それが問題になるのか分からず、明留は困惑した。

「それが何だというのだ」

「あなたが勁草院に入ったのは、若宮殿下の側近になるための前段階と思っていました」

実際、あなたは優秀だった、と苦りきった表情で彼は言う。

「だから我々もそれに騙《だま》されかけたが、たった一日しか一緒に過ごさなかったのに、当時、順刀《しない》を握ったこともなかったあなたの何を見て、若宮殿下は山内衆になれなどと言ったのでしょう」

「何度も言ったではないか。山内衆が腐敗しているから、それを正すために、と。若宮派の先兵となる者が必要だった。私はそれに選ばれたのだ」

「だったら、北家の雪哉がいるではありませんか！　兄宮派の妨害にこそあっているが、大将《たいしょう》軍《ぐん》の孫にして、用兵の才能は同輩の中で一番だ」

しかも雪哉は、一年もの間、若宮の近習として仕えた実績がある。このまま卒院すれば、若宮の側近になるのは間違いないと思われた。

「もともと、武人の統率は北家の専門分野です。西家の者が、わざわざ勁草院に入る必要なんか、これっぽっちもなかったんだ。本来ならばあなただって、若宮殿下の近くにいるはずだったでしょう。雪哉が武人として側近の役割が期待されたのなら、あなたに期待されたのは、官人としての働きのはずだった。それなのにたった一日で側仕えから外された理由に、思い当たる節はないのですか」

「……お前、何が言いたい」

本来、西家の次男坊という立場は、朝廷でこそ光るものだ。それなのに、わざわざ勁草院へと送られた理由は何か。

――勁草院に貴族が入るのは、『蔭位《おんい》の制《せい》』を使っても仕事につけない無能であると、実家に見放された場合がほとんどだ。

「あなたは、若宮殿下ご本人から嫌われて、厄介払いをされたのではありませんか？」

明留は絶句した。

「明留さまが若宮殿下の信任を受けていると聞いたからこそ、我々は、本来であれば朝廷入りするところを、わざわざ勁草院にやって来たのです」

しかし、明留が若宮から見捨てられているのだとすれば、それは、何の意味もなかったことになる。あなたのせいでとんだ無駄足だ、と彼は吐き捨てた。

「こんなことなら、勁草院なんかに来るんじゃなかった」

苛烈《かれつ》な相方の一方、それまで発言を控えていたもう一人も、ため息混じりに頭を振った。

「私は、全部、あなたのせいだったとは思いません。ですが、今の西家系列の宮烏の中で、あなたに対する失望が広がっているのは事実です」

頭が働かなかった。一番自分の近くにいたこの者達がそんな風に考えているなんて、すぐには信じられない。

「我々は、近々自主退学するつもりでいます」

「そんな！」

口から飛び出た声は、意図せずして、縋《すが》るような響きを持ってしまった。

「とにかく、そんなわけなので……もう、あまり我々と関わらないでもらえますか」

引き留める言葉は見つからなかった。

二人が立ち去ろうとした時、ふと、戸口に人影が現れた。しかもそれは、出来ればこの場においで、最も見たくはない顔だった。

「お取り込み中だったかな？」

笑顔で首を傾げたのは、北家の雪哉であった。

「いやぁ、大した怪我がなかったみたいでよかったですね」

逃げるように去っていった二人を見送って、雪哉は胡散臭《うさんくさ》い笑みを浮かべながらこちらに近付いて来た。

「何で、ここに来た」

「随分な挨拶だなぁ。せっかく、見舞いの品を届けに来たのに」

ほら、と差し出して来た包み紙の中身は、砂糖をまぶした干し金柑《きんかん》だった。

「いらない」

「おや、勿体《もったい》ない。じゃあ、俺が貰ってもいいかな」

雪哉は窓際に腰かけると、明留の返事も待たずに金柑を頬張り始めた。

静かな室内に、ただもさもさと金柑を咀嚼《そしゃく》する音だけが微かに聞こえている。

明留は、雪哉に掛けるべき言葉を見失っていた。

同じ若宮陣営として仲良くしようと言った時、雪哉の返事が素っ気なかった理由が、今なら分かってしまう気がした。

雪哉は自分と違って、一年もの間、若宮の傍に仕えていたのだ。考えたくはなかったが、もし、若宮が自分を厭《いと》うて勁草院に送ったとするならば、こいつはそれを知っているはずだ。

若宮の意志を確認してしまいたいと思う一方で、絶対に聞きたくない、とも思った。

「……用がそれだけなら、出て行ってくれないか」

雪哉の口からそれを告げられるのが怖くて出した声は、我ながら酷いものだった。嫉妬が隠しきれていない情けない物言いを、しかし、雪哉は笑い飛ばす。

「用があるに決まっているでしょう」

でなけりゃ見舞いになんか来ませんよ、とあくまで平然とした顔で言ってのける。

「このままでは君、遅かれ早かれ、ここを出て行くことになりますよ」

その言葉につい、カッとなった。

「そこまで酷くはない！　総合すれば、まだお前よりも成績はいいはずだ」

「誰が成績の話をしているんです。君、本当に自分の置かれた状況が分かっていないのですか」

急に冷ややかになった雪哉の態度に、明留はたじろいだ。

「僕の置かれた状況って……」

考えてもみて下さい、と雪哉は金柑を弄《もてあそ》びながら言う。

「現在勁草院に在籍する院生は、荳兒《とうじ》四十四名、草牙《そうが》二十一名、貞木《ていぼく》十四名の総勢七十九名。このうち、生まれつき五位以上の位を持つのは俺と君だけ。『蔭位の制』を使う資格のある宮烏《みやがらす》は、俺らを含めてたったの六名しかいない。しかもそのほとんどは荳兒と草牙に偏《かたよ》っている」

呆気にとられる明留に、「この意味が分かりますか」と雪哉は試すような口調で尋ねた。

「貴族階級出身者は、ほとんど三年目を迎える前に落第している……？」

「その通り」

今はまだ同輩にも宮烏の仲間は存在するが、貞木になったら、そのほとんどが武家出身者か平民出身者になってしまうのだ。

「四家の息のかかった者は他にもいるけど、そいつら自身の身分は宮烏とは限らない。そんな中で、山烏を馬鹿にして宮烏を尊重し続けたらどうなるか、火を見るよりも明らかでしょうに」

今の態度を貫き通していたら、君の周囲は敵だらけになりますよと、雪哉はつまらなそうな顔をして言う。

「西家系列の派閥を形成して勁草院を改革するなんて、どのみち無理だし、無意味なんです。勁草院の方針に問題があれば、それを正すのは院長や若宮殿下のような、運営に携わる方々だ。

院生にそれをやれと言うのは酷だし、殿下もそんなことは最初から期待なんかしていませんよ」

明留は愕然とした。

「だって……それでは、若宮殿下が僕を勁草院に送り込んだ理由がないではないか……」

――本当に、若宮は自分を厄介払いしようとしただけなのだろうか。

全身から力が抜けるような思いがした明留の口に、急に雪哉が金柑を突っ込んで来た。

「な、何をする」

喉に詰まりそうになって咳《せ》き込むこちらを、雪哉は面倒くさそうに眺めている。

「いや。若宮殿下にこんなに期待されているのに、それに気付いていないなんて、とんだ馬鹿もいるもんだなぁと思いまして」

「は？」

説明を求めて顔を上げれば、今度はちょっとだけ苦笑された。

「だから、勁草院に行くように言われたんでしょ？　君が、将来自分の側近になれるように、と」

手のひらの上で金柑を転がしながら、さっきの奴らを見れば分かるはずです、と雪哉は言った。

「彼らは口にしなかったけれど、今になってああ言い出したのは、若宮殿下の即位延期も影響しているはずです。家の力に擦《す》り寄って来た奴らは、政局によって態度をころころ変える。本当に信用出来る仲間を得ようと思ったら、身分やら権力やらに頼っていては駄目なんだよ。言っておきますけど、彼らにああいう態度を取らせたのは、他でもない君ですよ」

先ほど「話が違う」と言って自分を詰《なじ》った、仲間と信じていた取り巻き連中の言い分を思い出し、明留は口ごもった。

「……そんなの、考えてみたこともなかった」

気まずくなって俯《うつむ》くと、雪哉の声に、愉快そうな響きが混じった。

「――同じことを、若宮殿下の側近としてやったらどうなるか、もう分かりますね？」

黙り込んだ明留に、まるで諭すかのような口ぶりで雪哉は話し続ける。

「君が山烏として見下している者は、山内の人口の九割を占めている。そして若宮は、自分がおさめる民の大部分がどういった者達であるかを、よくよく承知していらっしゃる」

勁草院は、いわば山内の縮図なのだ。

じわじわと、雪哉の言っている意味が飲み込めて来た。

「だから、殿下は僕に勁草院へ行けとおっしゃったのか……」

明留が将来、金烏の側近としてあるまじき態度を取らぬよう、一足先に平民階級の者との付き合い方を勁草院で学ばせようとしてくれたのだ。

「若宮は、勁草院に行けとは言ったけれど、山内衆になれとは言わなかっただろ。つまり、お前を育てようとして下さったんだ。西家の御曹司という身分にではなく、お前自身に期待をかけてくれている証拠だ」

雪哉は不意に、真正面から明留の目を見た。

「しかし、お前の方はどうだ。もし、若宮殿下が日嗣の御子《ひつぎのみこ》という身分でなかったらどうする。真赭の薄《ますほのすすき》さまが入内《じゅだい》しなかったら、義兄でない若宮殿下には興味はないか？」

厳しい雪哉の物言いに、明留は唾を飲み込んだ。

駆け巡ったのは、その身分を知らない頃、初めて若宮と出会った時の感動だ。

――明るい西日の中で同じ秘密を共有した優しい笑顔が、全ての始まりだった。

「僕は」

頼りなくかすれた声に、一度口を閉ざす。そうして次に出した声は、先ほどよりも、ずっとしっかりしたものだった。

「僕は、若宮殿下その人に仕えたい。あの方が僕自身を見て下さったのなら、僕もその信頼に、信頼で応えなければならない。応えたいと、そう思う」

「そうか……。それを聞いて、俺も安心した」

そう言った雪哉の笑顔は晴れやかで、もう、胡散臭いとは思えなかった。

この時初めて、明留は本当の意味で、雪哉も若宮に味方する同志なのだという実感を得ることが出来た。座学が出来る云々とは種類の違う、この頭のよさによって、おそらくは若宮殿下の近習に選ばれたのだろうと、すとんと胸に落ちたのである。

「雪哉は僕と違って、家の力には絶対に頼らないという、信念を持ってここに来たのだな」

だからこそ、茂丸達と仲良くしようとしていたのかと思ったのだが、雪哉は「まさか！」と明留の感傷を笑い飛ばした。

「前はそんな風に思っていた時期もあったんだけどね。今となっては、そういう贅沢《ぜいたく》も言っていられなくなっちゃったから、使えるものは何でも使うつもりだよ」

明留は目を瞬いた。

「でも、それでは意味がないのでは？」

「勘違いするなよ、明留」

窺うように首を傾げた明留に、ふと、雪哉は両眼を細めた。

「権力ってもんは、使いどころを間違えれば自分をも滅ぼしかねない厄介なもんだが、一方で、切り札に成り得る力を持っているのも事実なんだ」

つまり、と雪哉は冷然と微笑する。

「力の使いどころを間違えるなと言っている」

――ぞくりとした。

先ほどの笑顔とは一転して、雪哉の瞳は蛇のようで、感情が全く窺い知れなかった。

雪哉が急に恐ろしくなり、明留は「お前――」と唾を呑んだ。

一体何を企んでいる、と言いかけたその時、雪哉の隣りの窓から、ひょっこりと日に焼けた顔が飛び出した。

「難しい話は終わったか？」

明留はうっかり飛び上がりそうになり、体中の痛みに呻いた。

「茂丸！　お前、いつからそこに」

「本当は、雪哉と一緒に来たんだけどよ、なんか俺達が割って入れる雰囲気じゃなかったから、ここに隠れていたんだ」

これはお見舞い、と窓から身を乗り出して床に置かれたのは、籠に入った李《すもも》だった。

「俺、李大好きなんだよね。これ一個もらっていい？」

雪哉が呑気に言いだしたのを見て、先ほどまでのあれは何だったのかと、明留は拍子抜けした。

「派手に落っこちたみたいだったけど、思ったより元気そうだな。体調はどうだ」

訊いて来てくれた茂丸に、明留は一瞬言葉が出なかった。皮肉な話であるが、まともに体調を心配してくれたのは、茂丸が初めてのような気がする。妙に感動しつつも、これまでの自分の言動が、急に恥ずかしく感じられた。

「かたじけない。体は大丈夫だが……俺達だと？」

「そ。本当は、俺よりもこいつの方が、ずっとお前を心配していたんだぞ」

窓の外に消えた茂丸が、そこに座っていたらしい男の首根っこをつかまえて、ひょいと持ち上げてみせた。そこから現れた渋い顔には、別に心配していたわけではない、と書いてあるようだった。

「千早」

驚いて、それ以上は何も言えなかった。かける言葉に迷っているのは千早も同じらしく、さんざん迷った様子を見せた挙句に、「わざとではない」とぽつりと呟いた。

それだけで、今現在、勁草院で何と噂されているのか察しがついてしまった。

おそらくは、千早が明留に故意に怪我をさせたと思われているのだろう。千早はもともと公近に仕えていたし、最近、公近から明留への嫌がらせが頻発していた。自分も、当事者でなければそう思ったかもしれない。

「……分かっている。落ちたのは、僕のせいだ」

落ちる瞬間に見た千早の表情は、明らかにぎょっとしていた。

転身してから落ちるまではほんのわずかの時間しかなかったが、その間も、騎手として最大限体勢を立て直そうとしてくれたのも感じていた。

だが、どうしても腑《ふ》に落ちないことが一つあった。

「なあ、千早。お前だったら、もっと速く飛ぶことも出来ただろう。あの時、やけにゆっくり飛んでいたのは何故だ」

明留の質問に、千早は淡々と答えた。

「お前の体勢が不安定だった。あれ以上速度を出したら、転がり落ちるのではないかと思った」

「――そうか」

明留は大きく息をつくと、布団の上で姿勢を正し、千早に向けて深々と頭を下げた。

「迷惑をかけて、すまなかった。皆には、きちんと僕から説明する」

「いや……別にいい」

一言だけではあったが、千早の言葉で、いくらか明留の胸は軽くなった。

「おお、山烏相手に謝るなんて、お前も成長したんだな」

面白がるような感嘆に複雑な気持ちになっていると、それを見て取ったらしい茂丸が、あのさ明留、と急に表情を改めた。

「お前が、お前なりの理由があって勁草院に来たように、俺達だって、それぞれ理由があってここに来たんだよ」

一人として同じ事情の者はいないのだし、同じ考え方を持っていないのは当然だという言葉を、明留は神妙に聞いた。

「山内中から色々な奴らが集まってさ、それぞれの意見をぶつけ合えるなんて、すごい所だと思うんだよ、ここは。勁草院じゃなかったら、俺もお前も、こうして普通に話すなんて出来なかっただろ?」

「ああ。全く、その通りだな……」

せっかくなんだから、仲良くしといた方がお得だって思ったらどうだ、と茂丸は笑う。

「俺達さ、休みの日以外は、たいてい二号棟の空き部屋で勉強会をやっているんだ。よかったらお前も来いよ」

きっと皆、喜ぶと思うぜ、という屈託のない茂丸の言葉と態度が、今の自分にはひどく心に沁《し》みた。

医《くすし》の許しを得てようやく自室に帰ると、二人の取り巻きのうち、一人の姿は既になくなっていた。あの時はそこまで考えなかったが、彼は峰入り当初から、自分よりもずっと成績が悪かった。本当はもう、院生としてやって行くには実力の限界に来ていたのかもしれない。

迷ったが、結局、夜になって二号棟へ向かうことにした。

実際に行ってみると、勉強会をやっている部屋は一目瞭然《いちもくりようぜん》だった。引き戸は開けっ放しになっている上に、中から漏れ聞こえて来る声が、呆れるほどに喧《やかま》しかったのだ。

「俺はもう駄目だ。何一つ分からん」

「しっかりしろ、あのデコっぱち眼鏡にばれちまった以上、もう雪哉の課題は丸写し出来ないんだぞ！」

「いや、だからこの戦譜《せんぷ》を覚えちゃえば、後は応用するだけなんだって」

疲れたような雪哉の一言に、「簡単に言うな、馬鹿野郎」と次々に怒号が飛び交った。

「こんなもん、そう簡単に暗記出来るわけねえだろうが！」

「ちなみにお前、これをどうやって覚えた？」

「いや、普通に読んだら覚えたけど」

「ほら、出たよ」

「これだから地頭のいい奴は嫌なんだ」

戦譜とは、「盤上訓練」において、どの駒がどう動いたのかを後から分かるように記録したものだ。どうやら彼らは、『兵術』の課題を解いているようである。

明留は深呼吸し、覚悟を決めて戸口に立った。

「戦譜は、最初に士官の動きを押さえればいいのだ。歩兵の動かし方は、全て士官が起点になっているから」

教本を投げ出し、今にも雪哉に殴り掛かりそうになっていた連中が、ぽかんと口を開けてこちらを見た。

「……明留？」

「どうしてこんな所に？」

茂丸と雪哉はニヤッと笑ったが、助け船を出してはくれなかった。壁際では、千早が一人黙々と課題をこなしているようだが、こちらに視線を寄越《よこ》しもしない。

緊張で乾いた唇を少しだけ舐《な》めて、明留は室内の面々を見回した。

「僕も、勉強会に参加させてもらえないだろうか。その、調子がいいのは分かっている。でも、座学なら、少しは手伝うことも出来ると思う」

君達がよければの話だが……と、最後は尻すぼみとなってしまった。

今までの自分の態度が、ここにいる連中にとって決して愉快なものではないと分かっている。反応が怖くて俯いていると、不意に、床に転がっていた一人が飛び起きて、明留の肩を両手でつかんで来た。

「よく来てくれた、先生」

「は？」

「お前の言っている意味は分かりそうだ。少なくとも、雪哉のあんちきしょうよりかは」

容赦のない言い方に、「ひでえ」と呟いたのは雪哉だけだった。

「そうだよ。もうお前でいいや、助けてくれ明留！」

「何もかも分からねえ。このままじゃ俺達は落第だ」

「雪哉に説明されても、全く意味が分からんのだ。もはやお前が、俺達の最後の希望だ」

想像していたのとは大分違う反応に、明留は大きく目を見開いた。

「……許してくれるのか？」

「許すも何も」

ほとんどが平民階級出身の同輩達は、顔を見合わせた。

「思うところがないわけじゃねえが、背に腹は代えられねえからな」

「お前が教えてくれて落第が回避出来るなら、全て帳消しにしてやるよ！」

「だから、つべこべ言わずに助けてくれ。こっちの課題は明日までなのに、まだ何もまとまっていないんだ」

喜んでいいのか悪いのか、いまいちはっきりしない回答だったが、これを聞いた茂丸は大笑いした。

「こいつらは、何も気にしてねえってよ！」

結局その日は、お開きになるまでの間、明留は同輩達に座学を教え続けたのである。

雪哉の説明がよっぽど悪かったと見えて、彼らの現状は酷かったものの、明留が説明をするとあっさりと解ける問題も多かった。明留に教えを受けた連中は涙を流さんばかりに喜び、別れ際には、また明日も来てほしいと懇願されるまでになっていた。

「疲れたか？」

帰り際に茂丸に声をかけられて明留は首を横に振った。

「いや。誘ってくれてありがとう。僕も楽しかった」

こんな風に他人から感謝されたのは初めてで、気分はかつてないほどに清々しかった。

彼らの中には『御法』で成績のよい者も多く、今度の休みには、人馬交替の練習に付き合ってくれるという約束もすることが出来た。素直に、参加してよかったと思えた。

――しかし、勉強会への参加以上に大切なことが、この後に控えていた。

「千早。ちょっといいだろうか」

空き部屋から、自室へ帰ろうとした千早を呼び止める。

不審そうな顔をしたものの、千早は何も言わずに、人気のない廊下の隅へとついて来てくれた。

「今回の件で、君には色々と迷惑をかけてしまった」

改めてすまない、と頭を下げると、以前と同じく「別にいい」と一言で返された。

「そうはいかない。一歩間違えれば君にも大怪我をさせるところだったし、実際に変な噂も立っている。何かお詫びが出来ないかと、ずっと考えていたのだ」

千早はそれを聞いて若干《じゃっかん》困った顔になっていたが、明留は構わずに話を進めた。

「君は、公近とは仲が悪いのに、南橘家の推薦で勁草院に峰入りしたんだろう？」

「……調べたのか」

「それについても、すまない。最初の手合わせで君に負けた時に、どんな経歴の持ち主だか、周囲の者が戸籍を調べて、僕に知らせて来たのだ。その時に、体の弱い妹さんがいて、だから南橘家の援助を断れないと聞いた」

以前、揉《も》めていた時に公近がほのめかしたのは妹のことではないのかと言うと、千早の顔から瞬《また》く間に表情が消えた。

「出過ぎた真似というのは承知している。でも、その上で言わせてもらう。僕に、君の援助をさせてもらえないだろうか」

千早は何も答えなかった。

「君だって、公近に妹さんを人質に取られているような状況は、不本意なはずだ」

これは単なるお詫びであって、何か裏があるわけではない、と明留は強調した。

「本当に、純粋な好意なんだ」

今までは、生まれ持った権力を笠に着て、千早や茂丸達に高慢な態度を取ることしかして来なかった。だがもう、雪哉の言うように、力の使いどころを間違えるつもりはない。これが、正しい力の使い方の、最初の一手になればいいと思った。

「君が望むのなら、西本家が後ろ盾になろう。妹さんについても、きちんと配慮する。千早だって、好きで公近のもとにいるわけではないのだろう？」

しばらく黙った後に、そうだな、と千早が自嘲気味に呟いた。

「確かに、好きで南橘家の援助を受けているわけではない」

「ならば」

勢い込んだ明留に対し、しかし千早の向けた眼差しは、氷のように冷たいものだった。

「――やはりお前も、公近と同じだ」

そして、明留が止める間もなく、千早はこちらに背を向けて、足早に去って行ってしまったのだった。

……怒らせてしまった？

千早の背中を見送って、明留はその場に立ち尽くした。

「でも、どうして」

千早が怒った理由が、明留にはどうしても理解出来なかった。

第三章　千早

「兄さん、助けて！」

喉が裂けるようなユイの悲鳴を聞いた瞬間、手に持っていた籠を取り落とした。

地面に散らばった綿花を踏みしめて駆けた先には、仲間達が青い顔をしており、俺を見るや一斉に視線を逸らした。

彼らが背を向けている、納屋。

普段は開けっ放しになっている戸が、今はぴたりと閉ざされている。

「いや、止《や》めて……兄さん、兄さん！」

必死に助けを呼ぶ高い声、ガタガタと絶え間ない物音。

すぐに開けようとしたが、引き戸は内側から閉ざされていた。

誰かが「止《よ》せ」と言って俺の腕を摑んだが、我慢など出来るはずがなかった。それを振り払い、力任せに体当たりをし、戸を壊して中へと押し入る。

納屋の中は暗かった。

農具が納まった向こうには藁束《わらたば》が積まれていたが、そこには、怪訝《けげん》そうな顔で振り返る見知った顔の男と、藁に背中を預けるようにしている、ユイの姿があった。

暗がりの中で、やせっぽちの裸体が白く浮き上がっている。

ユイは髪を鷲摑《わしづか》みにされ、喉元をさらすように押さえ込まれていた。羽衣《うえ》の裾はたくし上げられ、細い両足はむき出しになり——その中心の奥まった部分へと、男の手が突っ込まれている。

——頭の中が、真っ白になった。

それから、何があったのか覚えていない。

気が付いた時、男は床に倒れていた。

その頭からは信じられないくらいの血が噴き出ており、俺は泣きじゃくるユイを抱きしめたまま、微動だにしない男を呆然と眺めていた。

「コウ。お前、何て真似を……！」

悲鳴まじりの声で名前を呼ばれ、俺はのろのろと顔を上げた。

自分が何をしてしまったのかは分かっていた。この先、何が起こるのかも。

「まずいぞ、何人かお屋敷の方へ行った」

「もう時間がない」

「コウ、ユイちゃんを連れて逃げろ！　早く！」

言われるがまま、俺はユイを背負って納屋を飛び出した。

広大な綿花畑は、収穫期を迎えて白く輝いている。

雪が降ったようなそこを走り抜け、目指すは、民家のない山の中。

耐えて耐えて、耐えて、耐え続けて来た日々だった。だが、それももう終わりだ。

＊　　＊　　＊

勁草院《けいそういん》の書庫を出た途端、強い日差しに目が眩《くら》んだ。

ぎらぎらとした太陽が目に痛くて、たった今出て来た涼しい暗がりを早くも懐かしんでいると、聞き覚えのある声に呼び止められた。

「澄尾《すみお》さんじゃないですか。こんな所で、どうなさったんです？」

振り返れば、手に何冊かの本を持った馴染みの顔が、ニコニコと笑っている。

「雪哉《ゆきや》。そっちは上手くやっているか？」

「おかげさまで、友人と呼べる仲間も出来ましたよ」

澄尾は平民階級出身の山内衆《やまうちしゅう》であるが、幼い頃の縁もあり、若宮《わかみや》が山内へ帰還して以来、ずっと専属の護衛を務めて来た。宮仕えをしていた頃の雪哉とは毎日のように顔を合わせていたためか、最後に会ってからそれほど経っていないのに、会うのも随分と久しぶりな気がした。

「信用出来そうな仲間がいるならよかった。いい加減、他に若宮の護衛が務まる奴がいてくれないと、俺の胃の腑に穴が空きそうだ」

長束《なつか》が表だって味方になってくれてからは路近《ろこん》の手勢を借りることも度々だったが、澄尾は、路近を心から信じているわけではなかった。ここ数年の山内衆がいまいち頼りないせいもあって、実際のところ、澄尾が若宮の護衛をほとんど一人でこなしているような状況なのである。

「お前達が山内衆になってくれれば、こっちも少しは楽になる」

「そうなれるよう、こちらも色々と手を尽くしておりますよ」

にこやかな雪哉の顔を思わず見返すと、それで、と無邪気に首を傾げられた。

「澄尾さんの方は調べものですか？」

「ああ……ちょっとな」

「――これからお帰りですよね。そこまでお見送りします」

ここでは話しにくい内容と察して、雪哉は書物を手にしたまま、澄尾と連れ立って歩き始める。

「今、授業時間じゃないのか」

「教官都合の自習です。明日から旬試《しゅんし》ですし、ヤマでも張ろうかと思いまして」

旬試は、長期休業前に必ず行われる試験である。自分とて、数年前に同じ道を通った身であり、今の発言は先輩として無視出来ないと思った。

「楽をしようとするなよ。そこはきちんと勉強しておけ」

「いえ、俺にはもともと必要ないんです。授業内容は一回聞けば覚えますし」

さらりとした返答は、それはそれで聞き捨てならないものであったが、雪哉は「問題は友人達なんです」と深刻そうに続けた。

「正直、教えたくても、皆が何を理解出来ないのか分からなくて……。埒《らち》があかないので、明留《あける》に部屋を追い出されました」

俺は無力だ、と雪哉は天を仰いだが、試験で苦労した覚えのある澄尾としては、乾いた笑いしか出て来ない。

「明留というと、真赭《ますほ》の薄《すすき》殿の弟御か。彼も成績が悪いのか？」

「いえ。あいつ、勉強会で先生をやっているんです。以前は、平民階級出身者に片っ端から喧嘩《けんか》を売って歩いていましたけど、今は心を入れ替えたみたいですよ」

最初は、かつて馬鹿にした態度を取っていたことを気にして小さくなっていたのだが、指導に熱が入るうちにどんどん打ち解けていったらしい。

「教え方が的確で分かりやすいので、今では神さま扱いされています。あだ名が『坊《ぼん》先生』なあたり馬鹿にされている感は否《いな》めませんが、まぁ、本人が気付いていないので、心配はいらないでしょう。姉君によく似て、賢くて信頼に足る人物ですよ」

気が強いところもそっくりですが、と言われて、「ああ」と苦笑が漏れた。

山内一の美姫と名高い彼女は、その実、誇りの高さにおいても山内で一番であった。若宮の后に女房として仕えている以上、真赭の薄と接する機会は多かったが、意見がかち合った時に言い勝てたためしは、過去に一度もなかった。

「それで、澄尾さんは何の用でこちらへ？」

周囲に人が見えなくなったのを確かめると、雪哉の声色が少しく変わった。

「やはり、百年前の件についてですか」

「お祭しの通りだ」

既に雪哉には、白烏《はくう》の所であった一件について、細かに説明をしていた。それも、勁草院が休みの日に招陽宮《しょうようぐう》に呼び出し、若宮本人の口から事情を説明させるという念の入れようである。あの場にいなかった分、反応が気がかりだったのだが、主君が不完全な『真の金烏《きんう》』かもしれないと知らされても、雪哉は大した動揺を見せなかった。

「山内開闢《かいびゃく》以来の記憶、ですか。そこまでいくと、逆に怪しい気もしますけどねぇ」

どう考えても衝撃的な話だったはずなのだが、雪哉は平然としたものであった。

「驚かないのか」

意外そうな若宮に対し「十分驚いていますけど」と雪哉は冗談めかしてみせた。

「記憶が不完全だろうが何だろうが、あなたさまが山内に必要な方であることに変わりはないので。それくらいで、俺の忠誠心が変わると思ってもらっちゃ困ります」

「お前がそう言うのは、結界の綻《ほころ》びを繕《つくろ》う力ゆえだろう。どうしてそうなっているのかも、この力を使った結果どうなるのかも、私には分からないのだぞ」

「だからと言って、何もなさらないまま綻びを放置するわけにはいかないでしょう」

それこそ馬鹿らしい、と雪哉は鼻で笑った。

「その力をお使いになって、未来にどんな結果がもたらされようとも、今の状況ではそうして頂く他にないのです。あるかもしれない落とし穴に尻込みして、どこにも行けずに飢え死になさるおつもりか」

「それは、そうだが」

「悩むだけ無駄というものです」

ぴしゃりと言い放ってから、雪哉は若宮を元気付けるように言い添えた。

「少なくとも我々は、殿下が第一に山内を想っていらっしゃることを存じ上げています。そういったお心で行使された力が、民に害をなそうはずがございません。どうか自信を持って、いつもの傍若無人《ぼうじゃくぶじん》っぷりを存分に発揮なさってください」

そう言った時の雪哉の笑顔を思い出し、澄尾は内心で溜息をついた。

雪哉はさして重要視していないようだったが、長束と若宮自身は、『真の金烏』の記憶についてこだわっていた。特に長束は、朝廷に残された資料を総ざらいする力の入れようである。

当時の資料は少なく、成果は芳《かんば》しくなかったが、それでも少しずつ『真の金烏』が門の向こうに消えた詳細が分かって来ていた。

金烏が消えたのは、明亀《めいき》二十八年の春。

白烏が言っていた通り、当時はまだ『禁門《きんもん》』が開いており、その先にあるという神域に、『真の金烏』は頻繁《ひんぱん》に出入りしていた。

当時の『真の金烏』の名は那律彦《なりつひこ》。現在の金烏代から四代前の山内の宗主《そうしゅ》である。

二十歳前後の頃に日照《ひで》りがあった他に、彼の統治中に大きな災害は起こらず、安定した治世が続いていた。

ところがある時、山内に大きな地震が起こったのだ。

那律彦は山神《やまがみ》の神意を伺うため、『禁門』を通って神域へ向かったものの、そのまま帰って来なかったとされていた。しかし長束の調べによって、最近になり、那律彦に付き従って『禁門』に入った側近がいたことが分かったのである。

「これが、どう考えても訳ありでな。何故か、主君と一緒に『禁門』に入ったはずなのに、そいつだけ、山内に帰還しているんだ」

「つまり、『真の金烏』を神域に残して、自分だけ戻って来たと?」

「そう。しかも、山内に帰って来てからの経歴が尋常じゃない。なんたってこいつは、黄烏《こうう》になっちまったんだからな」

雪哉は、目をこぼさんばかりに見開いた。

「じゃあ、まさかそれ、博陸侯景樹《はくりくこうえいじゅ》のことですか!」

黄烏。その尊称を博陸侯という。

万機《ばんき》を関《あずか》り白《もう》す者として、百官が満場一致で認めた場合にのみ与えられる称号であり、金烏や金烏代が幼い場合、あるいは何らかの事情で政治手腕に不安がある場合、主君に代わって、政治を行うことが許された唯一の者でもあった。

いつの時代も常にいるとは限らず、それこそ歴史に名を残す大官にしか与えられない、朝廷における最高の称号なのである。

「そうだ。こいつは『禁門』が閉ざされ、那律彦陛下がいなくなって混乱した朝廷において、年若い皇太子の後見になったんだ」

そうして権力を一手に掌握しておき、博陸侯にまでのし上がった。

もともとは南家《なんけ》系列の貴族出身であったが、勁草院を卒院して山内衆となり、那律彦の側近に取り立てられたという経歴も分かっていた。彼が生きた時代から、南家出身の姫の入内《じゅだい》が続いたことから考えても、長きに渡る南家の閨閥《けいばつ》政治の基礎を築いたのは、この男であると見て間違いない。

それを聞き終えた雪哉が、なんとも言えない顔になった。

「……それだけだと、博陸侯景樹がわざと『真の金烏』を山内から追い出して、朝廷を恣《ほしいまま》にしたみたいに聞こえるのですが」

「いや、流石《さすが》にそれはない――と、思うんだが」

今となっては、真相は誰にも分からない。

「とにかく、今日はそいつの勁草院時代の記録が残っていないか調べに来たわけだ」

「そのご様子だと、大きな収穫はなかったのですね」

「何せ百年以上前だからな。卒院記録しか残っていなかった」

それでも、勁草院を首席で卒院していたことは分かった。

「博陸侯景樹は今のところ、歴史上、最後の黄烏だ。色々改革やら何やらしているし、記録も大量に残っているのに、那律彦陛下失踪以前の記録が不自然なくらいに少ない」

「確か彼は、歴史書の大がかりな編纂《へんさん》事業を行っていましたよね。もしやその際に、文書の意図的な削除や改竄《かいざん》が行われたのではありませんか？」

「まあ、おそらくはそうだろうな」

金烏を神域の向こうに置き去りにして自分だけ帰って来たなど、それだけで金烏の臣下にとっては命がいくつあっても足りない失態である。さらに、何か後ろ暗い経緯があったのならば、その隠蔽《いんぺい》くらいは平気でするかもしれなかった。

「何にせよ、『真の金烏』の記憶が戻らず、紙の記録もない以上、俺達が過去にあったことを知る手段は何もないわけだ」

顔を見合わせてから、雪哉が難しい顔で首を捻《ひね》った。

「……百年前の神域で、一体何があったのでしょう」

＊　＊　＊

澄尾を見送った足で向かった自習室は、育ち盛りの男達の体で埋め尽くされていた。

「ただいま帰りました」

足の踏み場に迷いながら声を掛けると、「おかえりー」と気の抜けた声が多数、死屍《しし》累々《るいるい》といった様子の仲間達から返って来た。

「どうしたの、皆」

「休憩だよ、休憩」

「坊先生が自室に忘れ物を取りに行っているから、その間だけな」

「もう嫌だ……頭が破裂する……」

「お疲れさん」

早いもので、峰入りからもう少しで四カ月になろうとしていた。訓練に耐えかねて辞めた者もちらほら出始めていたが、この勉強会の面々は何とか踏み留まっている。

あちこちに寝っ転がったまま呻《うめ》き声を上げる連中を飛び越え、雪哉は壁際へと移動した。

「こないだ立てた試験予想を、さらに絞ってみたよ。明留が戻って来たら、解説してもらってくれ」

「おお、ありがとよ」

「ありがたいけど、ありがたくねえ」

坊先生、なるべくゆっくり帰って来てくれ、と誰かが情けない声を上げるのと同時に、日差しを遮るために閉じられていた引き戸が開かれた。

「悪かったな、早々に帰って来てしまって！」

逆光を背負って発せられた、まるで華信《かしん》が乗り移ったかのような容赦のない一喝である。

「ほら、さっさと起き上がれ。ぐずぐずするな、怠け者ども。今の貴様らにのんびり休んでいる暇などないぞ」

足元の男達から悲鳴が上がる中、雪哉は試験予想を書き込んだ紙を明留へと渡した。

「先生役、お疲れさま。忘れ物したんだって？」

「忘れ物ではない。まさか、こんな初歩が分からないとは思わなくてな。必要ないだろうと思って置いて来た教本を、わざわざ取りに戻る羽目になったのだ」

初歩が分からなくてごめんよー、馬鹿で悪かったなあ、と床に伸びた屍《しかばね》がのたうち回った時、急に早鐘《はやがね》の音が響き渡った。

一瞬にして、室内の空気が凍り付く。

「――奇襲訓練」

誰かが呟くのとほぼ同時に、横になっていた連中が飛び起きた。

「ふざけんな！　試験勉強中だぞ」

「休憩していたけどな」

「茂《しげ》さん、珂仗《かじょう》、珂仗忘れてる！」

ぎゃあぎゃあ言いながら珂仗を持ち、教本やら机やらを蹴散らして部屋を出る。全速で走りながらきっちりと羽衣を編み直し、大講堂前の広場に着いた時には、勁草院のあちこちから院生が集まって来ていた。

「遅い。学年ごと、一列縦隊、点呼！」

華信の号令に、ほとんど反射的に体が動く。

最初に華信の前に到着した者が片手を上げると、そこから一列になるように次々と後ろに並んでいく。最後尾と思われる一人が、並んだ者を数えながら前へと走って来た。

「貞木《ていぼく》、演習で不在の者を除き、八名全員揃いました」

「草牙《そうが》、二十一名全員、揃いました」

「荳兒《とうじ》、三十九名――一人足りません」

大声でされる報告を聞いた瞬間、荳兒の声なき悲鳴が聞こえたような気がした。

奇襲訓練で誰かが来なかった場合、学年ごとの連帯責任となる。どこの馬鹿かは知らないが、荳兒全員の恨みを買ったのは間違いない。

華信の顔は憤怒《ふんぬ》の色に染まり、次に飛び出た声は、大講堂の壁が震えるほどの大喝であった。

「いないのは、どこのどいつだ！」

「一の一、千早《ちはや》です」

それを聞いた瞬間に、雪哉は異常事態に気付いた。

千早は人付き合いこそ壊滅的だが、実技の天才的な冴えと真面目な態度に関しては、文句のつけようのない男だ。うっかり訓練に遅れたとは考えにくい。

華信も同じことを思ったのだろう。一瞬、ぴくりと瞼《まぶた》を震わせたが、それでも態度を変えはしなかった。

「貞木、草牙、解散。荳兒、一の一の千早を探して、今すぐここに引っ立てて来い。全員揃うまで、自由になれると思うな」

行け！　と命令され、蜘蛛《くも》の子を散らすように荳兒は勁草院中に散らばり、千早を探し回った。だが、千早が見つかれば鳴らされるはずの鐘楼《しょうろう》の鐘は、いつまで経っても鳴ることはなかったのである。

結局、千早が姿を現したのは、夕餉《ゆうげ》を知らせる鐘の音を聞いた荳兒が、一旦広場に戻って来た時だった。広大な敷地内を駆け回りへとへとになった仲間の姿を見て、千早は何が起こったのか瞬時に悟ったようであった。

すっかり日が暮れて、周囲は暗くなっている。食堂《じきどう》から漏れる明かりが、腹を空かせた荳兒達には、ひどく恋しく感じられた。

「どこに行っていた」

普段、大声で怒鳴りつける華信の、静かな声が恐ろしい。

千早は答えなかった。

「お前と同輩の連中は、この二刻の間、声を嗄《か》らしてお前を探し回った。この上、お前のせいで夕飯抜きで行軍訓練をせねばならぬというのに、お前は何の釈明もないのか」

荳兒達が「さっさと言え！」と殺気だった視線を送ったが、千早は無言を貫き通した。

華信が、億劫《おっくう》そうに溜息をつく。それから顔を上げ、いつもの大声に戻った。

「水練池《すいれんいけ》まで総員、駆け足！　いいと言われるまで、足を止めるな！」

「先頭、行きます」

全員、音を立てて体の向きを変え、無駄口を叩かずに走り始める。しかし、内心は千早に対する罵詈《ばり》雑言《ぞうごん》の嵐であったし、その表情は総じて悲愴なものであった。

＊　　＊　　＊

「終わったな。二重の意味で……」

「こうなったのも、試験直前に千早が騒ぎを起こしたせいだ」

「もう、落第したら千早のせいってことにしようぜ」

教え子達の様子に、明留はかける言葉が見つからない。

旬試終了後、いつもの勉強会の連中は解放感に舞い上がるよりも先に、試験の出来に揃って投げやりになっていた。

「しかも、千早本人はどうせいい成績なんだろ？　理不尽この上ねえよ」

吐き捨てた桔苹《きっぺい》に、いかにもと頷いたのは久弥《ひさや》だった。

「あいつ、罰として一人で大講堂の掃除をするように命じられたらしいけどさ。俺達が被《こうむ》った迷惑に比べりゃ、大した罰じゃないよな」

「ところがどっこい。それが、一番の罰なんだな」

急に、聞き慣れない声が響いた。誰だろうと思うよりも先に、スパン、と音を立てて、自習室の引き戸が開かれた。

「よう、豆っこども。辛気《しんき》臭い顔をしてやがるな」

「市柳《いちりゅう》草牙」

「どうしたんです、いきなり。一番の罰って？」

格好をつけて現れた草牙を見て、雪哉と茂丸が目を丸くした。市柳と呼ばれた闖入者《ちんにゆうしや》は、ふっふっふ、と不気味に笑う。

「掃除は今日から明日の朝までなんだろ？　だが、今から試験が終わったお祝いに、貞木の皆さま方が遊びに連れて行ってくれるってよ」

「遊びにって……」

「今からですか？」

外を見れば、すでに空は夕闇色に染まりつつある。いまいち意味の分かっていない風の後輩達に、市柳は必死に笑いを堪《こら》えていた。

「これだからガキどもは……今から向かうのは、祭りだ」

「祭り」

それだけで、明留は何のことか察してしまった。茂丸をはじめ、地方出身者はぽかんとしているが、雪哉も勘付いたようで、微妙に苦笑するような表情になっていた。

「しかも、五日間続いた夏祭りの最終日だ。とにかく、千早がひたすら可哀想に感じられること、請け合いだぜ！」

「と、言うわけで」

一行を先導して来た貞木が、鼻の穴を膨らませて叫んだ。

「花街の、鬼灯《ほおずき》祭りだ！」

　草牙と貞木は、揃って歓声を上げた。

　明留は何度も花街での酒宴を経験しているため、最初は同輩のはしゃぎようが恥ずかしく感じられたのだが、確かに祭り中の花街は幻想的で、見慣れているはずの自分さえ、見惚《みと》れるほどに美しかった。

　入り組んだ山の斜面には贅を尽くした建物が並び、鬼灯の形をした灯籠《とうろう》が、ずらりと階段や道の両脇に吊り下げられている。店の装飾も鬼灯の意匠で統一され、綺麗な朱色や薄い緑の濃淡に彩られた薄絹が、あちらこちらでゆらゆらと揺れていた。

　初めてやって来た荳兒達は一刻も早く花街に飛び込みたがったが、そこに入るまでが一苦労だった。

「気障《きざ》ったらしい首巻きなんざ捨てちまえ！」

「格好つけたいと思うところだが、ここで、あえて羽衣《うえ》姿になるのがミソなんだ」

「勁草院の院生だって分かるとウケがいいし、出世払いだとか言って色を付けてくれる」

「ただ、汗臭いのは嫌われるからな。清潔で紳士的な将来有望の院生さんという、これまでの先達《せんだつ》が築き上げてくれた理想像を壊すな」

　先輩方の厳しい最終確認を経て、ようやく一行は花街へと足を踏み入れることを許されたのである。

　花街のあちこちから、心が浮き立つようでいて、どことなく夜の暗さと艶っぽさを思わせる曲が聞こえて来ている。それぞれの楼閣《ろうかく》に設けられた舞台では華やかに着飾った美女が、その音色に合わせて緩やかに舞っていた。

自分に見惚れる院生達に気付いたのか、時々、踊る遊女がこちらを見て、楽しそうに袖を振ってくれた。

「俺、今なら死んでもいいわ……」

「死んじゃ駄目ですよ、茂さん」

「止まるな馬鹿。後ろが詰まる！」

夢見心地といった体《てい》の茂丸は、ともすれば舞台の前から動かなくなるので、その度に、明留と雪哉は、目の前の巨体を押したり引っ張ったりして先を急がせなくてはならなかった。

「千早の奴、本当にご愁傷《しゅうしょう》さまだな」

笑み崩れた久弥が遊女に袖を振り返しながら言えば、「そこは自業自得だろ」と桔苹が上ずった声で返す。

「でも、今になってみると気にならないか？　あのくそまじめな千早が、規則を破ってまで、どこに行っていたのか」

辰都《たつと》の言葉に、明留は内心で同意していた。

あれほど、敷地内を探しても見つからなかったのだ。抜け道を使うか何かして、外に出ていたのは間違いなかった。

話を聞きつけ、他の連中も軽い口調で会話に混ざって来た。

「家族が危篤《きとく》になったとか」

「だったら、正攻法で出ればいいだけの話だろ」

「じゃあ、女だ」

「あの千早が？　ないない」

「分からねえぞ。ああいう手合いに限って、助平《すけべい》だったりするもんだ」

「助平でない男が、この世に存在するのかね」

自分達が今、どこを歩いているのかを思い出し、おしゃべりしていた連中はどっと盛り上がった。

「いるわけがなかったな！」

「残念だったな、千早。お前の分まで、楽しんで来てやるからよォ」

「恨みっこなしだぜ」

花街は、祭りの最終日というだけあって、大勢の人でにぎわっていた。

階段を上って行った先、花街の中心にある広場には、祭りのために特別の舞台が設けられている。舞台上では、それぞれの妓楼《ぎろう》から選ばれた舞姫がこの日のために練習した踊りを披露し、後方には演奏者や歌い手がずらりと並んでいた。

その広場を見下ろす位置にある大きな店――『哨月楼《しょうげつろう》』こそが、先輩達の目的地であった。

「院生の若さま方、ようこそいらっしゃいました！」

「お待ちしておりましたよぅ」

毎年、試験が終わった時期になると、院生が花街に打ち上げに来るのが恒例となっているらしい。哨月楼は差し詰め院生御用達の店といったところで、店の者が院生を待ち構えていた。

鼻の下を伸ばしている仲間から少しばかり距離をとっていると、自分と同じく一歩引いたところにいた雪哉が、明後日《あさって》の方向を見ていることに気が付いた。

その目は舞台ではなく、それを取り囲む観衆の方へと向かっている。

「どうした？」

「……いや、何でもない。早く行こう」

何気《なにげ》なく視線を追った明留は、雪哉が何を見ていたのかに気付いてしまった。

舞台を照らす、燈籠の明かりはまぶしい。

色とりどりの着物を纏《まと》った客の中で、黒一色の羽衣はよく目立った。

「あいつ、どうしてこんな所に……！」

間違いない。今は大講堂の清掃しているはずの千早が、常にない熱心さで、女と思《おぼ》しき人影と話し込んでいる。

「待て、明留！」

雪哉が止めるのも聞かず、明留は人混みの中を駆けだした。観衆をかき分け、舞台の袖に近付き、怒りのままに声を荒げる。

「千早！　貴様、一体何を考えている」

ぎょっとして千早がこちらを振り返るのとほぼ同時に、背後から伸びて来た手が、勢いよく明留の口をふさいだ。

「やあ、千早。こんな場所で会うなんて奇遇だな」

白々《しらじら》しい挨拶は、雪哉のものだ。

何のつもりだ、と手を外そうとしたが、雪哉は明留の口を覆《おお》うようにしたまま、何故か千早ではなくこちらを睨んで来た。千早はと言えば、驚いた顔のまま、何も言えずに視線を彷徨《さまよ》わせている。

「今、いらっしゃったのはどなた？」

楽の音が鳴り響き、人のざわめきがうるさい中でも、鈴を転がすような綺麗な声はよく通った。

千早の影から顔を覗かせたのは、女――というよりも、少女だった。

随分と小柄な娘だ。

手足と首が、今にも折れてしまいそうなほどに細い。特別整った造作《ぞうさく》をしているわけではなかったが、表情はやわらかで、笑みを含んだ口元は優しくほころんでいる。そっと伏せられたまつ毛が黒々とした影を落とし、まろい目蓋《まぶた》が、今にも咲きそうな水仙のつぼみにも似ていた。

この娘がお前の馴染《なじ》みか。院生の分も弁《わきま》えず、規則を破って花街通い。挙句《あげく》、受けて当然の罰すら無視してこんな所にいるなんて、見損なったぞ！

言ってやりたいことは山のように膨らんだが、雪哉の手の力は相変わらずで、明留の声は明確な言葉にならなかった。千早が何かを言う前に「あれー？」と、素っ頓狂な声が上がる。

「千早だ」

「ちょっと待て。お前、何でこんな所にいる！」

次々と言ったのは、自分達の様子を見に来たらしい茂丸と市柳だった。

「お友達？」

千早の袖を引いて少女が首を傾げると、千早に代わって雪哉が答えた。

「ええ、そうですよ。千早の、勁草院の同輩と先輩です」

雪哉が妙に優しい様子なのを不審に思えば、空いた方の手で、自分の目蓋を軽くつついて見せられた。それで、ようやく明留も気が付いた。先ほどから、千早に寄り添う少女は目蓋を閉じたまま――目が、見えていないのだ。

中央花街にいる遊女は、遊女の中の遊女である。幼い頃から見目《みめ》のよい娘を選りすぐり、教育を施し、芸事を仕込んだ、ある意味では宮中の姫にも劣らない才女だ。目が見えない娘が中央花街で遊女をやっているなど、聞いたためしがなかった。

そう思って見直せば、身につけている着物も客にしては華やかだが、遊女のものにしては簡素で、飾り気がない。

――彼女は、千早の馴染みの遊女というわけじゃない。

それに思い当たった明留の様子を見て取り、ようやく雪哉の手が外れた。

「驚かせてしまってすみません。勁草院では、『誰が花街なんかに行くか』と啖呵《たんか》を切っていたので、こいつがここにいるとは思わなかったんですよ」

何か訳ありと見て取ったのか、茂丸と市柳も、余計な口は挟まなかった。雪哉の言葉を聞いた少女は「まあ」と驚いて、ぎこちなくお辞儀をした。

「はじめまして、結《ゆい》と申します。いつも、兄がお世話になっております」

「お前、妹がいたのか！」

茂丸が、目を見開いて千早と結を見比べる。

「……もしかして、このあいだも妹さんに会いに来ていたのか？」

市柳の質問に千早は無言だったが、「そうです」と結が答えた。

「あたしは、普段は谷間《たにあい》の方に住んでいるので、中々兄とは会えなくて……あの、琵琶《びわ》と唄をやっているのですけれど、お祭りの間は、舞台のお手伝いをさせて頂けるんです。せっかく近くまで来たので、会いたいと我儘《わがまま》を言ってしまいました。そのせいで、もしや皆さんに、ご迷惑をおかけしてしまったのでしょうか」

不安そうな少女に対する答えは、示し合わせたように同じであった。

「いいえ、ちっとも」

「全然、そんなことねえよ」

「なあ明留」

最後の市柳の念押しは、ほとんど先輩という立場による脅迫である。明留はぐっと我慢して、

「そうですね」と応じるに留めた。

それから軽く自己紹介を行う間、千早はむっつりと押し黙ったままであったが、これは不機嫌なのではなく、こちらの反応に気を張っているためだと分かっている。この場をどうおさめ

るつもりなのかと思っていると、市柳が何気ない調子で「そろそろ戻ろうぜ」と哨月楼の方を指さした。

「悪いな、結ちゃん。他にも人を待たせているんで、ここらへんで失礼させてもらうよ」

「はい。お引き止めしてしまって、申し訳ありません」

ぺこりと頭を下げた結に聞こえぬよう、市柳は千早の首に腕を引っかけると、無理やりこちらに頭を引き寄せた。

「俺達は、何も見なかった」

それでいいなと囁《ささや》いて、今度は結にも聞こえる声で言う。

「それじゃ、行くぞ。またな結ちゃん」

結へは愛想よく挨拶しながら、雪哉と茂丸は、がっちりと明留の腕をつかんで離そうとしなかった。引きずられるように哨月楼へと向かう道すがら、市柳が咳払いをする。

「お前達、そこで何を見た？」

「舞台のお姐《ねえ》さんを」

「大変な美人でしたね」

「そうだな。二人を連れ戻しに来た俺と茂丸が、思わず見とれるくらいに綺麗な舞姫だったな」

わざとらしく示し合わせてから、三人が揃ってこちらを見る。

「分かったな、明留。つまりは、そういうことだ」

＊　＊　＊

去って行った雪哉達を見送って、千早は深く息をついた。

「……喧《やかま》しい連中ですまない。ただでさえ、今日は疲れただろうに」

「あたしなら平気よ。あの人達とお話し出来て、とても嬉しかったわ。兄さんに、あんなに楽しいお友達がいるなんて知らなかった」

「友達などではない」

「また、そんなことを言って。あまり意地を張っては駄目よ」

くすくすと笑う声に、ひどく胸が締め付けられた。口を開こうとしたところで、結と同じ楽士《がくし》の姿をした者に「そろそろ出番だよ」と声をかけられた。名残惜しさを感じながらも、結を舞台袖まで導いてやる。

「明日から、長い休みだ」

「分かっているわ。住み込みで働くのね」

体には気を付けて、と、そう言う結の笑顔は寂しげだった。

「出来るだけ、会いに来る」

「今度はいつ？」

「時間が取れ次第」

「分かった。待っているね」

「体には気を付けろ」

「兄さんも。どうか、無茶だけはしないで」

結に、近くに置いてあった琵琶を渡して舞台へと送り出す。

待っていてくれた楽士に目礼し、千早は結が舞台に上がる姿を見る前に踵《きびす》を返した。

まさか、市柳達に見つかってしまうとは思わなかった。

どこまで本気か知れたものではないが、少なくとも彼らは、見逃すと言ってくれたのだ。他の院生に気付かれる前に勁草院へ戻らなければならない。

人目を避けて裏通りへ入ると、そこは祭りの喧噪《けんそう》とは打って変わり、静かなものであった。

おそらくは、祭りに際して普段表通りに置いてある物を引っ込めたのだろう。看板やら灯籠を吊るすのに使う竹竿《たけざお》やらが乱雑に置いてあり、壊れてしまった灯籠や皿なども放置されている。

決して歩きやすいとは言えないが、店の厨房《ちゅうぼう》などに面しているせいか、油や調味料の匂いと共に店の明かりが漏れているので視界は利《き》く。

このまま抜けられそうだと判断して、進もうとした千早はしかし、首筋を撫でられるような感覚に足を止めた。

——誰かに見られている。

すばやく振り返ると、店の陰に、慌てて引っ込もうとする人影を捉えた。

「何の用だ」

言えば、息を呑む音が聞こえる。ややあって、観念して姿を現したのは、先ほど、市柳達と共に去って行ったはずの明留だった。

「尾行か」

「人聞きの悪い。ただ、他に人のいない所で話をしたかっただけだ」

そう言いつつも、明留の表情は気まずそうである。

「話？」

「ああ、そうだ。僕は宮中に出入りする者の教養として、多少ではあるが人相見の手ほどきを受けている」

何の話をしようとしているのか訝《いぶか》しく思っていると、明留が苦い顔になった。

「あの子とお前に、血のつながりはないだろう」

「……何を言っている」

「それくらい、見れば分かる。どんなに似てないように見えても、血のつながりがある者は、必ずどこかしら共通点があるものだ。だがお前とあの子は、骨格から爪の形まで……何一つ、似ているところがないではないか」

以前、取り巻き達が身元を調べた時に戸籍を確認し、妹がいるのは知っていた。だが、妹であるという結と千早の間に血縁関係があるとは思えず、そうなれば戸籍の信憑性《しんぴょうせい》そのものがあやしくなって来る、と。

「――お前、嘘をついているな」

千早は何も言えなかった。

それをどう思ったのか、明留は形のよい眉をひそめた。

「身分を詐称《さしょう》して勁草院に入るなんて、一体、何を企んでいる」

「貴様には関係ない」

「知ってしまった以上、関係はある。理由を言え！　さもなければ、勁草院の教官に報告せねばならなくなるぞ」

理由があるなら今、言ってくれ、と明留は秀麗な顔を歪めて言う。

「出来れば、お前とは敵になりたくないのだ」

「こそこそと嗅《か》ぎまわっていた宮烏《みやがらす》が、今更何を言っている」

「まだそんなことを言っているのか！　お前に答える気がないのなら、僕は、直接あの子に訊くしかない」

苛立たしげに背中を向けた明留に、千早は佩《は》き緒《お》を外し、己の珂仗《かじょう》を鞘《さや》ごと手に取った。そして、迷いなく目の前の後頭部目がけて振り下ろす。

がつん、と、鞘が建物の外壁を噛んだ。

珂仗が頭を直撃する寸前、辛うじて身をよじった明留は、信じられないと言わんばかりに目を見開いた。

「お前……」

明留は呆然としたまま、自身の珂仗を抜くことさえ思いもよらない様子である。山烏《やまがらす》が、宮烏である己《おのれ》に本気で刃を向けるなど、今まで全く思いもしていなかったのだろう。

こいつも、あの男と同じだ。

千早の頭は怒りに煮えたぎっている一方で、おそろしく冷たくなっていた。この状況で反撃さえ出来ない明留を、憐れに思う余裕さえあった。

立ち竦《すく》む明留に正対し、再び珂仗を構え直すと、「待て！」と鋭い制止が掛かった。

「落ち着け、千早」

言いながら明留の背後から飛び出して来たのは、雪哉だった。両手を広げ、明留を庇《かば》うように千早の目の前に立つ。

「そこを退《ど》け」

「退かないよ」

「結に危害を加えると言うのなら、誰であろうが容赦はしない」

「明留に、そんなつもりはない。お前だって、明留を殺すつもりはないだろう？」

一旦怒りをおさめろ、と言って、雪哉が珂仗を下げさせようとした。それを反射的に振り払うと、「うわっ」と悲鳴を上げて雪哉が体勢を崩す。転びそうになった多くの八咫烏《にんげん》がそうするように、その手が千早の袖へと縋《すが》り付く。

――次の瞬間、ぴりり、と腕全体に緊張が走った。

痛みを感じる間もなく、手首を捻り上げられ、珂仗をもぎ取られる。そのまま肩ごと持って行かれそうになり、考えるよりも先に、千早は地面を蹴っていた。体を宙に浮かせ、半回転させて雪哉の拘束《こうそく》を外す。

――こいつ！

着地と同時、振り向きざまに手の甲で相手の顔を殴打しようとしたが、それは体を低くして避けられる。雪哉は攻撃を避けながら、鋭くこちらの足を蹴りで刈ろうとして来た。それをまともにくらう前に飛びすさり、千早が体勢を整えるために二、三歩退いて構えれば、雪哉も後方に転がって、素早く体を起こす。

無言のまま、お互いの出方を窺《うかが》う。

雪哉の体からは、余分な力が抜けていた。道場で相対した時には見せなかった構えは、どう見ても喧嘩慣れした者のそれである。

一呼吸おいて、今度は自分から仕掛けた。

真っ直ぐに繰り出した拳を、雪哉は手のひらで撫でるようにして躱《かわ》す。

再び腕を取られそうになったのを感じて、千早は腕を振り抜いた勢いのまま、相手の側頭部に回し蹴りをくらわせようとした。が、雪哉は軽く上体を仰《の》け反らせて蹴りをいなすと、こちらが姿勢を崩しているところを狙うことなく、いやにあっさりと引き下がった。

それで確信した。雪哉は、わざと先に攻撃をさせて、関節を取ろうとしているのだ。

こちらの技をぬるりと躱すと、次の瞬間には最も肉薄した部分を起点にして、流れるように関節技を仕掛けて来る。いやらしいやり方だが、間違いなく厄介だった。

――力技の多い自分とは、相性が悪い。

それにこいつは多分、尋常でなく目が良い。顔面を狙った拳を、完全に瞳の動きだけで見切っていた。

考えながら、再びこちらから仕掛けたが、やはり打撃は流されてばかりで、肝心の雪哉には全く届いていない。

何度も組み合っているうちに、否《いや》が応《おう》でも冷静になるというものだ。

思えば、最初の乱取りの時からおかしかった。雪哉は自分からは仕掛けないので、試合でこそ負けっぱなしだったが、逆に言うと、こちらが綺麗な一本を取れたこともなかった。そこまで強くない奴らは気付かなかっただろうが、ほとんど全ての相手に一本勝ちを収めて来た自分にとって、これはとても珍しいことだった。

今になって、背筋がうすら寒くなった。

もしかしたら、乱取りを含めて技が確実に決まらなかった院生は、こいつだけかもしれない。

またもや関節を取られそうになり、舌打ちをして飛び退く。

睨みあったまま膠着《こうちやく》状態に陥った時、どこからともなく、うんざりしたような声が響き渡った。

「……少しは気が済んだか？」

千早の珂仗を奪ってから一言も喋らなかった雪哉が、肩を上下させながら苦笑する。

「気が済むも、何も。俺は最初から、話し合いをしたいだけです」

「嘘つけ。楽しんでいたくせに」

「荳兒の体術一位を相手に、そんな余裕はありませんよ」

ふうと息を吐いて、雪哉が無造作に構えをとく。千早も心底馬鹿らしくなって、戦っている間は雪哉から外さなかった視線を横へと向けた。

店と店の間に放置された材木に腰かけ、市柳が呆れた顔で頬杖をついている。

「雪哉。お前、そんなに動けるんなら、授業の時もやれよ！」

その隣に座る茂丸が憤然と抗議したものの、言っても無駄だ、と市柳が諦観の声を上げた。

「これがコイツお得意のやり方なんだよ。弱いふりをして最初は相手にばかり攻撃させて、疲れて来たところを滅多《めった》打ちにするんだ」

完全に光を失った市柳の目に、茂丸は「まさか市柳さん」と息を呑む。

「おうよ。地元にいた頃、見た目に騙されてこっちから喧嘩を吹っかけちまってな……。人生観が変わるくらい、身も心もぼっこぼこされた」

「だから最初はあんな態度だったのか……」

同情した風の茂丸の手には、ご丁寧にも雪哉の珂仗が握られている。

――はじめから、雪哉に殺気がないのは分かっていた。

だが、雪哉の後方、かなり離れた所にまで逃れた明留は、依然として青い顔をしたままである。

冷静にはなったものの、千早はまだあの発言を許したわけではない。容赦なく睨み付ければ、明留はびくりと肩を震わせた。

「脅すような言い方は問題だけど、明留は、そんなに悪い奴じゃないぞ」

ほらよ、と雪哉は奪い取った後に投げ捨てた千早の珂仗を取って来て、こちらに差し出した。

「あいつ、お姉さんの影響で、ああ見えて女の子には優しいんだよ」

「止めろと言うなら、明留だって結ちゃんを問い詰めたりしねえさ」

「お前も、頭に来たからって珂仗で人を殴ろうとするな！　そいつは刀の形をしちゃいるが、仲間を傷つけるための道具じゃねえんだぞ」

一体、どこから盗み聞きしていたのやら。

それでもなお、何も尋ねて来ない連中に、千早は何もかもどうでもよくなってしまった。

「……結は知らない」

ぽつりと呟けば、「何？」と、間抜け顔が揃ってこちらを向いた。

「俺と、血がつながっていないって、結は知らないんだ」

＊　＊　＊

「そこにいるのは、コウちゃんだろ」

悪戯《いたずら》っぽく声を掛けられて、コウは飛び上がった。

「……卵、あったためなくていいの？」

「少しくらいなら大丈夫だよ」

ここには来ちゃ駄目って言われたでしょ、と笑いまじりに言われて、コウは首を竦《すく》めた。

「ごめんなさい」

「素直でよろしい。今回だけは許してあげるから、入っておいで」

本来、卵が産まれて雛《ひな》が孵《かえ》るまでの間、産屋《うぶや》に男は近付いてはならない決まりとなっている。それを知らないわけではなかったが、どうしても好奇心が勝った。

ヌイは、昔から家族ぐるみで付き合っていた家の一人娘だったが、最近になって婿《むこ》を貰い、卵を産んだ。

婿となった男も顔なじみの小作人《こさくにん》だったから、コウにとっては、大きく何かが変化したという感じはしなかった。皆はヌイねえは母になったのだと言うが、いまいち、釈然としなかったのだ。

小屋の中に顔を突っ込めば、そこは日の光を吸った藁の匂いがした。

本来、産屋に籠っている間、母親は鳥形《ちょうけい》になっているものだから、地面の上にはたくさんの藁が敷かれている。そこで一時だけ人形《じんけい》になったヌイは、愛しげに膝元の卵に手を置いていた。

「コウちゃんには、この子のお兄ちゃん代わりとなってもらわないといけないからね」

撫でてやっとくれよ、と言われ、恐る恐る卵に近付く。

「あったかい……」

白い殻に手のひら全体で触れると、少しだけ表面はざらりとしている。明かり取りからの光が当たれば、肌の色を思わせる乳白色に輝いて見えた。

「もうすぐ、こっから赤ちゃんが生まれるんだね」

「そうだよ。生まれたばっかりの雛は毛が生えていないから、可愛くないかもしれないけど」

「そんなの知ってるよ」

実際、生まれたばかりの雀の雛をコウは見たことがあった。

最初に見た時は桃色の蜥蜴《とかげ》のようで気持ちが悪かったのに、次に目にした時には、ちゃんとふくふくとした羽毛に覆われていたので、驚いてしまった。

「でも、おれが雛の時も、ヌイねえは面倒を見てくれたんでしょ。母ちゃんが言ってた。今度はおれが、ヌイねえの赤ちゃんの面倒を見るんだよって」

「そっかぁ。コウちゃんも、すっかりお兄ちゃんになったんだねえ」

「ヌイねえも、すっかり母ちゃんになったんだね」

優しく卵を見下ろす目と手つきを目の当《ま》たりにして、ようやく、ヌイは母になったのだと思えた。

そんなことがあったものだから、コウは人目を忍んで、ちょくちょく産屋に通うようになった。

既に綿花《めんか》を収穫する作業は手伝わされていたが、小作人達は、ほとんど共同で作業を行っている。一度広大な畑の中に放たれてしまえば、小さいコウが姿をくらますのは簡単だった。

貧しかったが、幸せな日々だったと思う。

本当は、大きな問題が山積みで、苦労も多かったのだろうが、父母は、自分にそれを悟らせまいとしてくれた。少なくとも、コウにとっては間違いなく幸せで、穏やかな毎日だったのだ。

コウが生まれた南領が南風郷《はえ》は、綿花の生産で有名であった。

山内で棉《わた》の栽培に最も適した気候をしており、中央の住民の衣服となる木綿は、ほとんどが南風郷で生産されていると言っても過言ではない。

その中でも最も大きな畑を所有する地主一族は、何代も前に都落ちした貴族であった。畑を広げ、綿花の品種を改良し、多くの小作人から尊敬の念を集める、立派な地主。外からはそう思われていただろうが、実際に綿花畑で働かされる小作人の待遇は、本当に酷《ひど》いものだった。

一度小作人になってしまえば、地主は『旦那さま』である。

労働力となった者が離れて行かないよう細工をされ、いつの間にか、下人《げにん》と変わらない扱いとなっていた。使用人として屋敷で働かされていた者も多かったが、いずれも地主一家から、同じ八咫烏《にんげん》として見られていないという点で扱いは共通していた。

特に酷かったのは、地主一家の一人息子であった。

そいつが気に入れば、小作人の持ち物でも、妻でも、娘でも、容赦なく奪い取られた。本来であれば刑死してしかるべき罪を犯しても、それが綿花畑の内部であれば、彼を咎《とが》められる者は誰もいなかったのだ。たとえ、外部の八咫烏《にんげん》を害することがあったとしても。

――ヌイの夫が綿花畑から連れ出されたのは、そろそろ、ヌイの卵が孵ろうかという時分であった。

その日、コウは大人しく綿花を摘んでいた。いつものように畑のあちこちに小作人達が散らばって作業をしているところに、屋敷の方から、異様な一団が近づいて来た。

そいつらは、何が起こっているか分かっていない様子のヌイの夫を乱暴に捕まえ、大声で「こいつの親族はどこにいる！」と訊いたのだ。

明らかに、何かおかしかった。

怒鳴り声を背中に聞きながら、コウはこっそりと綿花畑を抜け出し、ヌイのもとへと走った。

鳥形で卵を抱えていたヌイは、産屋に駆け込んで来たコウを見て、何かあったと悟ったようだ。

「どうしたの」

すぐに人形になったヌイに、コウは何と言うべきか分からなかった。

「なんか、変な奴らが来て、ヌイねえんとこのにいちゃんを連れてった」

「……うちの人を？」

囁くように問い返したヌイは、すぐに顔色を失った。

「しかも奴ら、ヌイねえを探してる」

ヌイは弾《はじ》かれたように立ち上がると、壁際に置かれていた布で卵を包み始める。

「コウ、今すぐここを出よう」

「でも、卵が」

孵る前は冷やしたら駄目なんでしょ、と言う前に、ヌイが切羽詰《せっぱつま》った様子で首を横に振った。

「そんなこと、言っていられない！　この子まで殺されるかも」

藁と共に卵を布でくるみ、間違っても落とさないように背負い紐で結ぼうとしているうちに、外から物音が聞こえて来た。壁に空いた穴に目を押し当てると、細い道をこちらに向かって来る、物々しい一団が見えた。

「ヌイねえ、見て！」

穴から同じものを見て、ヌイは卵を抱えたまま、気が抜けたようによろめいた。

「駄目だ……ここから出てったら見つかっちゃう……」

間に合わない、と呟いて体を震わせる。

「しっかりして」

今にも転びそうな姿に危機感を持ち、卵ごと支えるように手を伸ばすと、不意にヌイが目を見開き、こちらを凝視した。そして、何も言わずに背負い紐を外すと、それをコウに結び付け始めた。

「ヌイねえ、どうしたの」

驚くコウに、手を止めないままヌイは言い聞かせた。

「よく聞いて。この小屋には一か所、板が外れる場所がある。あたしじゃ無理だけど、あんたと卵なら抜け出せる。他の大人に見つからないように、急いで母ちゃんの所まで行っておくれ」

「俺の、母ちゃんのとこ？」

ヌイねえんちではなくて？　と尋ねると、力強く首肯《しゆこう》された。

「そう。絶対に、あたしんちには来ちゃ駄目だから」

いいね、鬼気《きき》迫るヌイに、コウもしっかりと頷いた。

「うん。分かった」

「いい子だ」

ヌイが隙間に指を差し入れると、小屋の出入り口とは反対の壁、その一枚の羽目板だけが外れた。

先に卵だけを外に出し、コウ自身、這いずるようにその後に続く。小屋の内側から板を戻す瞬間、ヌイが泣きそうな目を覗かせた。

「コウちゃん。どうか、この子をお願いね」

カタン、と板がはめられたのとほぼ同時に、小屋の表から、野太い男の声が響いた。

「ショウジなる男の妻はここにいるか。いるなら、すぐに出て参れ」

「そこにいるのは、誰。男がこんな所に近付くなんて、恥ずかしくないの」

出て行けるわけがないでしょう、と怒ったようなヌイの反応は、ごく自然だった。

「罪人の妻が、八咫烏《にんげん》扱いされると思うな」

吐き捨てるような乱暴な言葉に、落ち着いた低い声が続く。

「ヌイ。出て来なさい。さもなければ、この小屋ごとお前を焼き尽くさなければならなくなる」

音を立てないよう、必死に背負い紐に卵を納めていたコウの手が止まった。

ヌイも意外だったようで、それまでの威勢のよさが、急に衰えた。

「……旦那さま？」

「もう一度だけ言う。出て来なさい」

一瞬だけ無言になった後に、のろのろと、引き戸が開く音がする。卵をしっかり固定出来たのを確かめて、コウは雑木の中を移動し、ヌイ達の姿が見える場所へ潜《ひそ》んだ。

ヌイが出て来るや否や、兵士と思しき男たちが産屋の中を覗き込む。

「卵はどこだ」

「あたしが小屋に籠っていたのは、月の障《さわ》りがあったからよ。卵なんか産んでないわ」

ふぅん、と至極どうでもよさそうな態度の男に、ヌイは困惑の眼差しを向けた。

「それよりも、これは何の騒ぎです？　ショウジが罪人って……」

「お前の夫はゆうべ、屋敷に来ていた客人を、その金欲しさに襲ったのだ」

「そんな、馬鹿な。うちの人が、そんなことをするわけがない！」

ヌイの悲鳴は黙殺された。

「山烏による里烏《さとがらす》の殺害は、死罪。そして、その親族は連座で『斬足《ざんそく》』だ」

馬になれと命令され、ヌイは叫んだ。

「待って、何かの間違いよ」

「さっさと鳥形になれ。後がつかえているんだ」

「……嘘でしょ。まさか、ここで足を斬るって言うの？　郷長《ごうちょう》のお調べもまだなのに」

「郷長は、この件を私に一任すると命じられた。そして、私はすでに調べを終え、量刑も済んでいる。後は罪人を捕まえて刑を執行するのみだ」

そう言った、最初に小屋に向かって声を上げた男は他の男と違い、光沢のある縹色《はなだいろ》の着物を着ていた。偉そうにふんぞり返るそいつと、無表情の地主を呆けたように見返し、ヌイはかすれた声で呟いた。

「あんた達、まるで化け物だわ……」

「可哀想だがね。これも決まりだから、諦めておくれ」

地主はあくまで淡々としている。

「大人しく鳥形にならぬのなら、この場で斬り殺してやっても構わんのだぞ」

兵に刀の切っ先を向けられて、ヌイは怨嗟《えんさ》の声を上げながらも鳥形に変化した。兵が四人がかりで両の翼と二本の足を押さえつけ、苦しそうにもがく三本目の足が晒《さら》される。

兵の一人が刀を振り上げ、容赦なくその足を斬り落とした。


その時に聞いたヌイの悲鳴は、いつまで経ってもコウの耳にこびりついて離れなかった。


それから、どうやって家に帰ったのかはあまり覚えていない。

ただ、卵を割らないよう、あの兵達に見つからぬようにと、それだけを考えて逃げ回っていたような気がする。

真っ赤な血が噴き出す傷口と、そこに押し当てられた松明《たいまつ》の明るさ。のたうち回るヌイの首に縄が掛けられ、屋敷の方に引きずられていく場面が、頭の中で何度も繰り返されていた。

――やがて生まれた雛は、コウの妹ということになった。

生まれる直前に冷やしてしまったせいか、ユイと名付けられた彼女は体が弱く、その視力も、かろうじて明暗を感じ取れる程度にしか発達しなかった。この子がヌイの娘であると小作人の仲間は察していただろうが、それを指摘する者は誰もいなかった。

あの後、釈明の機会すら与えられずにショウジの首は落とされ、彼の両親も、ヌイの両親も『斬足』されてしまった。

ショウジが濡《ぬ》れ衣《ぎぬ》なのは明らかだったが、その娘が生きていると知られれば、問答無用で馬にされると分かっていた。中には、自分の身可愛さに地主への密告を得意とする者もいたが、そいつですら、不憫《ふびん》な幼い少女を売るのは躊躇《ためら》われたようだ。

しかし、小作人に罪を着せられると味をしめた地主の息子の横暴は、ますます酷くなっていった。

綿花畑の暮らしは凄惨を極めた。

暴力は当たり前で、ささいな手落ちで馬にさせられる者が増えた。こき使われた小作人は次々に体を壊していったが、苦しさに耐えかねて逃亡したところを捕まれば、本人は見せしめに殺され、その家族は馬にされてしまう。人手が減った分は、おそらくは郷長の斡旋《あっせん》で、いくらでも外から新しい八咫烏が入って来た。

どこにも行けず、ただ飼い殺しにされるだけの毎日である。

そんな中で、コウの両親も、ユイが五つになる前にいなくなった。過労から体調を崩した母の看病のために仕事を休んだ父は『斬足』され、失意の中で母も亡くなったのだ。だから、幼いコウとユイは、小作人の仲間によって、守られるように育てられたと言っていい。

劣悪な環境下でも、ユイは明るく、素直な娘に育った。

出来る仕事があれば、何でも自分からやろうとした。綿花の実繰《さねく》りをしながら歌う声はひばりのようで、コウも周囲の大人達も、ユイが可愛くて仕方がなかった。どんなに辛くとも、ユイさえ笑っていればコウは耐えられた。ユイが、コウにとっての希望だった。

――そんなユイを、あろうことか、あのどら息子は犯そうとしたのだ。

その時、ユイはまだ、たったの八歳であった。

人ではない、けだものの所業だ。今までもさんざん死んでほしいと思ったが、自らの手で殺してやりたいと思ったのは、あれが初めてだった。

息子の頭を拳《こぶし》大の石でかち割ったコウは、ユイを連れて山中へと逃げだした。

沢の水をすすり、木の実で腹の虫をなだめる日々だったが、誰の暴力にも怯えずに済む一日が、こんなにも幸せなものだとは知らなかった。

もちろん、追手《おつて》は恐ろしい。

背中に兵を乗せた馬が幾度も頭上を飛んでいき、山狩りの気配を感じる度に生きた心地がしなかったが、それでも、綿花畑の暮らしよりも逃亡生活の方がましだと思えたのだから、皮肉なものだ。

逃げろと言ってくれた連中は無事だろうか。

ぴくりとも動かなかったあいつは、死んだのだろうか。

気になることは山ほどあったし、ユイもひどく不安だったのだろうが、そういった懸念を口にすることはついぞなかった。

郷長と綿花畑の主が懇意にしているのは、この辺りでは有名な話だ。ユイに手を出したのが向こうだからと言って、役人達が目こぼししてくれるわけがない。旦那さまの息子が死んでいたならコウは死罪だろうし、怪我をさせただけだったとしても、斬足されるのは間違いない。唯一の家族であるユイも、連座で何がしかの罰を受けるだろう。

コウ自身はどうなっても構わなかったが、ユイだけはなんとかして助けてやりたかった。

しかし、綿花畑を逃げ出して十日後。よい方策が何も思い浮かばないうちに、コウとユイは、追手に捕まってしまったのである。

抵抗した際に殴打《おうだ》されて気を失い、意識が戻った時には、既に牢屋に放り込まれていた。

ユイの姿が見えず、コウは半狂乱になった。

声を限りにユイを呼び、暴れ続けたが、いくら経っても人が現れる様子はない。おそらくは地下なのだろう。外の光が入るような場所もないので、時間の経過すら曖昧《あいまい》だった。

コウの声が嗄《か》れ果てた頃、暗がりの中に光が差し、何者かが格子《こうし》の向こうに姿を現した。

「ユイはどこだ」

格子に縋《すが》り付いて開口一番に言ったコウに、そいつは呆れたようだった。

「あれだけ暴れておいて、元気な奴だな」

手燭《てしょく》を持っているが、その明かりは弱くて、姿はろくに見えなかった。

「妹に手を出してみろ、殺してやる」

「威勢がいいのは結構だが、そんな口を利いていてよいのか？」

――このままだと、お前も妹もただでは済むまい。

コウは、喉まで出かかった罵声を飲み込んだ。それを見て、そいつは低く笑う。

「安心せい。あの娘なら、お前よりもよっぽどまともな場所に保護されておる。兄が心配で、それこそ食事も喉を通らぬ様子ではあるがな」

取り敢えず無事らしいと知ってホッとしたが、楽観など出来るわけがない。

「ああ、そうだ。お前が襲ったという、あの馬鹿息子だが」

覚えず、息が止まった。

「一命を取りとめたぞ」

――それを知らされた直後の気持ちは、なんとも形容し難かった。

死んでいようが構わない。むしろ、奴は死んで当然だと何度も思ったはずなのに、確かに、最初に感じたのは安堵《あんど》だったのだ。

次いで、まだあの男が生きているという事実に、体の芯まで冷たくなった。

奴が死んでいたら、間違いなくコウは死罪だった。だが、生きているのなら、普通に殺されるよりも、ずっと酷い目に遭わされるに違いない。いや、コウの死に方がどうなるかはどうでもいい。問題は、遺されるユイの身だった。

「……よほど、妹が大事と見えるな」

面白がるような声にも、コウは睨むだけしか出来ない。

「これから、ユイはどうなる」

「それは、お前次第だ」

「俺次第？」

ああそうだ、と返した声は、やはり愉快そうだった。

「お前がそれを望むのであれば、私が助けてやってもいい」

笑みの形になった口から覗いた歯が、手燭の炎にちらりと光った。

後から知ったことだったが、山に逃げたコウとユイを捕まえたのは、郷長管轄《かんかつ》の兵ではなく、領内警備の兵であったらしい。二人の身柄は南風《はえ》郷の郷長屋敷ではなく、南領全体の政《まつりごと》を取り仕切る、領司《りょうじ》へと連れて来られたのだ。

十日もの間、山を逃げ続けた幼い兄妹の噂は、すでに南領の官庁で有名になっていた。捕まる際、兵達をさんざん手こずらせた様子を見た南家の者が、コウの身体能力に目を付けたのだった。

「山内衆《やまうちしゅう》……？」

「宗家《そうけ》の近衛隊《このえたい》だ。お前の暴れっぷり、中々に見事であった。それだけの力があるのに、『斬足』などもったいない。お前にその気があるのならば、妹ともども、新しい戸籍を用意してやろう」

「どうして」

「聞けばお前は、ただ妹を守ろうとしただけというではないか。悪いのは綿花畑の主とその息子、そして、職務を疎《おろそ》かにした郷長だ。褒《ほ》められこそすれ、罰するなどとんでもない。お前達は救われてしかるべきだ」

　降って湧いたような都合のいい話を、コウはにわかには信じられなかった。

「……あんたは宮烏なのに、同じ宮烏を害した俺の肩を持つのか」

「勘違いするな。綿花畑の主は自称宮烏だ」

　とっくの昔に貴族としての資格は失っている、とそいつは言う。

「本当の宮烏は、己の翼下《よくか》に入った者を、ことのほか大事にするもの。それこそが、宮烏を宮烏たらしめている責務なのだ」

　お前は何も心配するなと、そう言う男の口調は優しかった。

「我々としても、お前が宗家の近衛になってくれれば、後見となった者としてこれほどの名誉はない。どうだ。やってみる気はあるか」

　断わる理由はどこにもなかった。

　二つ返事で了承したコウを、そいつはすぐに牢から出し、ユイと再会させてくれた。大邸宅の一角を与えられ、今まで食べたことのないような豪勢な食事を取り、風呂に入り、綺麗な着物に着替えさせられた。

「中々、さまになっておるな」

　さっぱりとした兄妹を見て、その男は満足げに頷いた。

「ここで、お前達は生まれ変わったのだ。戸籍を作らねばならん。新しい名前を考えてやろう」

「ユイもですか」

コウが思わず声を上げれば、男は小さく笑った。

「気に入っているならば、そのまま『結《ゆい》』としよう。何、女子の名前は、大して問題にはならん。問題なのは、むしろお前の方だな」

「俺は、別に何でも」

「そういうわけにもいくまいよ」

戸籍上の名前は『紘《こう》』か、と呟き、男は顎に手をやった。

「父母がまだ綿花畑に来たばかりの頃、旦那さまが付けた名前と聞いています」

「いかにもだな。こっちは、思い切って変えた方がよさそうだ」

しばらく宙を睨んだ後、男は軽く頷いた。

「では、これからのお前の武運を願って『千早《ちはや》』としよう」

こうして、コウは千早となった。

兄妹を救った男は、南本家《みなみほんけ》の側近として長く仕えている一族——南橘《みなみたちばな》家の当主、安近《やすちか》であった。南橘家は南家本邸に最も近い所に屋敷を構えており、千早は、そこでしばらくの間、起居するようにと命令された。

「末の息子も、勁草院《けいそういん》への入峰《にゅうぶ》を控えているのだ。共に学びなさい。もし、双方とも山内衆になるとすれば、長い付き合いになるだろう」

「は」

「息子を頼んだぞ」

そうして引き合わされた息子こそが、公近《きみちか》だった。

南橘家には、助けてもらった恩がある。それだけは返さねばならぬと思い、当初、千早は公近にも従順であった。我儘《わがまま》で、鼻もちならない少年ではあったが、綿花畑のどら息子と比べれば雲泥の差である。高位の貴族だけあって、与えられる食事や衣服などについては、何一つ不自由も感じなかった。慈悲を施せる宮烏もいるのだと、感動しなかったわけではない。

――だが、心からそう思えた日々は、長くは続かなかった。

「どういうことですか、お館《やかた》さま」

結と共に呼び出され、その話を安近から聞かされた時、千早は己の耳を疑った。

「結を、遊郭《ゆうかく》にやるなんて」

「落ち着け、千早。別に、結を遊女にするわけではない」

煙管《きせる》を吹かしながら、安近は軽い調子で言った。

「それに、勘違いしておるぞ。預ける先は花街の妓楼《ぎろう》ではなく、谷間《たにあい》の方の置屋《おきや》だ。花街から退《しりぞ》いた芸妓《げいぎ》が暮らし、お披露目《ひろめ》前の遊女を仕込む場所だ」

その二つの何が違うのか、千早には分からなかった。

「考えてもみよ。目が不自由なせいで、結がこの屋敷で出来る仕事はほとんどない。だが、置屋でなら、唄と琵琶を教えられる者がいる。唄えて、琵琶が弾ければ、少なくともどこかで働くことが出来る」

「そのどこかは遊郭以外にあるのですか。楽士として働くつもりでも、客に求められれば拒んだりなんか出来ない。それでは何も意味はない！」

「いらん心配だ。この置屋は、あくまで我が家が後ろ盾となっている妓楼のためのもの。谷間で商売はしていない」

客がつくとすれば、中央花街。

「目の見えない山鳥は、宮鳥《われわれ》にとって女ではない」

絶句した千早の横で、結が深々と頭を下げた。

「……行かせて下さい」

「結！」

千早は仰天したが、結の口は止まらなかった。

「ここで出来るお仕事が何もなくて、ずっと気になっていました。どこでもいいです。あたしに何か出来ることがあるのなら、行かせて下さい」

「よろしい。あちらの受け入れ準備が整い次第、行ってもらうとしよう。私からの用件は以上だ」

下がれと言って、安近は煙管を置き、文机《ふづくえ》の方へと向かったのだった。

当主の居室を出てすぐに、千早は結を怒鳴りつけた。

「どうして自分から行きたいなどと言った。何も分かっていないくせに！」

「でも、兄さん。ここじゃ、実繰りのお仕事はないんだよ。あたし、他には唄うことしか知らない。あたしだって、兄さんのために何かしたいよ」

「だったら、お前は何もするな！」

千早の怒声に体を竦めた結が、今にも泣きそうな顔になった。

「兄さん」

「黙って俺の言うことを聞け。お前は、まだ何も分かっていないのだから」

「分かっていないのはどちらだ。妹の方が、よほど物の道理を弁《わきま》えているではないか」

不意に、笑い交じりの声に割って入られ、千早は狼狽《ろうばい》した。

「公近さま……」

「働かざる者、食うべからず。ここに妹を置いておいてやるか決めるのは父上であって、お前ではない」

何か勘違いしているんじゃないのか、と公近は懐手《ふところで》しながら廊下を歩み寄って来た。

「宮烏は、恵まれない者に施す義務があるが、施しを受けた者は、我々に恩を返す義務がある。結はここでは役立たずだ。恩を返す手段がないのだから、よしんば、花街へ行かされたとしても仕方なかろう」

「ふざけるな！」

千早は、この時初めて、公近に向かって反抗した。

「結は、生まれた時から奪われてばかりだった。この上、身売りされて当然だなんて、そんな道理があってたまるか」

　これに対する、公近の態度は冷淡この上なかった。

「それがどうした。お前達がどんな境遇だろうが、私達にはまるで関係がない。確かなのは、この山内という社会において、憐れみを乞わずして生きていけない貴様らを庇護してやったのが、南橘家であるという事実だけだ。感謝されこそすれ、こうして怒鳴られる筋合いはないぞ」

　同じだ、と悟った。

　綿花畑の一族と、こいつらは何も変わらない。

　こいつらはただ、地主一家よりも裕福だから、そのおこぼれが多いだけ。本質的に、何も変わりはしないのだ。

「……もし、あんたが山烏として生まれていたら、今と同じことを言えたか」

　千早の、血を吐くような問いに対し、公近は本気で意味が分からない、という顔をした。

「何を言っているんだ。私は、山烏などではない」

　あいつらは、山烏と宮烏を、同じ生き物と思っていないのだ。

＊　＊　＊

「それからはもう、宮烏には何も期待しないと決めた」

千早が語り終えたのは、大講堂で夜を越した、朝であった。

昨晩急いで帰ってみると、幸い、まだ千早が抜け出したと気付いた者はいなかった。が、当然のことながら大講堂の掃除は終わっておらず、全員で手分けして板間を拭くことにしたのである。手を動かすついでといった体《てい》で、どこか観念した様子の千早は、とうとう己の身の上話を始めたのだった。

「明留の言う通り、俺と結に血の繋《つな》がりはないが、間違いなく、あいつは俺の妹だ。公近はことあるごとに結を持ち出して来るし、逆らえば、どうなるかは分からない」

千早にとって、結は文字通り人質だったのだ。

「少なくともお前らは、女子どもにどうこう出来るような輩《やから》じゃないと感じた」

お前達を信用しているんだと、彼らしからぬ殊勝《しゅしょう》さに、雑巾を持ったまま、その場にいた全員が固まった。

「――だからもう、結に関して、これ以上触れてくれるな」

そう言った千早は、こちらの返答を待たずに、全員の雑巾を桶に回収して、そのまま大講堂を出て行ってしまった。

板間に座り込んだ明留は、かつて、自分が千早に持ち掛けた話を思い出し、全身から血の気が引く思いをしていた。

南橘家の者の気持ちが、分かってしまう己が恐ろしかった。

「……雪哉」

床の木目を視線でなぞりながら、明留は口を開いた。

「前に言っていたな。権力の使いどころを間違えるなと」

「ああ」

「僕はどうやら、権力を使うべき場面で、やり方を間違えてしまったようだ」

黙って先を促す雪哉に、首を横に振る。

「助けてあげるでは、駄目なのだな」

善意で、誰かを救おうとすること。持たざる者に、何かを与えようとすること。

それは、与えられる立場にある者から、最も遠ざかる行為でもあるのだと、今になってようやく気付かされた。

なまじ、自分が善意でそれを行おうとしたがために「こんなにしてやるのだから、感謝されて当然」と思ってしまった。無意識であったとしても――むしろ、無意識であるがゆえに、確実に相手を見下している心の持ちようだった。

助けてやる代わりに、千早に山内衆になるように言った安近や、それを疑問に思わなかった公近。そして、純粋な好意から援助を申し出た自分がまさにそれであった。

「こういう時に筋を通すには、両極端などちらかしかないのだな」

千早が開けて行ったままの扉から差し込む朝日が、今はとても眩しかった。

「全てを擲《なげう》って、自分自身も同じ目線で戦うか。もしくは、自分の傲慢を自覚しつつ、その傲慢を押し通すか……」

茂丸も市柳も、明留の言葉に対して何も言おうとはしない。ただ、雪哉だけは小さく笑って、

「今度は間違えずに済みそう？」と訊いて来た。

「……僕は宮烏だ。宮烏以外の、何者にもなれない」

だから、と。

「傲慢になるしかないようだ」

そう言って横目で見れば、雪哉はニイッと、くせのある笑みを顔中に浮かべていた。

「権利関係は任せてくれ。問題は資金だけど、明留はいくら出せる？」

「必要なら、いくらでも」

ひええ、と茂丸が情けないながらも、どこか楽しそうな悲鳴を上げた。

「宮烏ってのはおっかねえけど、味方になってくれると頼もしいな！」

「お前ら、あんまり無茶はするなよ……」

「おや。市柳草牙は協力してくれないんですか」

やってやらぁ畜生、と、やけっぱちに市柳は叫んだ。

「ここで黙ってちゃ、男が廃《すた》るってもんよ」

「市柳草牙、かっこいいぜ！」

「よかったです。表だって、荳兒が草牙に楯突くのは問題ですからね」

これで矢面《やおもて》に立ってくれる人が出来た、と雪哉は笑顔で怖いことをのたまったのだった。

＊　＊　＊

「おい、千早。お前、急いでお座敷に行け」

今までに聞いたことのない命令に、千早は井戸から水を汲《く》んでいた手を止めた。

「お客さまが、なんか、お前に興味があるってさ」

「は？」

思わず低い声が出たが、心配するな、とそいつは呵々と笑った。

「東領《とうりょう》から出て来た、世間知らずそうな坊ちゃんだ。同年代で、こうして宿屋で働いている奴の話を聞いてみたいんだと。口下手だから無理だって言ったんだが、それでも構わないってよ」

この夏の間、ずっと世話になる雇い主の言葉である。頼むよと言われて断れるはずもない。

仕方なく、指示された座敷へと向かった千早は、しかしそこで待っていた人物に踵《きびす》を返しそうになった。

「待て待て！」

「逃げるな下働き」

慌てて引き留めて来たのは、良家に仕える下男のような格好の茂丸と雪哉である。

そしてその背後、自分が御大《おんたい》であると言わんばかりに座っているのは、豪華に刺繍《ししゆう》された振袖姿の明留だった。長い袖には極彩色の鳳凰《ほうおう》が何羽も踊り狂い、袴《はかま》は五色の縞模様で、もはや全身で何色とも形容できないありさまとなっている。

端的に言って、悪趣味であった。

「……貴様の私服か」

「そんなわけあるか、馬鹿者！」

これは変装だ、と明留は赤面した。

「今のこいつは、東領で商いに成功したにわか金持ちって設定なんだ」

茂丸の言葉を受けてよく見れば、特徴的な赤みを帯びた髪の毛も今は黒く染められており、町人風に結い上げられていた。

「僕が選ぶと、どうしても趣味のよさが滲み出てしまうのでな。この格好は、市柳草牙に考えて頂いた」

以前見た明留の格好も、千早からすると無駄にキラキラしていたという点であまり変わりなかったように思うのだが、面倒くさくなって指摘はしなかった。

「用件は」

変装までして勤め先に乗り込んで来るなど、ただごとではない。

憎々しそうに袖の鳳凰を睨んでいた明留は、その言葉で我に返ったようだった。

「まずは、これを見ろ」

懐から紙を取り出し、こちらに向かって差し出して来た。

訝《いぶか》しく思いながらも中を検《あらた》めた瞬間、全身が一気に冷たくなった。

「これは、お前の妹の身柄に関する証文だ」

明留は、平然とした顔で言ってのける。

「明留が金を出したんだ。これで、結ちゃんは遊女宿から出られるぜ」

「結ちゃんが預けられているのが置屋ってところが利用出来た。明留に身請けしてもらう形で、証文をもぎ取って来たんだよ。ほとんどだまし討ちに近い形だから、おそらく、公近も結ちゃんの権利が動いたと、まだ気付いていないはずだ」

次々に言う、茂丸と雪哉が信じられない。

「僕が今日ここに来たのは、お前と取引するためだ」

そう言った明留は、偉そうにふんぞり返った。

「僕の要求を呑むのなら、これはやる。晴れて結ちゃんは自由の身だ。しかし、要求を突っぱねるのなら、この証文は僕のものだ」

「……脅迫ではないか」

「さよう。実際、貴様の意見なんて、これっぽっちも聞いていない！　この証文がいくらしたと思っている。ただでもらえると思っているのならば、お笑い種《ぐさ》だぞ貧乏人。妹を助けたくば、南橘家ではなく、大人しく西本家の援助を受けろ」

握りこぶしが震えるのを感じながら、千早は明留を睨みつけた。

「これが、貴様の言う『好意』か」

そうして、今度は自分達に何を強いようと言うのだろう。感謝という名の忠誠心か。御恩に報いるためのただ働きか。

それでは何も変わらないと思ったが、明留は千早の言葉を鼻で笑った。

「好意だと？　馬鹿を申すな」

大げさな身振りで、バッと扇子を開く。

「貴様のように可愛げの欠片《かけら》もない奴になんか、頼まれたってびた一文使うものか。僕は身勝手で、自分のことしか考えられない、傲慢な宮烏だからな！」

ハハハハハ、と高笑いする明留はやけっぱちにも見えて、どことなく気味が悪かった。

だったら何が目的なのかと問おうとした時、雪哉が話に割り込んで来た。

「宮烏には、宮烏なりの事情があるってことです」

言わば、これは宮烏同士の戦いなんですよ、と雪哉は大げさに両手を広げてみせた。

「西家は南家と敵対しているから、明留は今回、公近の戦力を削りに来たんです」

「こいつらは、お前と敵になりたくないと思っているんだ」

茂丸が、雪哉と明留を指して言う。

「最悪なのは、お前がこのまま公近の手下として働いて、将来、刀《やいば》を交えることなんだってさ。お前が強いから――お前を恐れているんだ」

「だから、本来ならここで、明留に仕えて欲しいって言う場面なんだけれど」

苦笑気味に言った雪哉に、「それは、絶対にご免こうむる」と、と明留が嫌そうな顔を扇で隠した。

「こいつが僕に大人しく仕えるタマか。内心で『宮烏なんか全員ぶっ殺してやる』くらいに考えている奴を側に置く勇気なんて、僕には持ち合わせがない」

「と、肝心の本人が言っているので、千早が公近から、ひいては南橘家の支配から抜け出してくれるだけでよしとしましょうと、そういうことです」

「面倒だけど、そういう建前が必要なんだと」

雪哉と茂丸は、まるで商品を売り込む里烏《さとがらす》のように矢継早《やつぎばや》にしゃべった。

「南橘家の報復を恐れているのなら、心配はいりません。君を無理やり引き抜いたのが西本家だと分かったら、手出しなんか絶対に出来ないから」

「つまりこいつらは、お前の気がかりを取っ払って、普通に友達になりたいって思っているだけなんだよ」

これに、茂丸の隣にいた明留が目を剝《む》いた。

「ちょっと待て。それだと、僕が千早と仲良くなりたくてこんなことをしたみたいに聞こえるではないか」

「あれ。違うのか」

「馬鹿にするな！　友情を金で買おうとするほど、僕は落ちぶれてはいない」

――千早は、深く溜息をついた。

うるさく囀《さえず》っていた三人がぴたりと口を閉ざす。それでも何も言わないでいると、明留が、わずかに視線を逸らしながら付け加えた。

「別に、南橘家の奴らに恩を感じる必要はないんだぞ……。僕も含めて、宮鳥はお前の境遇にかこつけて利用しているだけなんだからな。嫌われても、憎まれても、当然の所業だ」

「俺は別に、南橘家に恩なんざ感じちゃいない」

はっきり言ってやると、明留は口をへの字に曲げた。

「お前が俺の意見を聞いていないように、俺だって、お前の意見なんざ聞いていない。お前が、自分のことしか考えていなかろうが、俺を駒だと思っていようが、そんなのはどうだっていいんだ」

息を凝らしてこちらを窺う面々に、千早は鼻を鳴らした。

「これは、俺しか言えないことだから言ってやる。お前のしたことは、公近と同じかもしれないが、少なくとも俺にとって、お前と南橘家は全く違った」

千早、と明留は顔を上げ、目をいっぱいに見開いた。

「俺にとって、南橘家は敵だ。だが――お前は、そうじゃない」

ふわあ、うおお、と雪哉と茂丸から素っ頓狂な歓声が上がった。

「ただ、けじめだ。金は返す」

「……お前の稼ぎでは、何年かかるか分からないぞ」

泣き笑いを浮かべる明留に、千早は頷いた。

「ああ。坊ちゃんにとってははした金だろうが、俺にとっては大金だ」

これから、長い付き合いになるな、と。

千早が言った瞬間、今度は三人が揃って悲鳴を上げた。

「おい、千早が笑ったぞ」

「明日は空から槍が降りますね！」

「と言うか、笑えたのだな、お前……」

ふざけた反応に、千早の珍しい笑みは、一瞬で顔から抜け落ちたのだった。


「しかし、公近はこのことを知らねえんだろ」

千早の笑顔に、明留達がひとしきり盛り上がった後である。

茂丸の言葉に、明留がきゅっと唇を噛んだ。

「言ったはずだ。公近が何を言おうが、もう、千早と結ちゃんは西本家の庇護下にある。絶対に手は出させない」

「でも、相手はあの公近だぜ。家の関係は置いといても、この恩知らずめーとか言って、個人的に逆恨みしそうじゃないか？」

どうするよ、と茂丸が言うと、「どうするも何も」と雪哉がにこやかに告げた。

「こうなったら、正面からぶつかって、片を付ける以外に方法はないだろうね」

「正面からぶつかるって――」

「喧嘩《けんか》か」

「喧嘩だな」

声の揃った千早と茂丸に、困惑気味に問いかけた明留の顔が引き攣った。

「そのために、わざわざ市柳先輩を引っ張り込んだんだもの」

あの人、こっちが頼って来るのを今か今かと待っているじゃないですか、と雪哉は言う。

「利用出来るものは有難く利用――じゃなくて、頼らせてもらいましょう」

「雪哉、隠しておくべき本音がだだ漏れではないのか？」

弱々しい明留の諫言《かんげん》を、今更ですよ、と雪哉は流した。

「いいかげん、こっちも我慢の限界だったんだ。そろそろ頃合いだし、せっかくならあいつら全員、仲良くまとめてぶっ潰して差し上げましょう」

＊　　＊　　＊

夏が終わり、長かった休みが明けた。

まだまだ気温は高いが、傾いた日差しの中には、真夏にはなかった陰りが見えるようになっている。院生達が勁草院に戻って来て、再び訓練が始まった。

清賢《せいけん》から忠告を受けた後も、翠寛《すいかん》は依然として雪哉への態度を変えず、休みが終わって後も、対戦相手には雪哉を指名し続けていた。

既に恒例となっているせいもあり、院生達の中には飽きた顔をしている者も多い。だが、翠寛はこの行為を、半ば義務のように感じていた。

「反乱軍の拠点となっているのは寺院。鎮圧軍の駒は全部で四十。大将一、士官二。四分の一に馬あり、斥候あり、間諜《かんちょう》あり。対して反乱軍は大将一、士官なし、半人半馬五十、武器なし、斥候あり、間諜あり」

淡々と告げられる条件を聞きながら、目の前の場を眺め、これからの作戦を立てていく。

「『場』、西領《さいりょう》が有明郷《ありあけごう》、鹿鳴寺《ろくめいじ》占拠。時期一月。主上《おかみ》より反乱平定の命あり」

盤の向こうに立った雪哉をしっかりと見据え、翠寛は礼をした。

「お願いします」

「お願いします」

誰が相手であれ、「盤上訓練」では、油断した方が負けるのだ。

手加減するつもりは、一切なかった。

前々から雪哉と対戦する時の『場』は、他の院生よりもはるかに難しいものを使用していたが、休み明けから間諜の駒が「あり」の設定となり、いよいよ盤面複雑な戦いとなっていた。

新しく加わった間諜の駒は、扱いが特に難しい。

似たような働きの駒に斥候があるが、索敵《さくてき》が出来る範囲が決まっている斥候とは違い、間諜は相手の陣地内まで入り込むことが出来た。

斥候の位置は誰でも目視出来るが、間諜は索敵をかけない限り、敵の目には見えない仕様となっている。その索敵も、賽子《さいころ》の目によって見える範囲が決まるという、非常にやっかいな駒である。

　とはいえ、駒自体の動きは遅いから、こまめに索敵を行いさえすれば死角は消える。特に最近、雪哉は長期戦を好むようになっていたので、手数をかける分には問題はなかった。

　雪哉は最初の大敗以来、堅実な攻めを心がけているようだった。定石を外さず、こちらに付け入る隙を与えず、確実に取れる所から取る。しかし、最後の最後で焦って、詰めが甘くなるあたりに弱さが窺えた。結局、堅固に組まれた翠寛の陣を崩しきれず、時間切れで負けるか、最後の最後に特攻を仕掛け、返り討ちにあうのが常であった。

「斥候二号、二の三へ前進。人馬二号から七号、三の横列に散開。そのまま待機」

　今回の『場』においても、雪哉は最初に、大将を守る陣形を作り上げることから始めていた。あきらかに、腰を据えてかかる構えだ。

　――いいだろう。そっちがその気なら、根競《こんくら》べといこうではないか。

　万が一、間諜が先行している場合に備え、索敵をこまめに行いながらも、翠寛自身、自陣を綺麗に組んで行った。

　このままなら、一日目の「夜の時間」に入る前に、守りの陣営が完成するだろう。

　そう思いながら、駒を動かし終え、「以上」と言った時だった。

「取り、い、い、い、ました」

まるっきり、いつもと同じ調子で、雪哉が宣言した。

何が起こったのか分からなかった。

審判も、突然の宣言に固まっている。

対戦を見ていた院生達も、急に流れが止まったことにこそ目を丸くしているものの、雪哉が何を言っているのか、すぐに理解出来た者は、誰一人としていないようだった。

その言葉は、「盤上訓練」の最後、それも、展開が早い院生同士の戦いでよく聞く定型句だ。

「まさか――」

喘《あえ》いで、対戦の記録を付けている補助教官を見る。

彼の顔色は、蒼白だった。

「審判。確認をお願いします」

雪哉の言葉に、記録係から審判へと、対戦記録が差し出される。

審判はしばし絶句した後、恐ろしいものでも見るような目で盤上と記録を見比べた。

そして、信じられないという顔をしながら、手を、雪哉の方へとかかげて見せたのだった。

「……確認しました。勝者、上方《かみかた》」

取りました――大将の首を、取りました。

「駒の……間諜の開示を」

静かな翠寛の声に、ようやく、院生達にも事態が把握され始めた。

驚愕の、あるいは何かの間違いではないかと疑うざわめきの中で、見えなかった駒の存在が明らかとなっていく。

補助教官は、間諜の駒を箱から三つ取り出した。

一つ目の駒は、対戦中に翠寛も見つけており、把握していた通りの場所に置かれた。

二つ目の駒が置かれたのも、おそらくはあの周辺にあるだろうと予想していたあたりである。

異常だったのは、三つ目の駒の位置だった。

補助教官は、最後の駒を手にしたまま、どんどん翠寛の方へと近づいて来た。

そして、どこか怯えた目でこちらを見てから、震える手でコトリと、翠寛の陣営、大将の駒の真後ろにそれを置いたのだ。

この位置だと、逃げることはどうあっても不可能だ。

普通ではあり得ないような奇襲——まるで、奇跡のような暗殺劇だった。

馬鹿な、と思った。

油断はなかった。

確かに、まさかこんなに早く間諜が侵入して来るとは思わなかったが、それでも索敵はこまめに行っていた。そう簡単に見逃すわけがない。

補助教官の手にしていた、戦譜の覚書を奪い取るようにして確認する。

雪哉の三つめの間諜は、針に糸を通すような精密さで、見事に索敵の死角を捉えていた。それは、どこの枡目がこちらに見えていないのか、全て把握しているかのような動き方であった。そうでなければ不合理極まりないとしか思えない前進と後退を繰り返した上で、こちらの陣地に侵入を果たしていた。

偶然ではない。こいつは、こちらの索敵の範囲を正確に予測していたのだ。

だが——どうやって？

索敵の範囲を決めるのは、賽子だ。無作為な出目に見当をつけるなど、出来るわけがない。こいつには一体、何が見えていたというのだ！

院生が、しきりと何事かを囁きあっている。あり得ない、何だこれは、と補助教官達までが騒ぎ始める。

そんな中で、雪哉はいつも通りの態度であった。

「翠寛院士《せんせい》。以前、おっしゃいましたよね」

恐るべき勝ちを誇るでもなく、こうなるのが当然だったと言わんばかりに、のんびりと翠寛へと話しかけて来た。

「敗者に言葉を語る資格はない。何か言いたいことがあるのならば、一度でも自分に勝ってから言ってみろ、と」

先生の言い方を借りるのならば、これで、自分は口を開く権利を得たことになりますと、雪哉は笑顔で言ってのけた。

「正直、あなたの指導教官としての腕には、前々から疑問を覚えていました。院生の、それもたかだか『兵術』を習い始めたばかりの荳兒《とうじ》相手に負けて、勁草院の教官が務まりましょうや」

先ほどまで、あんなにうるさかった講堂内が、今は水を打ったように静まり返っている。

「教官を辞任なさって下さい、翠寛院士。それが、あなたにとっても我々にとっても、おそらく最善の道でしょうから」

＊　＊　＊

「どんな手を使った」

憤怒の形相《ぎょうそう》で迫って来た公近に茂丸はびびってしまったが、凄まれた当の雪哉はと言えば、涼しい表情を崩さなかった。

「何のお話でしょう」

「とぼけるな。今、教官達が大騒ぎしている」

昼餉《ひるげ》時である。

食堂《じきどう》へと向かう道すがら、雪哉と茂丸は、公近をはじめとする南家筋の宮烏に取り囲まれていた。

午前中の「盤上訓練」において、荳兒が『兵術』の演習担当を負かし、しかも辞職を勧めたという噂は、すでに勁草院中に広まっている。自分を贔屓《ひいき》してくれている翠寛の危機に驚いたのか、わざわざ公近の方から、こちらに近付いて来たのだ。

「――お前、不正をしたな」

「いや、そんな。たまたま雪哉が一回勝ったくらいで、不正を疑われても困りますよ」

雪哉の代わりに割り込んだ茂丸を、公近は恐ろしい眼差しで睨んだ。

「俺も戦譜を見た。どう考えても、あの勝ち方は異常だ」

それは茂丸自身、よく分かっていた。

何しろ雪哉は今日の朝、「ちょっと喧嘩を売って来ますね」と言って、『兵術』の授業に臨んだのである。具体的に何をしたのかは分からないが、偶然ではないことだけは確かだった。

何らかの不正があったとしか思えない。しかし、あの時の「盤上訓練」を補助していたのは、いずれも院の職員だ。何も不審な点は見当たらず、そもそも、雪哉が何をしたのか、誰にも分かっていなかった。

公近は苛立っていた。

「不正をして勝った挙句に、教官に向かって辞職を勧めるとは何事だ」

「不正なんかしていませんよ。あなたではあるまいし」

「俺がいつ、不正をしたと?」

「座学の成績が悪いのに、翠寛院士の贔屓があったから、草牙に進級出来たって聞きました。もしかして、だから今、こんなに怒っているのですか？　翠寛院士がいなくなっちゃったら、進級が出来ないから」

雪哉のあからさまな挑発に、公近は見事に乗ってくれた。

「ふざけるな。誰が、そんな根も葉もない噂話を！」

「市柳草牙ですが」

「ご本人がそこにいますよ」

茂丸が指さすと、集まっていた人混みが割れ、明留と千早に両側から腕をつかまれた市柳の姿が現れた。

「出鱈目《でたらめ》を申したのは貴様かァ！」

公近に怒鳴りつけられた市柳の顔には、「何でこんなことに……」とはっきりと書いてあった。

「市柳草牙だけではない。我々も、あなたには問題があると思っている」

顔を紅潮させながら言った明留に、千早も同意を示す。

「かつて、あなたに仕えていた身として同意する。もし、試験で贔屓がなかったとしても、勁草院の院生としてふさわしくないと感じる」

珍しくよくしゃべる千早に、公近が目の色を変えた。

「……千早。お前は、どちらの味方なのだ」

「市柳草牙だが？」

「一体、誰のおかげでここまで来られたと思っている。本来ならば馬だったお前を救い、妹と共に野垂れ死ぬしかないところを助けてやったのは、我が南橘家だぞ！」

この恩知らずめと吐き捨てた公近を前にして、明留が情けない顔つきになった。

「自分がこいつと同じだったかと思うと、寒気がするな……」

「少なくとも、今は違う」

千早の言葉に気を取り直したように頷いて、明留は凛々《りり》しい眼差しで公近を見つめた。

「いつまでも状況が同じと思うな、公近。千早の妹の身柄は、僕が引き取った。もう、千早はあなたの家の指図は受けない」

公近は、それを鼻で笑った。

「そんなこと、出来るわけがない」

「実際に出来ている。今更どうこうしようと思っても遅いぞ」

余裕を漂わせていた公近の顔が、一瞬、疑念に揺れた。

「そんな、馬鹿な……。だってこいつは、父上にも、私にも大恩があるのだぞ」

「恩を売った配下にすら見切りをつけられるほど、あなたに問題があるのだろう」

明留の言葉に公近が応じる前に、雪哉がくすくすと笑った。

「失礼ながら、公近草牙。俺には、あなたを先輩たらしめているものが、真剣に考えても、よく分からないんです」

いいえ、揶揄《やゆ》しているわけじゃなくて、本気で分からないんですよ、と。

表情はわざとらしい困惑顔だったが、目の中には冷笑が点っていた。

「腕っぷしが弱くても頭が悪くても、それは仕方ないですよね。生まれつきの部分は、あなたにはどうしようもないですから」

でも、と言った雪哉の顔は、心底楽しそうだった。

「唯一にして最大の問題は、あなたの八咫烏性《にんげんせい》がごみ屑同然で、尊敬すべき点が何一つ見当たらない点です。先輩としてだったら、あんたよりも千倍、市柳草牙の方が尊敬出来る。こうなったのは、九割方自分のせいだって、自覚あります？」

次の瞬間、振り下ろされた拳が雪哉に届く前に、千早が公近を蹴り飛ばした。

――それが、乱闘の幕開けだった。

「喧嘩だあ！」

集まっていた関係のない者達のうち、何人かは教官を呼びに走って行ったが、ほとんどは野次馬としてその場に留まった。

公近の味方として集まっていたのは、公近の取り巻き達と、その配下である南家系列の連中、草牙と荳兒を含めた約十人。市柳方には、いつもの勉強会の参加者が助っ人に入ってくれたので、人数としてはほとんど変わらなかった。

噂には聞いていたが、それでも意外なくらい公近の動きは俊敏だった。

しかしその相手になったのは、教官の間でも天才との呼び声高い千早である。

これまでの鬱憤《うっぷん》が溜まっていたのか、実に生き生きと公近へ蹴りを繰り出していた。公近は訶仗《かじょう》を使っていたが、以前、市柳に言われたことを律儀に守っているのか、千早は徒手で渡り合っている。

茂丸自身、二人がかりで襲い掛かって来る草牙を相手取るのに忙しかったが、雪哉の高笑いは嫌でも耳に入った。

「何ですか、それ。まさか、それで俺を打つつもりなんですか。蠅がとまりそうな勢いなんですけど、大丈夫ですか」

振り下ろされる珂仗を最小限の動きで交わしながら、自分から積極的に煽《あお》っている。そうして、怒りのあまり動きが散漫になった相手の懐に入り、関節を決めたままの状態で地面に投げつけるのだ。

「痛てぇえ！」

「大丈夫ですか。痛いですか。それは大変ですね」

倒れた相手を追い打ちで蹴り転がしているあたり、えげつない。

「千早！」

桔苹の切羽詰まった声に目を向けると、明留達が苦戦しているのが分かった。

名前を呼ばれた時、千早は公近の後頭部に踵《かかと》を振り下ろしたところだったが、「ここは任せろ」と言う雪哉に頷いて、明留達の方へと走って行った。

千早と入れ替わるように、雪哉が公近の前に立つ。

「くそ、くそ、若宮《わかみや》の犬め！」

頭を振りながら毒づいた公近に、雪哉はうっとりと微笑した。

「犬で結構。誰の犬にもなれないあなたに比べれば、上等なもんです」

公近が、雪哉に向けて珂仗を振り下ろした。

それを造作なく躱《かわ》して腕をつかまえると、雪哉は地面を軽く蹴って、ふわりと体を宙に浮かせた。そのまま、何が起こっているか分かっていない様子の公近の顔に足を引っかけるようにして、自分の体ごと公近を地面へと引きずり倒す。

ぴんと伸び切った公近の関節が、ミシリと、傍《はた》から聞こえるほどの嫌な音を立てた。

ぎゃあああ、と耳を塞ぎたくなるような悲鳴が上がったが、雪哉は公近の腕を放さなかった。

「犬に噛みつかれた気分はどうですか。ええ？　自分がさんざん馬鹿にした連中に、己の一年の修業が全く役に立たない気分はどうですか。あんたにもうちょっと可愛気があったら、こっちも少しは考えてやったのに！」

はははははは、と雪哉は哄笑《こうしょう》した。

「恨むなら、自分の馬鹿さ加減だけにして下さいね」

草牙二人を地面に沈め、場合によっては助太刀しようとしていた茂丸は、しばし楽しそうな雪哉にかける言葉を見失った。

「……いや、ちょっとやりすぎだ。そのへんにしておけ、雪哉」

それ以上はお前のためにならん、と言うと、雪哉は眼を丸くした。

「そうか……茂さんがそう言うなら、このへんにしといてやるかな」

ひょい、と雪哉が身を起こして離れた後も、公近は雪哉に痛めつけられた腕を押さえたまま、冷や汗をかいてうずくまったままである。

そこに、どこか痛めでもしたのか、明留が足を引きずりながら近付いて来た。

「茂丸、雪哉。怪我はないか」

「問題ないぜ。そっちは」

「無傷の奴なんかいないぞ……。でも、相手の方が重傷だ。千早が片っ端から昏倒《こんとう》させていったから」

これは「勝った」と言ってよいのではなかろうか、と茂丸が思った時だった。

「お前達、そこで何をしている！」

はっきりとした大人の声に、来たか、と思う。見れば、清賢を先頭にして、何人かの教官が駆けつけて来るところだった。

教官は想定の範囲内だが、意外だったのは、その背後にいる男だった。一度見たら忘れられない風貌に、ひえっ、とどこからか声が漏れた。

「嘘だろ。どうして、あの人がこんな所に！」

その姿を見た市柳は怯えている。茂丸も、流石《さすが》にこれは予想外だった。

――長束《なつか》の側近、路近《ろこん》。

たった今、雪哉が丁寧に伸《の》した公近の実兄が、教官と共にこちらへやって来たのだ。

「この騒ぎの発端は？」

駆け付けた清賢は、問題を起こした面子《めんつ》を見て、何があったかをあらかた悟ったようだった。

清賢の問いに、さっと雪哉が手を挙げる。そのまま臆面なく「市柳草牙です」と答えるのかと思われたが、しかし、そうはならなかった。

「自分です」

潔く言い切って、視線を路近へと向ける。

「路近さま。弟御に怪我をさせて申し訳ございません。しかしながら――」

「いらん」

低いどら声が、ぶっきらぼうに雪哉の弁明を退けた。

「ここ最近の勁草院の様子は聞き知っている。どっかの誰かさんが、我が家の下人をかすめ取って行った経緯《いきさつ》もな」

兄上、と地面に這いつくばった公近が、憐れっぽく助けを求めた。

「どうか、こいつらに罰をお与え下さい。身分を忘れ、己の分も弁えず、こやつらは長束派を愚弄《ぐろう》したのですよ！　許されることではありません」

「ああ。全く、許しがたい」

獣の唸り声のような兄の罵倒に、公近がホッと表情を緩めた。と、思った次の瞬間、つかつかと近付いて来た路近が、容赦なく弟の横っ面を蹴り飛ばした。

衝撃で、公近の体と、口から飛び出た歯が宙を舞う。

ごろごろと勢いよく転がるその姿に、さっきまで喧嘩をしていたはずの者達でさえ、度肝を抜かれた。

「公近！　大丈夫か」

慌てた清賢に抱き起こされた公近は、すでに満身創痍《そうい》だった。

一方で、鞠《まり》のように弟を蹴り飛ばした路近と言えば、やれやれと首を振っている。

「身分を忘れ、己の分も弁えずとは、お前の方であろうが」

聞いたぞ、と路近は公近を見下ろす。

「お前、恥ずかし気もなく『長束派』を自称して、勁草院内部で若宮殿下を貶《おとし》める発言をしていたそうではないか。馬鹿なことをしてくれたものよ。平気で若宮殿下を軽んじる態度をつづけるお前に、山内衆になる資格などないわい」

「何をおっしゃっているのです？　だってそれは、兄上が」

うるさい、と今度はその顔に張り手を飛ばし、公近を強引に黙らせる。

「いい加減にしろ、路近《みちちか》！」

公近を庇《かば》うように立ち上がった清賢を、平然と路近は見返した。

「これは家の問題だ。口出しは無用である」

「ここは勁草院であり、彼は院生だ。そちらこそ、手出しは無用である」

毅然《きぜん》とした態度の清賢に、ふと、路近の表情に面白がるような色が混じった。

「――今日、私がここまで足を運んだ理由をお忘れか」

公近を退学させるためだ、という路近の言葉に、凍り付いたようになっていた院生の間に動揺が走った。

「兄上……？」

呆然自失の態《てい》の弟を、路近は冷酷としか言いようのない目で見る。

「ただ今を以《もっ》て、こいつはもう、院生ではなくなったのだ。おお、そうだ。院生諸君」

呼びかけられて、人垣が竦み上がった。過激な折檻《せっかん》に、周囲の院生は完全に怯えきっていた。

「弟がこれまでに何をほざいたかは知らないが、長束さまは心から、若宮殿下に忠誠を誓っておられる。その意にそわず、己の欲望があたかも長束さまのものであるかのように振る舞えば、我が弟のようになってしまうかもしれんぞ」

そう言って、悲鳴を上げる公近の髪をつかみ上げて体を持ち上げる。

――その頬は真っ赤にはれ上がり、口からはどくどくと血が溢《あふ》れていた。

「迷惑をかけてすまなんだ」

やめなさい、と怒声を上げる清賢を無視し、完全にされるがままとなっている公近を引きずるようにして、路近はその場から立ち去って行ったのだった。

＊　＊　＊

「ここに呼び出された理由は、分かっているな？」

「はい」

尚鶴《しょうかく》の前でも、件《くだん》の院生は悪びれた風もなく、どこか温和とも言える表情で立っていた。

峰入り以前から、若宮殿下の近習《きんじゅう》として、院長である自分の耳にまで噂が聞こえていた萱児である。

二号棟十番坊、垂氷《たるひ》の雪哉。

中央に『場』が設置された「盤上訓練」用の講堂には、自分と雪哉の他に、荳兒の実技主任である華信、座学主任である清賢、そして、午前に行われた盤上訓練で大敗した翠寛が揃っていた。

乱闘にまで発展した事情を聞いて、まずは発端となった雪哉の不正疑惑から解決することになったのである。

「戦譜を見て、私も驚いた。あれは、明らかに偶然ではない。君は、狙って間諜の駒を暗殺者にまで仕立て上げた」

そうだな、と確認すれば、再び「はい」と素直な返事があった。

「情けない話だが、君がそれをどうやったのか、我々には分からなかった。どう考えても、次に出る賽子《さいころ》の目を把握していたとしか思えない。それなのに、賽子を振っていたのは補助教官だ。あり得るとするならば、彼が何か細工をしたかだが――」

「補助教官は、僕に勝たせようとしていたわけではありません」

細工もしていないし、そもそも、そんな必要はないのですよ、と雪哉は少しだけ困ったような顔をした。

「見ていてください。これから、一を出してみせますから」

言って、雪哉は机の上に放置されたままとなっていた賽子を手に取った。そのまま、ピシッと側面を爪で弾くようにして、机の上に転がす。

出たのは、宣言通りの一だった。

「ね。簡単に出せるでしょ？」

谷間《たにあい》の博徒《ばくと》がよく使う手なんですよ、と軽い口調で雪哉は種明かしをしていく。

「出したい目を上に向けて、こう、指を弾くような形で賽子を落とし、必ず三回転するようにするんです。何も知らなければ普通に転がったように見えますが、この方法なら、ほぼ確実に任意の目が出せます」

雪哉がそれに気付いたのは、以前、谷間の賭場で補助教官の顔を見た覚えがあったからだと言う。

「少なくとも、一月ちょっとで四回は来ていましたから。この賽子の転がし方も、博徒に教えてもらったんでしょう」

「まさか――」

「ええ。演習中に、彼はこれを練習していたんです」

彼の役目は、机に座ったまま賽子を転がし、その目を記録することである。真面目くさった顔をしつつも、長期戦の構えで盤面の動きが少なくなると、飽きて賽子を弄《もてあそ》び始めたのだ。

「手つきは下手くそだし、峰入りしてすぐの頃は出目も一定していませんでしたけどね。最近ではそこそこ上手くなってきて、外すにしても狙いよりも一つ行き過ぎたか、届かないかくらいになっていました。仕掛けるとしたら頃合いかな、と」

「待て。それではお前は、彼が何を出そうとしているか、分かっていたのか？」

「ええ、勿論《もちろん》。簡単な法則がありましたから」

何度も単調な作業をしていると、次に出す目を無作為に選ぶのも面倒になってくるみたいで して、と雪哉は賽子をつつく。

「進行表の横には、これまでの対戦を記録した戦譜が置かれています。そこに書かれた、直前の盤上訓練で出た目を、今度は下から順に出そうとしていたんです」

さらりと告げられた言葉に、翠寛が青い顔で呻くのが聞こえた。華信は声も出ない様子だったが、清賢は、何かに急《せ》き立てられるかのように問いかけた。

「……どうして、君はこれに気が付いた？」

「彼の目の動きで、賽子を振る前に何かを見ているのは明らかでした。だから片付けの際、机の上に何が置いてあるのかを確認したんです」

「しかし、対戦の最中、君は肝心の補助教官の見ている戦譜は見えないだろう」

「そんなの、前回の対戦の内容を覚えていれば済む話じゃないですか」

こっちは院生として同輩の「盤上訓練」を見ているんですよ、と雪哉は何気ない調子で告げた。

「真面目に授業に参加さえしていれば、特別なことをする必要は何もありません」

——簡単に言ってくれる。

尚鶴は、頭痛をごまかすように己のこめかみを揉《も》んだ。

「こんなのは、到底認められない……盤上訓練とはとても言えん……」

華信が震える声で呟くと、途端に雪哉の目がきらりと光った。

「では、盤の外で行われた知恵比べは卑怯だとおっしゃるのですか？」

華信院士《せんせい》、という呼びかけは、非難するというよりも、あろうことか、窘《たしな》めるような響きが強かった。

「あなたのそれは、猿の襲撃を受けた際に、あらかじめ布告がなかったから対応出来なかったと言い訳するようなものですよ。こんなのは狡《ずる》い、認められるわけがないと猿相手に駄々をこねて、一体何になります？」

それで山内の守りが務まりますかと問われて、華信はぐっと答えに詰まった。

「しかし——だからと言って、教官に辞任を求めるなど、院生としての分を越えた行為ではないか」

「それが、そうとも言い切れん」

笑い交じりの声に振り向けば、講堂の入り口に立つ、大柄な人影が目に飛び込んで来た。

「路近《みちちか》！」

悲鳴を上げるようにその名を呼んだのは、雪哉がここに来て以来、一言も口を開かなかった翠寛である。それにニヤリと笑っただけで応じた路近は、つかつかとこちらに歩み寄り、ひとつ飛びで席と『場』を仕切る柵を乗り越えて来た。

清賢が、『場』へと入って来た路近を厳しい眼差しで見据える。

「公近はどうした」

「南橋家へ連れて帰らせたので、今頃は手当てをしているだろう。少なくとも、再起出来ないような怪我はさせていない」

それを聞いた翠寛は、深い安堵の息をつき、自身の片目を手で覆うようにした。

「それで――雪哉が、分が過ぎたとは言い切れないというのは？」

華信の問いに、路近は芝居がかった動作で雪哉を指し示す。

「こいつは本来、院生ではなく、運営側として話に加わるべき八咫烏《にんげん》だという意味だ」

「路近《ろこん》殿」

わずかに眉を寄せた雪哉を無視して、「だってそうだろう」と路近は陽気に笑う。

「勁草院がこうなるように仕組んだのは、コイツなのだからな」


その言葉を聞いた翠寛は天を仰ぎ、清賢は深く溜息をついた。

「ああ……。その様子だと、お前達は気付いていたのだな」

感心したように路近は頷いているが、尚鶴には意味が分からない。同様に、華信が戸惑いのまま問いかけた。

「わしも、前々からこいつには違和感を覚える節があった。本当ならもっと出来るはずのことも、あえて手を抜いているような感じだ。だが、今の状態を仕組んだとは、どういう意味だ」

どうもこうもそのままの意味よ、と路近は両手を広げた。

「こいつが勁草院に入った理由は、主に二つあった。一つは、長束派を自称する連中を見せしめにすること。もう一つは、若宮派になりそうな連中を育てることだ」

結果的に上手くいったのだろう、と声を掛けられても、雪哉は何も答えなかった。

「今年度の部屋割りについて、いくつか若宮から指示が行っただろう。あれは、新院生と在院生の評定を吟味して、全て雪哉が考えたものだ」

勁草院に入る前に、まず、雪哉が院生の中で目を付けた者が何人かいた。

一人目は、平民階級出身の風巻《しまき》の茂丸。

実技試験の成績は、千早に次ぐ第二位。身体能力は高く、厄介な貴族の後ろ盾も存在しない。勁草院への入峰《にゆうぶ》を希望した理由からしても、最も若宮派に引き入れやすい人物と思われたが、唯一の懸念事項が最下位だった座学の成績だった。そこで、自分が同室になることで、将来的に若宮派へ引き込みやすくすると同時に、座学の不備を補おうとしたのだ。

二人目は、雪哉と似た経歴を持つ西本家の明留。

彼はすでに若宮派を自称していたが、その態度に問題があるという点で若宮と意見が一致していた。入峰試験の結果こそ首席だったものの、今後の伸びしろについても疑問があり、無事に卒院出来るかは怪しいものだった。そのため、勁草院内部において、その態度が矯正《きようせい》出来るかどうかを見て、今後、どう扱うかを考えるつもりであった。

三人目は、南橘家の下男という身分だった千早。

入峰試験の実技においてずば抜けた力を発揮しており、頭も決して悪くない。是非とも自陣に引き入れたい人材だったが、これは、千早が気にしている妹を利用すれば、簡単に片がつきそうだと雪哉は考えた。

「だからこそ、何かあった時にすぐに対応出来るよう、コイツは私から金子《きんす》を借りる形で、あらかじめ証文を手にしていた」

「では……」

清賢が複雑な目で、黙り込む雪哉を見つめた。

「勁草院に峰入りした時点で、すでに千早の妹は、雪哉のものとなっていたということだ」

複雑な交渉も、小細工も何一つ必要ない。最初から、結の身柄は雪哉の手中にあったのだから、その気になれば、雪哉はいつでも彼女を解放することが出来たのだ。

しかし、雪哉はそれをしなかった。

――千早を確実に自陣へ引き込むのに、最良の時機を見計らっていたために。

「全く、友人想いなことよな」

路近の皮肉に対しても、雪哉は無言と無表情を貫いた。

そして、雪哉が目を付けた者は、他にもいた。その最後の一人こそが、南橘家の公近であった。

「どうせなら弟を利用させてくれないかと、こいつがわざわざ打診して来おったのよ」

面白そうなので乗ってやった、と悪びれずに路近は言う。

在院生の成績にも目を通していた雪哉は、公近の性格に対する評価を見て、彼を長束派の代表にすることを思いついた。公近は、新入りが入る前の段階では、まだ普通の――程度の差こそあれ、明留と全く同様の問題を抱えた――宮烏だった。

しかし、雪哉と示し合わせた路近は、己が長束派であることを喧伝《けんでん》するよう、公近をけしかけた。長束の側近である兄の後押しによって、公近は長束を推す院生の筆頭へと変貌を遂げたのである。

「おかげで、隠れていた長束派の連中の存在が明らかになっていった。院生の考えは、後ろ盾となった家の考えでもあるからな」

若宮と長束の意志は無視されたまま、勁草院内の派閥の対立は激化していく。そんな中で雪哉は、彼らをいかにうまく処理するかを考えていた。

最初から、公近を見せしめにすることは、雪哉と路近の間で決まっていたのだ。派手に公近を吊るし上げれば、勁草院で、長束派を自称する馬鹿は、完全にいなくなるはずだった。

「それを妨害して、公近を護ろうとする奴が現れなければな」

路近から意味ありげな視線を受けた翠寛が、心底嫌そうに顔をそむけた。

「……いつから、気が付いていましたか？」

感情を見せない声で雪哉が問うと、翠寛も押し殺した口調でそれに答えた。

「入峰試験の答案を読んだ時からだ。あの時点で、とてもじゃないが、お前を他の院生と同列に扱うことは出来ないと分かっていた」

あからさまに手を抜いてはいるが、三年間で修めるべき座学の内容は、すでに頭に入っているだろうと予想はついた。そして、公近といざこざを起こした一件で確信したのだ。

「あの時は清賢院士《いんし》がいたのでことなきを得たが、話を聞く限り、お前は公近を挑発し、あえて手を出させようとしているようだったから」

それによって、長束派の横暴を際立たせ、勁草院内部の対立を激化させようという意図が透けて見えたのだ。

だからこそ、翠寛は執拗《しつよう》に対戦相手に雪哉を指名し続けた。

「……ろくに、おしゃべりした記憶はありませんけどね。最初の対戦の時から、あなたのおっしゃりたいことは、よく伝わって来ました」

雪哉は、あくまで静かに言う。

「定石《じょうせき》の隙を狙う作戦を選んだこちらに対し、あなたはあえて定石で受け、なおかつ、途中から作戦を変更し、こちらの奇手を完璧に封じ込めてみせた」

度々の「盤上訓練」においても、翠寛は必ず全力で戦いに応じ、常に雪哉の上を行き続けた。

――そちらの目論見《もくろみ》は分かっている。私が、貴様の思い通りにはさせないぞ、と。

そして、何かにつけて雪哉一人にだけ罰を与え、他の院生達との関わりをなるべく断つように仕向けたのだ。

「……お前ほどの能力があるなら、長束さまを推す一派を炙《あぶ》り出すにしても、もっと穏便なやり方が他にいくらでもあったはずだ」

憎しみに燃える目で、翠寛は雪哉を睨みつけた。

「お前なら、たとえここを辞めたとしても、生きていく道は無数にあるだろう」

若宮の側近なり何なり、さっさとなればよい、と翠寛は叫ぶように言う。

「だがな、お前と違って、院生の中には勁草院以外に居場所のない者が大勢いるのだ。そんな奴らを、お前は、自分の目的を手っ取り早く完遂させるためだけに、ことごとく利用し尽くしたのだぞ！」

お前達が長束派と断じた連中だってそうだ、と翠寛は髪を掻きむしった。

「生家が政治的にお前達と対立していたとしても、それは彼ら自身にはどうにもならない話だ。自身は朝廷入り出来ない下級貴族の次男坊、三男坊。庶出で生家に居場所のない者。そんな彼らに仕える立場の者の中には、他に身よりのない連中だっている！」

公近があぁなった以上、彼に付き従っていた者達が、今後も院生としての生活を続けて行けるかどうかは怪しいものである。

翠寛はただ只管《ひたすら》に、彼らの行く先を案じていたのだ。

「相変わらず甘いなぁ、お前」

「黙れ、冷血漢。よくもまあ、公近にあんな仕打ちが出来るものだな」

なんとも嬉しそうに言った路近を、翠寛が嫌悪をこめて睨み付ける。そして雪哉の方へと、その鋭い眼差しを向けた。

「貴様のどこが院生なものか」

弾劾《だんがい》する翠寛はどこか泣きそうだったが、それに対する、雪哉の反応は冷淡だった。

「あなたが私を院生として見ていないと言うのならば、私も、院生としてではなく、若宮殿下の一臣下として言わせて頂きましょう」

ぐるりと教官達を見回し、雪哉は苛烈に問うてきた。

「あなた方は、勁草院の本分をなんと心得ているのか」

二年前、若宮の暗殺未遂には若い山内衆が関わっていた。

その時点で、「宗家を守るための山内衆」はすでになく、その養成機関である勁草院に問題があるのは明らかだった。しかし、本来ならばそれを糺《ただ》すべき運営陣が動かないものだから、私が代わりにそれをこなしてやったのだ、と雪哉は臆面なく言い切った。

「私の行為に文句があるならば、まずはどうしてやるべきことをしないのか、今後、勁草院をどこに導くつもりでいるのか、院長閣下の御存念を伺いたい」

「私は――」

雪哉の責めるような目つきに、尚鶴は深く息を吸った。

「勁草院の院長は、その代の金烏と運命を共にする者だ。私は、今上陛下のための勁草院を作らなければならない」

「では、今上陛下は何を望んでおられると?」

「……あの方が、私にお命じになったのは、今までにたった一言だけだ」

今上陛下は、山内衆を嫌っている。

自分から話しかけるなどもっての外《ほか》であり、それは、自分の御代《みよ》を支えるはずの院長に対しても同じであった。

あれは、着任の挨拶をした時のことだ。

紫宸殿《ししんでん》に呼ばれた院長は、御簾《みす》越しに今上帝と向かい合ったが、しかし、口を開いたのはその傍《かたわ》らに立つ秘書官のみであった。「若宮ではなく、長束さまを皇太子として扱うように」と、頑なにそれだけを命じる秘書官に、院長は不審を抱いた。

「陛下。本当に、それでよろしいのですか」

先代の意向とは異なる命令に戸惑って声をかけるも、御簾ごしに返って来た答えは「好きにするがよい」という、ひどく投げやりなものだった。

結果、院長は態度を決めかね、勁草院の内部でも『若宮派』と『長束派』が生まれる事態になってしまったのだ。

「山内衆が若宮暗殺を試みるという、あってはならないことがあったのに、それでもあの方はお怒りの一つも見せては下さらなかった……」

「『好きにしろ』と。その、今上陛下のたった一言を忠実に守り続けた結果が、勁草院の現状というわけですか」

健気《けなげ》ですね、とそう言った雪哉の口調には、隠しきれない蔑《さげす》みが感じられた。

「健気で、そしてこの上なく愚かだ」

「分かっている。それでも、私の主は今上陛下だけなのだ」

「あなたが今上陛下の忠実な僕《しもべ》であるように、私も真の金烏陛下の忠実な僕です。主君の命を守るためなら、たとえ師匠だろうが容赦はしない」

ちらりと視線を向けられた翠寛が、悔しそうに唇を噛んだ。

「今、猿から山内を守る力を持っているのは若宮殿下だけなのです」

そう言って雪哉は、再び尚鶴を見据えた。

「もし、山内衆が若宮に叛意《はんい》あるままに育ち、彼の人を害するようなことがあれば、結果としてあなたが後生《ごしょう》大事にしている今上陛下ともども、山内は滅んでしまうのですよ。いい加減に、目を覚ましては如何か。今上陛下にとっても、今の脅威は朝廷の馬鹿どもではなく、正真正銘の化け物である猿なのです。もう、四家の均衡を取ることに必死になっている場合ではないのだ！」

私は怒っているのです、と雪哉は声を荒げた。

「今に至るまでの間に、若宮殿下から何度も打診が行ったでしょう。腹を割って話し合いたい、会談の席を設けたいと。それをあなたは、今上陛下を憚《はばか》ってか知らないが、ことごとく無下《むげ》になさった。勁草院の院長という立場からすれば、仕方なかったかもしれません。でも、仕方ないでは済ませられない。あなたのせいで、若宮殿下の財産となるはずだった優秀な人材は失われてしまった。真の金烏陛下の手足となり、山内の守り手となるはずだった貴重な八咫烏《やたがらす》を、育て損なったのです。院長閣下が始終守っていた『忠誠』のせいで、山内を、ひいては今上陛下の御身《おんみ》そのものすら危うくしていると、お気付きでないのですか！」

「そこまでだ」

尚鶴に迫る雪哉を留《とど》めるように、そっと清賢が手を伸ばした。

「君が、若宮殿下の臣下として言いたい話は、院長閣下にもよく伝わったはずだ。これ以上の話は君ではなく、若宮殿下ご本人にして頂くのが筋というもの」

違うかねと優しく問われて、雪哉の顔に、ふと、最初の安気《あんき》が戻った。

「……確かに。分を過ぎました」

申し訳ありません、と頭を下げた雪哉に対し、清賢は凪《な》いだ眼差しを向けた。

「一つ、言っておきたい。翠寛は君を院生として見ていなかったようだが、私はずっと、君を一人の院生として見て来たつもりだ」

雪哉は清賢の言葉に目を見開き、少しだけ苦笑した。

「ええ、存じ上げております」

「だから、君が若宮殿下の臣下として、院生達を利用している面があったのは事実としても、その一方では院生として、純粋に仲間を想う君もいたと思っている」

この時初めて、いくら罵《ののし》られても顔色を変えなかった雪哉が、わずかばかりたじろいだように見えた。

「君は、『化け物を倒すためには、己も化け物になるしかない』と思っている。違うかい？」

咄嗟に何かを言い返そうとした雪哉は、結局、何も言えないままその場に立ち尽くした。それを、どこか悲しそうに清賢は見つめる。

「化け物でも構わない、と君は言うかもしれない。だが、化け物ではない君も、確かに存在するのだということを、決して忘れないでほしい」

じっと清賢を見つめ返した雪哉は、不意に、途方に暮れたような表情《かお》になった。

「……だったとしても、それを僕が言うのは、許されないでしょう」

＊　＊　＊

月のでかい夜だなあ、と茂丸は呑気に思いながら院内を歩いていた。

まだ、喧嘩の罰についていては通達が来ていないので、怪我の治療を終えた仲間達は、それぞれ自室で大人しくしていた。

そんな中、一人だけ院長に呼び出された雪哉が、茂丸は心配で仕方なかった。お説教が長引いているのか、まだ帰って来ていないのである。

「ちょっと俺、様子を見て来るわ」

市柳と千早にひと声かけて外に出ると、昼間のうちに太陽に焦がされた土の匂いと、水分を溜め込んだ雑草の青い匂いがむわっと立ち上った。

空には、半熟卵の黄身のようにこっくりとした色の満月が浮かんでいる。

「盤上訓練」に使う講堂へ向かっていると、建物の影の中に、とぼとぼと歩く姿を見つけた。茂丸は月光で出来た影の中を走って、おおい、と声をかける。

「随分と長かったな。疲れただろう」

「茂さん……」

　ハッとして顔を上げた雪哉は、どこかぼんやりとしているようだった。

　こりゃ、相当へこんでやがると思いつつも、手に持った包みを掲げてみせる。

「腹が減っているだろ？　これ、厨房《ちゆうぼう》から貰って来たぞ」

「あ、わざわざありがとう」

　いつものように笑おうとしたらしいが、無理をして作った笑顔は面白くない。

　石垣に腰かけ、すっかり冷えてしまった握り飯を頬張る雪哉は、やはりいつもと様子が異なっていた。

「こっぴどく叱られたか」

「こっぴどく叱られましたねぇ」

「なんて言われたんだ？」

「そうですね。性格が悪い、って怒られちゃいました」

　教官が言ったとはとても思えない表現に、おそらくは、もっと違った言い方をされたのだろうと想像がつく。なんと言って慰めるべきか、少し考えてから、茂丸はきっぱりと言い放った。

「確かに、お前って性格悪いよな」

　音も無く息を呑んで、あらら、と雪哉は呟いた。

「茂さんまで、そういうことを言いますか」

取り繕っているものの、雪哉の顔は明らかに強ばっている。茂丸はそれにあえて気付かぬふりをした。

「だって、性格が悪いのは事実だろ」

最初の頃は、にこにこしていていい奴そうだと思った。だが、その実ひねくれているし、執念深いし、知れば知るほどに、敵にはしたくない男だとつくづく思うようになったのだ。

「それは、また……」

輪をかけて元気のなくなった雪哉に、「だけどな」と茂丸は続けた。

「俺も、明留も千早も、市柳さんも桔苹達も、そういうお前を分かった上で、付き合っているんだよ。多かれ少なかれ、八咫烏《にんげん》ってのは善いとこも悪いとこもあるもんだからさ。お前の場合はその振り幅がでか過ぎるってだけで、なーんもおかしなところはねえ」

「それは、茂さん達が俺の悪いとこを、ちょっとしか知らないからなんじゃないかな」

「黒い面なんて、誰だって隠して当然だ。それ以上に、目に見える白い面を見て、付き合っていきたいと思えるかどうかなんじゃねえの」

だが、茂丸の励ましにも、雪哉の顔はいまひとつ冴えないままだった。

「――お前ってさあ、時々、一人でおつかいをしている子どもみたいに見えるんだよな」

「はい？」

素っ頓狂に聞き返した雪哉に、茂丸は笑う。

「いや、身体がちっちゃいって意味じゃなくてな。進むべき道も、やるべきことも分かっているから泣かないけれども、一緒に歩いてくれる大人がいなくて、ひどく心細いって顔だ」

虚を突かれたように、雪哉は口を閉ざした。

これは雪哉には言うつもりはなかったが、かつて、雪哉とよく似た表情をしていた男の子を茂丸は知っていた。

気丈にふるまい、きちんと与えられた役目を果たし、礼儀正しく去って行ったお使いの少年の姿は、しかし、もう二度と見られないものだ。自分に何が出来たというわけではないが、それでも、もっと気にかけてやればよかったという後悔があった。

「俺は馬鹿だから、お前が、どういうお使いをしている最中なのかは知らねえ。どこに行こうとしているのか、さっぱりだ。それでも、お前が精いっぱい、自分に出来るお役目を果そうとしているのは分かるし、それがきっと、すごく大切なことなんだろうってのも察しがつくんだよ」

無言になった雪哉の頭を、茂丸は乱暴に撫でた。

「まあ、どこに行こうが、何をしようが、お前がどんだけ腹黒かろうが、俺が見捨てずについててやるからよ。心配すんなや」

「……茂さんが？」

「おうよ。だけど俺だけじゃなくて、文句を言いながらついて来てくれる奴らは、お前が思う以上にいっぱいいると思うぞ」

それはもしかしたら、今すぐには見つからないかもしれないが、と言うと、握り飯を持ったまま、雪哉は顔をくしゃくしゃにした。

「お前の後ろには、俺達がいるって忘れるなよ」

しばらく黙り込んだ後、かすかに頷いて、雪哉は小声でありがとう、と言った。

「さ、帰ろうぜ」

第四章　雪哉

「取りました」

確認をお願いします、と。

はっきりとした声が、広い講堂内に朗々と響き渡った。

大きな『場』を挟み、台の上に立っている対戦者二人の外見は対照的だった。

一人は、紋の入った見事な鉄紺《てつこん》の羽織をまとった大柄な壮年。

もう一人は、簡素な羽衣《うえ》だけを身につけた、小柄な少年。

大柄な男の顔色は悪く、信じられない、という面持ちで『場』を睨みつけているが、何度見直しても盤面は変わらない。

一方の少年はと言えば、冷静に審判の判断を待っている。

漆黒の羽衣に絡みつく佩《は》き緒《お》の緋色《ひいろ》と、飾り玉の緑だけが鮮やかだ。よく肥えた畑の土と同じ色をした髪の毛は、ぴんと伸びた背中の上であっちこっち跳ねまわっている。

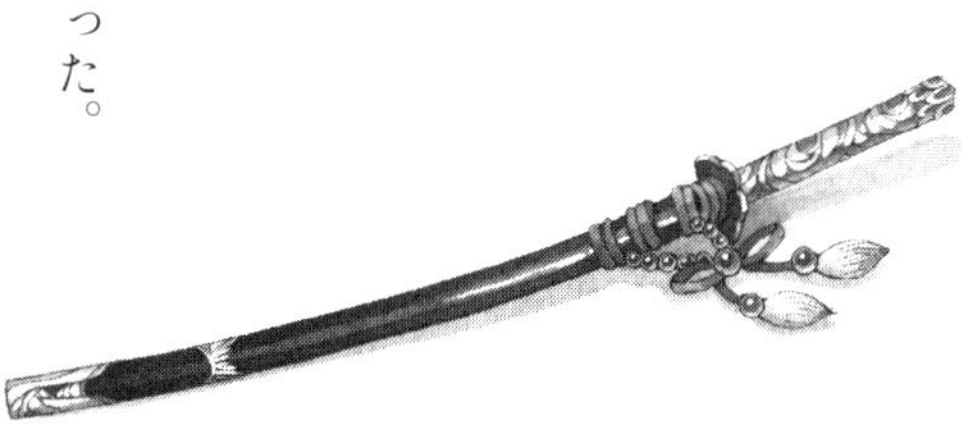

年は、自分よりも二つ上なだけと聞いた。背丈も自分とほぼ変わらないくらいで、腰に佩《お》びた珂仗《かじょう》が不釣合いに大きく感じられたが、物怖じせずに立つ姿には、確かな自信が感じられた。

「確認。勝者、下方《しもかた》！」

審判によって勝利を告げられた少年は、ありがとうございました、と平然とお辞儀をした。

直後に上がったざわめきは、歓声というよりも感嘆だった。

敗北した壮年の男は、羽林天軍《うりんてんぐん》において現役で指揮を執《と》っている上級武官だ。ここ数日の対戦で評価を上げているとはいえ、下馬評では、少年が勝つことは万に一つもないだろうと言われていた相手だったのに。

――すごい。本当に、勝ってしまうなんて！

自分といくつも年が違わない少年が、明らかに格上の相手と対等に渡り合う姿はとてつもなく格好よかった。

たった今終わった対戦について、見物人の間から次々と質問が上がる。

どうして、この戦術を選んだのか。もし、相手が違う手段で攻め込んで来たら、どう対処するつもりだったのか。

それに対する答えはいずれも筋道立っていて、よどみがなかった。

対戦の内容が十分に検討された後、ようやく少年は台を降り、休憩するために外へ出て行こうとした。その後ろ姿を名残《なごり》惜しく見送っていると、「挨拶に行ってみるか？」と、自分をここに連れて来た郷長《ごうちょう》が笑い交じりにいってくれたのだ。

講堂の外で、その人は握り飯を頬張りながら、友人と思しき連中と何事かを話し込んでいた。

「雪哉《ゆきや》草牙《そうが》。今、ちょっとよろしいかね」

郷長に声を掛けられた彼――雪哉草牙がこちらに気付き、素早く姿勢を正した。

「これはこれは、鮎汲《あゆくみ》の郷長閣下。連日来て頂けるとは、光栄にございます」

「なぁに、半分は道楽さね。山内の名だたる知将がこれほど集まる機会はそうあるものでもないからな。此度《こたび》の対戦も見事だったぞ」

「お褒《ほ》めに与《あずか》り恐縮です」

にこやかに二人が会話する間も、俺の目は雪哉草牙に釘づけとなっていた。

やっぱり、小柄な人だ。

近くで見ても、外見から何も特別な感じはしない。だが、地元にいる同年代の者に比べると雰囲気はずっと大人びているし、郷長とも平然と会話する態度には、すでに貫禄《かんろく》らしきものが備わっているように思えた。

「実は、君に紹介したい子がいるのだ。勉強になるかと思って連れて来たのだがね、来年、勁草院《けいそういん》に入る予定だ」

「おや。未来の後輩君ですか」

郷長の言葉に、雪哉草牙の視線がこちらに向く。

俺は一気に緊張した。

「は、はじめまして。鮎汲の治真《はるま》でございます！　先ほどの対戦、とても素晴らしかったです。

雪哉草牙は、こんなにお小さいのに堂々としていて――」

興奮のまま言いかけて、ハッとした。あまりの失態に全身が凍りついたが、雪哉草牙は軽く笑っただけで、こちらの失言を咎《とが》めたりしなかった。

「戦術を立てるのに、身の丈《たけ》は必要ありませんからね。今回の対戦で、何か君が感じてくれるものがあればよかったのですが」

「……それはもう！」

なんて器が大きいのだろうと、俺はますます感動した。今日、この対戦を見られてどれだけためになったか、いかに自分が雪哉草牙の戦術に引き込まれたか熱弁をふるっていると、郷長が苦笑して割って入った。

「この通り、治真は少し変わり種でね。もしかしたら第二の君になるのではないかと、密かに期待しておるのだよ」

それだけの言葉で、雪哉草牙は郷長の思惑を悟ったようだった。

「なるほど」

小さく頷いて、さっきよりもずっと真剣な眼差しをこちらに向ける。

「君のような院生がいてくれると、私も心強い」

変わり種の院生同士、共に頑張っていきましょうねと、にっこり笑って雪哉草牙が言う。

――その瞬間、俺の進むべき道は決まったのだ。

＊　　＊　　＊

春先の陽光を浴び、幾度も葺《ふ》き直されてまだら模様となった講堂の屋根瓦が、きらきらと光っていた。

久しぶりの勁草院である。

院生をやめたことに後悔はなかったが、やはり懐かしいものは懐かしい。自分も外部の八咫烏《にんげん》になってしまったのだなぁと感慨深く入門手続きをしていると、「あれ！」と、背後から素っ頓狂な声が聞こえた。

「そこにいるのは坊《ぼん》先生じゃないか」

顔を上げると、連れ立って歩いていた青年達が駆け寄って来るところだった。荳兒《とうじ》だった頃にさんざん面倒を見てやった、久弥《ひさや》と辰都《たつと》である。

一年ぶりだな、元気にしていたかと話しかけられ、明留《あける》は苦笑した。

「おかげさまでな。若宮《わかみや》殿下のもとでこちらは上手くやっているが、そっちこそどうなんだ」

そろそろ嵐試《らんし》が終わる頃だろうと言うと、かつての同輩は二人して遠い目となった。

「今年の首席と次席は、最初から決まっているようなものだったからな。あとは団栗《どんぐり》の背比べだ」

辰都が諦めたように言えば、「でも茂《しげ》さんは惜しかったんだぜ」と久弥が弁解するように続けた。

「実技なら、雪哉や千早《ちはや》の野郎に勝っていた科目もあったんだ。結局、座学で差がついて三席だったけど」

「お前がいたら、結果もまた違ったんだろうが……」

しみじみとした辰都の言葉に、明留は笑った。

「なんだそれは。お前達、貞木《ていぼく》になってまで私に教師役をやらせるつもりか」

「いや、そういう意味じゃなくてだな」

「だってお前、霜試《そうし》には合格していたんだろ？」

そのまま貞木になっていればよかったのにと言われ、明留は盛大に鼻を鳴らした。

「確かに、私がここに残っていたら、間違いなく首席となっていただろう。だが、若宮殿下に『どうしても』と呼び戻されたのだから仕方あるまい」

才能に満ち溢《あふ》れているがゆえの悩みだ、と芝居じみた動作で言ってやると、実際の成績を知っている二人はけらけらと笑い転げた。

「よく言うよ！『御法《ぎょほう》』じゃ最後まで俺達に勝てなかったくせに」

「相変わらずだな。少し安心した」

「そうそう性格が変わってたまるか。そんなことより、雪哉の奴がどこにいるか分かるか？」

わざわざ勁草院に出向いて来たのは、ちゃんと用事があるからなのだ。だが、明留に問われた二人は顔を見合わせた。

「雪哉に用があったのなら、時期が悪かったな」

「くじ引きで決まった順番で、あいつと定守《さだもり》の対戦は最後になっちまったからさ。あいつらだけまだ嵐試が終わってなくて、明日から『兵術』の手合いなんだ」

嵐試における『兵術』は、実戦形式で力量を試される。

大将となった貞木二名は、兵卒となる荳兒と草牙《そうが》を使い、大がかりな模擬戦を行うのだ。しかも山内にいくつもある大規模な演習場のうち、手合いの前日になるまで、どこが使われるかは知らされない。今頃雪哉は与えられた本陣に籠《こも》り、用意された資料と睨めっこをしながら明日の作戦を練っているはずだった。

「今朝から姿も見えないし、暇をしている千早や茂さんあたりがひやかしに行っているかもしれん」

「雪哉の本陣の場所は、どこに行けば教えてもらえるかな？」

「さあな。院士《せんせい》に訊くしかないんじゃねえの」

どうするべきか考えていると、「あの、先輩方」と、控えめな声がかけられた。

振り返ると、明留の知らない院生が立っていた。白い飾り玉からしても荳兒だろう。痩せぎみで、鼻のあたりにそばかすの散った、真面目そうな少年であった。

「すみません、立ち聞きするつもりはなかったのですが……。雪哉貞木のいらっしゃる本陣でしたら、自分がご案内出来ますが」

「おお、本当か」

「はい。ただ、厨房《ちゆうぼう》で貰って来なければならないものがありますので、少しだけお待ち頂けますでしょうか」

礼儀正しい後輩に、辰都と久弥が苦笑した。

「相変わらず雪哉にこき使われているのか」

「嫌だったら嫌だって、はっきり言っていいんだぜ」

「いいえ。自分が好きでやっていることですので」

では、すぐに戻って参ります、と頭を下げて走っていった後輩の後ろ姿を見送り、「彼は何者だ？」と明留は尋ねた。

「雪哉の舎弟《しやてい》だよ。治真《はるま》ってんだ。『兵術』の成績が今年の荳兒の中じゃ突出していてな。入峰《にゆうぶ》して早々、雪哉の戦術研究会に引っ張り込まれていた」

「そりゃまた、可哀想に」

「だが、治真本人も雪哉に憧れていたらしくてな。案外、上手くやっているようだぞ」

「外面《そとづら》に騙《だま》されたのだろう。ますます可哀想じゃないか」

噂話に花を咲かしているうちに、両腕に包みを抱えた治真が飛ぶような勢いで戻って来た。

「お待たせしました。こちらです」

じゃあな、と貞木二人に別れを告げ、明留は治真について勁草院の門を出た。

「そういえば、まだ名乗っていなかったな」

私は、と言いかけた明留に、存じておりますと治真はにこやかに返した。

「西家《さいけ》の明留さまですよね。雪哉貞木達と同じ代に峰入りして、今は若宮殿下の近習《きんじゅう》でいらっしゃる。お噂は、かねがね伺っておりますよ」

笑って言われ、明留は目を丸くした。

「まさか、変なことを吹き込まれていないだろうな」

「とんでもない。とても賢い方だと、雪哉貞木はお褒めになっていらっしゃいました」

治真は好意的に解釈したようだが、雪哉が「賢い」と評した意味をなんとなく察して、明留は複雑な気分になった。

辰都達にはああ言ったものの、自分は雪哉達には敵《かな》わないと、明留は重々承知していた。だからこそ、霜試を終えた時、明留は改めて若宮に面談したのだ。最低限、身を護《まも》れるだけの武術は身に付けたこと、だが、これ以上勁草院にいても若宮の護衛が務まるだけの力は身に付かないであろうことを伝え、今こそ若宮の側仕えにしてほしいと願い出たのである。

若宮は明留を労《ねぎら》い、今度は、最初から近習として明留を召し抱えてくれた。

武人としてぼろを出さずにやっていくのもあの辺りが限界だったという確信はあるし、自分でも正しい判断をしたと思う。しかし、それを他人から言われるのは、また別の話なのである。

「あの野郎……。君は、雪哉に憧れていると聞いたが、それは本当か？」

「はい。雪哉貞木がいらっしゃらなかったら、自分は勁草院に入ることすら出来ませんでしたので」

治真は、東領《とうりょう》の平民階級出身であるという。

もともと勉強が好きだったが、自分の身分で学問をおさめたいと思っても、進める道はごく限られている。そこそこ剣が使えたこともあり、治真は勁草院入りを希望して郷長の推薦を狙っていたが、他の候補者に比べて身体能力では一歩劣ってしまっていた。

「適性を見る手合いで負けてしまいましたので、てっきり、もう駄目だと諦めていたのです」

ところが、郷長は決して多くはない推薦枠の中に、治真を入れてくれたのだ。

「もう、信じられませんでした！　それで、どうして自分を選んで頂けたのかお尋ねしたら、雪哉貞木のお名前が出て来たんです」

つい最近まで、山内衆《やまうちしゆう》となるにふさわしきは、身体の頑健な者、腕っぷしが強い者と思っていた。だがここ数日、明晰《めいせき》な頭脳を持った山内衆がいてもよいのではないかと考えさせられたのだ、と。

「しかも郷長はいい機会だからと、自分をわざわざ笙澪院《しょうれいいん》まで連れて行って下さったのです」

そこまで聞いて、明留にも話の先が見えた。

もう、二年近く前のことである。

当代最高の軍師である翠寛《すいかん》を破った麒麟児《きりんじ》の噂は、軍事《いくさごと》に携わる者達の間にすぐさま知れ渡った。翠寛が本当に勁草院を去ってしまったこともあり、新たな『兵術』の演習担当教官を選出するべく、研究会という名目で大きな選考会が催されたのである。

山内衆や羽林天軍の士官、在野の兵法研究家などの中から、腕に自信のある者が笙澪院に集まって対戦し、その力量を測りあった。

開催地にちなみ、後に笙澪会と呼ばれるものである。

笙澪会において注目の的だったのは、なんといっても、問題の発端となった雪哉であった。

翠寛を破った時の戦譜はこの時すでに出回っており、それを見れば、あの奇策は多大な幸運——もしくは、何らかの不正によって為ったものであるのは明らかだった。当初、この研究会への参加によって、『勁草院の麒麟児』は馬脚を現すものと思われていたのだ。

ところが雪哉は会期中、翠寛との戦いの際に見せたような奇策は一切使おうとしなかった。

正統派も正統派、お手本のような戦術で格上の相手と渡り合い、程々に勝ち、そして程々に負ける。手合い後の検討も見事なものであり、それを聞いた者は、今度は揶揄《やゆ》ではなく、本気で雪哉を『勁草院の麒麟児』と呼ぶようになったのである。

最終的に選ばれた教官は、すでに現役を退いた元山内衆の男であったが、あの場において最も名を上げたのが雪哉であることは間違いなかった。

「雪哉貞木のお姿を見て、自分は、とても衝撃を受けたのです」

当時を思い返しているのか、治真は夢でも見るかのように目を閉じた。

「あの頃の雪哉貞木は、今の自分よりも小柄なくらいでした。でも、どんな相手に対しても臆せず渡りあうどころか、肩書きではるかに上の相手にまで勝ってしまうんですよ！」

自分はつい興奮してしまいまして、と照れたように治真は苦笑する。

「手合い後、失礼をしてしまったのですが、嫌な顔ひとつせず親切にして下さいました。それどころか、無事に勁草院に来たら、自分が助けになってやろうとまでおっしゃって下さったのです」

実際、治真が勁草院に峰入りした後も、雪哉はよく面倒を見てくれたという。

「雪哉貞木を慕っている後輩は、自分の他にも大勢います。でも、自分にとって雪哉貞木は、目標であると同時に恩人でもあるんです」

晴れ晴れとした後輩の笑顔に、明留は複雑な心中を必死で飲み込んだ。

「だから、ちょっとでもあの方のお役に立てるのなら自分は本当に嬉しいですし、他からなんと言われようが構わないんですよ」


「この、猫かぶり野郎」

天幕をめくって開口一番に罵《ののし》ると、床几《しょうぎ》に腰かけ、台の上に広げた地形図を見下ろしていた雪哉は、視線を上げないまま笑った。

「なんだ、やぶからぼうに」

「純粋な後輩をだまくらかして、少しは良心が痛まないのか」

「騙すだなんてとんでもない。俺は真実、後輩思いの優しい先輩ですよ」

「根性ねじ曲がっているくせに、一体何をほざいてやがる」

明留の悪態も、ハハ、と笑って軽く流されてしまう。

「それで?　わざわざこんな所にまで来るなんて、何か緊急の用件か」

そう言って顔を上げた雪哉は、荳兒だった頃と比べ、随分と様変わりしていた。

丸っこくてぽやぽやとした印象ばかりだった面差しは、成長と共に精悍さを得て、柔和と評されるようになっていた。恐ろしいことに、外見だけならば爽やかな好青年と誤解されかねない、すさまじい変わりようである。かつては院生の中で一番小さかった体格も、今や武人らしくしっかりとした体つきになっており、三年間会っていない者が見たら、すぐには同一人物と気付けないかもしれなかった。

いつの間にか背丈を抜かされたことを悔しく思いながら、明留は咳払いした。

「ああ。若宮殿下からの重大な言伝《ことづて》だ」

「若宮殿下からの？」

訊き返そうとした雪哉の声に、「おい！」と、どこからともなく聞こえて来た茂丸《しげまる》の声が重なった。

「お前達の会話、ここにいると筒抜けなんだが、俺達が聞いても大丈夫なのか？」

どこだと尋ねる前に、雪哉の背後の天幕がぺろりとめくられて、茂丸が顔を覗かせた。

「よお、明留」

「茂丸。そんな所で何をしている」

「こっちに千早もいるぞ。嵐試まっ只中の親友のために茶を淹《い》れてやっていたんだが、そろそろお暇《いとま》した方がいいみたいだな」

顔を引っ込めようとする茂丸を、「いや、ここにいてもらって構わない」と明留は引き留めた。

「どうせお前達、次席と三席だろう。遠からず若宮殿下の身辺警護に回されるのなら、今のうちに聞いておいた方がいい」

何より、茂丸と千早はすでに何度も若宮とも顔を合わせているし、雪哉と自分の友人であるという点で、とっくに若宮派の者からは仲間として見られているのである。閉め出すのも今さらだった。

「そうか？　じゃあ、ちょっとばかし待ってくれ」

顔を引っ込めていくらもしないうちに、茂丸と千早が、今度はちゃんと天幕の入り口から入って来た。

「伝言役とは、お前も雑用が板について来たな、坊《ぼん》」

「うるさい、黙れ貧乏人」

顔を合わせた瞬間に明留と物騒な挨拶を交わした千早は、竹を切って誂《あつら》えた湯呑を抱えている。茂丸の手には湯気の立ち上る鉄瓶があり、地図を載せた台をわきによけると、四人はござを敷いた地面の上に車座《くるまざ》となった。

「粗茶ですが」

「これはどうも」

茂丸から恭《うやうや》しく出された茶で軽く口を湿らせてから、明留は持参して来た風呂敷包みから、紙の束を取り出した。

「まずは、これに目を通してほしい」

差し出された紙を雪哉が受け取ると、どれどれ、と千早と茂丸がその手元を覗き込む。

「なんじゃ、こりゃ」

紙には、細かい枡目と、折れた線が書き込まれている。茂丸と千早は不審そうな顔になったが、雪哉はすぐにぴんと来たようだった。

「これ、もしかして外界の統計図表か」

「そうだ。若宮のご要望で、ここ百年の記録を調べ、中央山近辺の水量を外界式にまとめてみた。分かるか？　縦の軸が水の量、横の軸が時間を表している」

言われたことをすぐに飲み込んだらしい雪哉が、線を指でたどりながら「なるほど」と呟いた。

「これは確かに、変化が分かりやすいな」

「待て、どういう意味だ？」

茂丸と千早にも見やすいよう、雪哉は紙をござの上に置いた。

「つまり、この線が上に行けば行くほど水は多くなって、下に行けば行くほど、少なくなっているという意味になるんだ」

折れた線は上下動を繰り返しながら、全体としてみれば着実に右下へと向かって進んでいる。

線をなぞりながら説明をされ、表を理解した千早が、問うような目で明留を見た。

「中央山の水が、減っていると？」

「そういうことになるな」

朝廷の調査を裏付けるように、中央ではここ数年の間に、井戸が涸《か》れる事例が多発していた。だが、中央山はもともと水量が豊富で、山肌から直接水が噴き出している滝が数多く存在しているのだ。貴族の邸宅などは、その滝の合間を縫うようにして建てられていると言っても過言ではないくらいだから、多少水量が減ったところで何の問題があるのかと、千早や茂丸は不思議そうだった。

「これだけでは、意味が分からなくても仕方がないと思う」

だが思い出してほしい、と明留は真剣に告げた。

「四年前の猿の侵入経路は、涸れ井戸だったのだ」

唐突な猿への言及に、若者達の間に緊張が走った。

「……これは、猿と関係のある話なのか？」

低く問いかけた茂丸に「その通り。しかも急を要する」と明留は返した。

「前回の猿の侵攻以降、朝廷は、中央の井戸や洞穴の調査を行って来た」

その結果、最初に見つけた涸れ井戸の他に、猿の侵入経路と思しきものは発見出来なかった、というのが公式発表となっている。

「しかし実際は、朝廷が把握している抜け道は、他にも存在するのだ」

「なんだと！」

仰天した茂丸が大声を上げたが、明留に代わり「それに関して言えば、問題はないよ」と雪哉が答えた。

「抜け道は既に塞がれているし、きちんと監視もされているはずだから」

断言する雪哉の様子に、ああ、と茂丸は目をぱちくりさせた。

「そうか。お前は、そこを知っているんだな」

「知っているどころか、その抜け道の存在を確認したのはこの俺だよ。直接歩いたし、猿もこの目で見て来た」

何でもない顔をしている雪哉に「とんでもねえ人生を送っているな……」と茂丸が呆れたように呟いた。

「それで。猿と水の関係は」

しびれを切らした千早の問いかけに、明留は視線を雪哉へと向けた。

「では、実際に抜け道を知っている雪哉に訊こう。お前の知っている抜け道と、猿が出入り口にしていた井戸に、何か共通する点はなかったか？」

尋ねられた雪哉は、座学で教官に指名された院生のように即答した。

「地理的な条件で言うならば、共に中央山の地下へと向けて掘られた穴、あるいは地下道である点が挙げられる」

「では、地下道の方を歩いたお前は、何を越えて猿の領域へと達した？」

「何を？」

一瞬言いよどんだ雪哉は、しかしすぐそれに思い当たったようだった。

「……水を。そういえば、光る水の流れ込む、不思議な地底湖に潜《もぐ》って、浮上した先に猿がいたのだった」

「そう、それだ」

朝廷が塞いだ猿の侵入経路は、井戸の側面に空いた穴だった。

あの井戸は本来、水が満ちていたはずであり、猿が入って来られるはずがなかったのだ。中央山の水が少なくなったせいで井戸は涸れ、猿がこちらに侵入して来たとすれば、どうか。

「我々と猿の棲家《すみか》を分けているのは水ではないかと、若宮殿下はお考えだ」

若宮の命令を受けて調べてみれば、それを裏付けるように、中央山から地方へと流れていく水の量が、増減を繰り返しつつも明らかに減少傾向にあると分かった。

「しかもだ。ここ二、三日の間に、急に滝の水量が少なくなったという報告が来たのだ」

「ここ二、三日の間……？」

茂丸は低い声で呟き、雪哉と千早は無言のまま、目つきを鋭くした。

「杞憂《きゆう》で終わればいいのだがな。若宮殿下が『嫌な感じがする』と、しきりにおっしゃっている」

それを聞いた雪哉が、「最悪じゃないか」と呻《うめ》いた。

「『真の金烏《きんう》』の勘は、ほとんど予言と同じだぞ。若宮殿下がそうおっしゃっているのなら、間違いなく、近々何かが起こるはずだ」

「前回の調査で、きなくさい所には目星をつけてある。すでに山内衆が動いているが、相当な範囲だし、万一の場合、猿と交戦するかもしれない」

人手が、圧倒的に不足しているのだ。

「だから、試験が終わったら調査を手伝えとの、若宮殿下からのご命令だ」

なるほど承知した、と雪哉は背筋を伸ばした。

「この手合いで嵐試は全て終了となるから、片が付き次第合流すると、若宮殿下にお伝えしてくれ」

「分かった」

「俺の嵐試は、もう終わっている」

茂丸が勢い込んで身を乗り出した。

「まだ正式な山内衆じゃねえが、手伝わせてもらえねえかな」

「俺も行ける」

茂丸と千早からの申し出に、明留は深々と頷いた。

「若宮殿下が、さぞお喜びになるだろう」

今にも出て行きそうな三人の様子に、雪哉が口をへの字に曲げた。

「本当は、俺も今すぐ行きたいところなんだけどな」

「それは駄目だ」

雪哉のぼやきを、明留はぴしゃりと撥《は》ね退《の》けた。

「何か異変が起こるにしても、明日か十日後か、一か月後かは分からない。これで落第にでもなったらとんだお笑い種《ぐさ》だ。雪哉は焦らず、やるべきことをきっちり済ませてからやって来い。

話はそれからだ——と、一言一句違《たが》わず、若宮殿下ではなく、その奥方さまからの伝言だ」

え、と雪哉は意外そうに目を瞬《またた》いた。

「桜《さくら》の君《きみ》が、わざわざ？」

「ああ。それを聞いた若宮殿下も『まあ、雪哉なら言われずとも分かっているだろうが、私も右に同じと伝えてくれ』だそうだ」

雪哉は、苦い顔で頭を抱えた。

「……では、若宮殿下だけでなく桜の君にも、承知しましたとお伝えしておいてくれ。必ず、嵐試を終えてから向かうと」

「了解した。お前も、最後の最後にへまして負けたりするなよ」

だがその言葉に、雪哉はニヤリと人の悪い笑みを浮かべたのだった。

「一体、誰に向かって言っている？」

＊　＊　＊

明留達が出て行き静かになった天幕の中で、さて、と雪哉は息をついた。

見下ろした地形図は、この辺り一帯のものだ。

日の高いうちに全体の下見を終えていたが、ここは起伏に富み、抜け道となる隧道《ずいどう》もいくつか存在していた。着実に勝とうとするならば、明日は複雑な戦いとなるだろう。

もちろん、どんなに混戦となろうとも、負ける心配は一切していなかった。この演習場を使った訓練には何度も参加しているし、対戦相手は、三年の間に手の内を知り尽くした同輩なのである。

問題なのは勝敗よりも、試験にかかる時間だった。

模擬戦に不慣れな荳兒もいるので、あまり手の込んだ策は採りたくないし、明留の話を聞いた今、一刻も早く終わらせて若宮達と合流したい。

普通に勝つつもりでいたが、急遽《きゅうきょ》、作戦変更である。

「雪哉貞木。夕食をお持ちいたしました」

「入れ」

失礼します、と律儀に言ってから、治真は食事を載せた膳《ぜん》を雪哉の前に運んで来た。厨房から貰って来た餅に味噌を塗って焼いたらしく、なんともよい香りがする。

「皆さん、帰ってしまわれたのですね」

「ああ。せっかく作ってもらったのに、悪かったな」

「いえ。残った分は持ち帰って、荳兒の連中と分け合いますので」

少し離れた場所で煮炊きしていた治真は、茂丸達の分まで夕食を用意してくれていた。こちらが気にしないようにとさりげなく気が遣えるあたり、本当によく出来た後輩である。

「明日の件だが、お前に別働隊をひとつ任せたいと思う」

唐突な話に、治真はその場で姿勢を正した。

「自分でよろしいのですか。本来なら、草牙が引き受けるお役目では……」

「構成員は考慮する。お前の実力を分かっている面子《めんつ》なら、そうそう文句も出ないだろう」

現場の判断はお前に一任すると言ってやれば、真面目な表情はそのままに、治真の瞳が輝いた。

「光栄です！　雪哉貞木のお力になれるよう、全力を尽くします」

「よし。今日はもう休め」

「は。失礼いたします」

足取りも軽く出て行く後ろ姿に、雪哉はこっそりと笑った。

本人は気付いていないようだが、実は出会ったばかりの頃、雪哉は治真を警戒していたのだ。

草牙の時に同室となった後輩二人は、ひどく生意気であった。今でこそ従順になったものの、それは雪哉が鉄拳制裁によって、骨の髄まで上下関係を叩き込んだ結果である。そもそも、自分が彼ら以上に生意気だった自覚がある分、素直な後輩などこの世には存在しないものと思い込んでいた。最初から従順な治真に、一体コイツは何を企んでいるのか、と考え続けてしばし——どうやら本当に自分を慕ってくれているらしいと気が付いた時は、思わず己の半生を顧《かえり》みてしまった。

治真は雪哉が主宰している研究会には休まずに参加したし、こちらが命令しなくても、自分から進んで雑用をこなした。あまりに気が利き過ぎるせいで、「雪哉が荳兒をこき使っている」と、同期の連中にからかわれるくらいだ。

その上、頭脳を買われて推薦されただけのことはあり、治真は非常に優秀だった。いささか実技の面で心配はあったが、『兵術』の実力は確かなもので、今の勁草院で最も自分の意を汲《く》める後輩は、間違いなく彼だった。

こうなって来ると、治真に対する印象は一介の後輩というよりも、北領《ほくりょう》に残して来た弟に近いものがある。まんざら他人事《ひとごと》でもなく将来の活躍が楽しみだったが、今は治真のことよりも、目前の自分の課題を片付けなくてはならない。

本来ならば一晩かけて作戦を練るところだが、すでに採るべき方針は定まった。対戦相手には悪いが、明日は短期決戦と決めて、雪哉は早々に眠りについたのだった。

翌朝、日の出と共に起き出した雪哉は、鳥形《ちょうけい》となって演習場を上から見て回った。天気は良好で風もない。作戦上、問題になりそうなものは特に見つからなかった。

一晩を過ごした天幕へ戻ると、すでに雪哉の手勢となる予定の後輩達が集まり始めていた。その先頭に立ってこちらを待ち構えているのは治真である。

「おはようございます。上空はいかがでしたか」

「微風、雲なし。絶好の手合い日和《びより》だ」

「それはよかった」

人形《じんけい》に戻って答えながら、手早く珂仗《かじょう》を佩《お》び直す。

「今日は頼んだぞ」

「お任せを」

陣を張った広場に整列してしばし、勁草院から物見役となる教官達がやって来た。

陣内には白い幟旗《のぼりばた》が掲げられ、院生達にも白い懸帯《かけおび》が配られる。

手勢は三十名で、使用出来る武器は順刀《しない》と鏑矢《かぶらや》のみだ。大将旗を奪われた時点で試験は終了となり、懸帯を相手方に取られた者、物見役によって落命判定の出た者は、指示に従って速やかに退場しなければならない。制限時間は、明日の正午まで。

整列してその時を待っていると、やがて、遠くから太鼓の音が聞こえた。

――雪哉にとって、勁草院で最後となる試験が始まったのだ。

開始早々、雪哉は手勢に向けて指示を飛ばした。

「治真。お前は三名を連れて、今すぐ直近の隧道から敵方へ向かえ」

「はっ」

「それ以外の者は、大将旗の下に一名を残した後、これから全員で敵陣へ向かう」

雪哉の指示を聞いた後輩達は、揃って己《おのれ》の耳を疑う顔になった。

え、と、副官に任じられた草牙が、上ずった声で聞き返す。

「でも、斥候《せっこう》は？　大将旗の近くに、たった一人というのも――」

「一人で十分。それよりも、速攻は時間との戦いだ」

この演習の勝敗は、いかに敵の勢力を分散出来るかにかかっている。

今までの戦績を考慮するに、敵の戦略はまず間違いなく『穴熊《あなぐま》』だと思われた。最低限しか斥候を出さず、残った人員全てで大将旗を守る作戦である。

だが、対戦相手は何度も雪哉にしてやられており、かなり用心深くなっている。開戦直後の今だけは、常よりも多くの斥候をあちこちに出しているのは間違いなかった。

「少なくとも、七名は斥候として使われているな。向こうも隧道を気にしているから、そっちの見張りに送った者を含めると、あと四、五人は本陣を離れているかもしれん。そのうち、こちらの動きに気付いて戻れる者がいたとしても二人か三人。我々が到着する本陣には、二十名ほどしか残っていない計算になる」

どうせ相手方が守りに入るのであれば、まだこちらの情報も入っておらず、態勢の整っていない今こそが絶好の攻め時だった。

「場合によっては、斥候が一人も帰って来ないうちに、我々の攻撃が始まってしまうかもしれないな」

馬に転身《てんしん》した後輩の背に飛び乗りながら言うと、副官を務める草牙が微妙な笑みを浮かべた。

「だから、大将旗の周囲には一人で十分、ですか」

こちらが総攻撃をしかけている間に不覚を取るとすれば、それは、様子を見に来た斥候ががら空きの本陣を目にし、単身で飛び込んで来た場合である。

しかし、ここは見晴しがよい。弓の得意な者にたっぷりと矢を与えておけば、接近を許す前に鏑矢で落命判定を取れるだろうと雪哉は考えていた。それよりも恐いのは、こちらが気付かないうちに隧道を使って懐深くまで入り込んでいる先遣隊がいる場合だが、そちらには治真を向かわせてある。

「ちゃっちゃと終わらせるぞ」

「はっ」

全速力で敵の本陣に向かうと、案の定、こちらに気付いて右往左往する赤い懸帯は、十八しか確認出来なかった。

そのうち何人かが、応戦しようというのか鳥形に変じたのを認め、雪哉は内心で勝利を確信した。

「散開！」

雪哉の合図で、大きなひと塊だった院生達は、綺麗に三つの小隊に分かれた。

示し合わせた通り、左右二手に分かれた二つの隊が、地上から放たれた矢を避けながら本陣へと接近する。

中には、鳥形となった相手方と組み打ちとなった者も、まともに鏑矢が当たってしまった者もいたが、そのほとんどは生き残った。地上にいた赤い院生達はよく応戦したが、一の矢を放ち、二の矢を手にする前に、高度を上げた最後の一隊が、ほとんど真上から攻め込んだのである。

雪哉自身、降下組の先陣を切って乱戦の中に飛び込み、斬りかかって来た四、五人を順刀《しない》で薙《な》ぎ払った。そうして道が出来たところに走り入り、大将旗を取ったのは、白い懸帯の草牙であった。

「取ったぞ！」

息を切らしながら幟を掲げた姿に、物見役が太鼓を打ち鳴らす。

――手合い終了の合図だった。


「……最後くらい粘ってやろうと思ったのに、鬼か貴様」

「ああ、よく言われる」

手合い終了後、お互いの健闘を称えあう、などという感動的な場面は発生しなかった。

赤組の本陣に整列し、実際にどれほどの被害があったのかを確認しながら、定守は苦りきった顔を雪哉に向けて来たのだった。

「定守、今後のために言わせてもらうけど、応戦する際に弓矢で迎撃するのか、鳥形で混戦に持ち込むのか、最初に指示を出しておいた方がよかったと思うぞ。どっちつかずだと同士討ちもあり得るし、演習に慣れていない荳兒が混乱するだろう」

「それはもっともな意見だし、有難く拝聴するけどな。そういう指示を出すよりも先に、お前が来ちまったんだよ！」

くそっ、と悪態をついた定守は、最初の頃は雪哉に対抗心を持っていたらしい。同じ北領《ほくりょう》の出身でありながら、貞木になるまで特に親しくなかったのはそのためだったが、負けん気が強いだけで話してみれば気のよい男だった。

「悔しいが、これでお前の首席卒院は確定したわけだ。分かってはいたが、おめでとう」

「ありがとう。そっちも、嵐試終了お疲れさん」

数えたところ、落命判定は赤三名、白七名。懸帯を取られた者は、赤三名に、白二名だった。

勝つには勝ったが、犠牲になった数はこちらの方が多い。やはり無茶なやり方だったと反省しつつ、治真の意見も聞いてみようと考えて、ふと、別働隊の戻りが遅いことに気が付いた。

「なあ。そっちは今回、隧道を使ったのか？」

「いいや？　隧道の出口に見張りは向かわせたけど、全員戻って来ている」

「だよなあ」

もしや、隧道の中にいて音が聞こえなかったのだろうかと隧道の出口のある方に目を向け、青い空をこちらに向かって飛んでくる黒い影を見つけた。

やっと来た、と思ってすぐに、違和感を覚えた。別働隊は、治真を隊長とした四名のはずなのに、こちらに向かって来る影はたったのひとつだ。しかもその飛び方は、ひどく切羽詰ったものである。近付いて来るにつれ、尋常でない鳴き声が聞こえて来て、ふと、雪哉は既視感を覚えた。

四年前、真っ青な空から喚《わめ》きながらやって来た八咫烏《やたがらす》。彼も哀れな被害者ではあったけれど、その後、雪哉の故郷には何が起こったか――。

本陣の片付けを行う後輩達の前まで来て、そいつは転ぶように転身した。人垣を掻き分け、雪哉は真っ先にそいつの元へ駆け寄る。

「小瀧《ころく》？」

　飛んで来たのは、別働隊の一人だった草牙だ。しかしその表情は、本陣を出て行った時とは大いに異なり、絶望に黒く染まっていた。

「雪哉貞木……」

「どうした。一体、何があった」


「猿が出ました」


　一瞬、全ての音が遠くなった。

　しかし次の瞬間には、緊張に五感はむしろ鋭敏となっていた。頭の奥にまで響くような鼓動を感じながら、雪哉は吼《ほ》えるように問いかけた。

「数は」

「お、俺が見たのは一匹です。あいつ、急に俺達の背後から出て来て。応戦したかったけど、武器になるものなんか、何も……」

「被害は？　他の奴らはどうした」

「分かりません。俺、とにかくみんなに伝えなきゃと――どうしよう。俺、治真と鉄丙《てっぺい》と、昭時《あきとき》を置いて来ちまった！」

　急にそのことに気付いた小瀧が悲鳴を上げたが、雪哉は構わず、背後に棒立ちとなった院生を振り返った。

「物見役の院士《せんせい》を今すぐ呼び戻して来い！　ここから一番近い詰所《つめしょ》にも連絡を。ありったけの兵と武器で、北の隧道を封鎖するようにと」

雪哉から鋭い命令を受けて、何人かの院生が泡を食ったように駆けだした。

雪哉は視線を目の前の後輩に戻し、早口で告げる。

「武器が無かったのだから、真っ先に報《しら》せに来たお前の判断は正しい。これから来る院士に、何があったのか正確に伝えるんだ。仲間を守るために必要なことだ。いいな？」

小瀧が激しく震えながらも頷いたのを確認し、雪哉は立ち上がった。

「俺は近い方の出口に向かう。定守は反対側の出口に行って、応援が来るまで見張っていてくれ。武器が届くまで、安易に地面には降りるな」

強ばった顔をしていた定守は、しかし雪哉の命令に「分かった」と即座に頷いた。

「残りの草牙は、二手に分かれて俺達に続け！」

鳥形に転身し、雪哉は一目散に隧道へと向かった。いくらもせずに辿り着いたそこには、鳥形のまま、飛ぼうとしてもがく一羽と、暗い隧道の奥を見てへたり込む一人がいた。周囲に猿の影がないのを確認し、飛び降りるようにして人形に戻る。

「鉄丙、昭時！　無事か」

ぎゃあ、と鳥形のまま鳴いた方は明らかに錯乱していたが、立ち尽くすもう一人――昭時の方は、ぼんやりとしたまま「雪哉貞木……」と呟いた。

「どうした。治真はどこにいる」

「治真が、治真が猿に、連れて行かれました」

――治真が。

凍り付いたようになった雪哉を見て、昭時の顔が一気に歪んだ。

「俺達が、庇《かば》ってやらなきゃならなかったのに！　取り返そうとしたんです。でも、あいつら、すごい力で、振り払われたら、肩が」

ようやく雪哉も気が付いた。昭時の腕はおかしな方向に曲がり、その額には冷や汗がびっしりと浮かんでいる。

むせびながらの言葉に、雪哉は無理やり頷いた。

「分かっている。これは、お前の責任じゃない」

――治真が、猿に。

「雪哉貞木、我々が行きましょう！」

後から追いついて来た草牙の言葉に、雪哉は「駄目だ！」と返した。

「武器がない点では、戦力的には俺達もほとんど変わらない」

「では、放っておくと言うんですか。こうしている間にも、治真が殺されるかもしれないのに！」

「無駄死には出来ない」

きっぱりと言い放つと、草牙は鋭く息を呑み、それ以上は何も言わなくなった。

結局、武器を携行した兵が到着したのは、隧道から翼を怪我した鉄丙を離し、昭時の外れた肩を雪哉がはめ直した後だった。青白い顔をしていたものの昭時の意識はしっかりしていたので、雪哉は彼と共に兵を連れ、ようやく隧道に入ったのだった。

「ここで襲われたんです」

指されたのは、隧道内でたった一か所だけ、地下水道と接する場所だった。

少し開けた空間の脇、一応は整備されている道から少し降りた所に、ごうごうと音を立てて水が流れている。

自分は下見をしていたのに、どうしてこの可能性に気付けなかったのかと雪哉はほぞを噛んだ。

ここは中央で、そして、水が流れている。

昨日話したばかりの猿の出現条件に、ぴったり当てはまるではないか!

水流の中に下りて水の流れて来る先を覗き込めば、その先は光の一切見えない、暗い洞穴となっていた。この奥が、猿の棲家に通じているのは間違いない。出来ることなら、このまま治真を追いたいが、しかし。

ぐっと唇を噛んだところで、雪哉貞木、と道に留まっていた連中から声を掛けられた。

「どうした」

「これを見て下さい!」

駆け上がると、松明《たいまつ》の明かりに照らし出され、道の上に何かが落ちているのが分かった。

それは、誰がどう見ても文だった。

黄ばんだ質の悪い紙に、墨と思われるもので書かれた文字が並んでいる。

丁寧に折りたたまれたそれには、表書きとして宛名が記されていた。

いわく――『金烏へ』、と。

＊　＊　＊

猿来襲の報せが長束《なつか》のもとに届いたのは、ほんの四半刻前だった。

長束は、若宮と離れて井戸調査の指揮を執っていたが、それを聞いた時には、「とうとう来たか」と思った。

猿の侵入経路が見つかった際の対応策は、さまざまな場合を想定したものが練られ、朝廷内に周知徹底させている。冷静に対処すれば、最悪の事態は避けられるはずだった。

現場に駆け付けてみれば、既に兵によって隧道の出入り口は見張られており、そこからやや離れた広場に、対策のための本部が設けられていた。先ほどまで演習で使われていたという天幕には、報せを受けて集まって来た諸官が、今後の方針を協議している。そしてその隣には、先に来ていた若宮達がおり――若宮と雪哉が、何故か真正面に向きあい、睨みあっていた。

長束が姿を現した途端、明留や澄尾《すみお》がホッとしたような表情になる。

「状況はどうなっている」

「朝廷は、あらかじめ決めていた通りの手順で動きます」

長束の問いには明留が答えた。

ちらりと視線を向かわせた先には、図面を引き、あれこれと意見を戦わせている宮人達がいる。武装した兵で侵入口を監視している今のうちに、木工寮《もっこうりょう》、石工寮《せっこうりょう》、修理職《しゅりしき》が諮《はか》って、猿を最も効果的に締め出す方策を考えだしているのだ。

「ですが、予《あらかじ》め練られていた対策では、完全に想定していなかった事態が起きまして……」

「何？」

「侵入経路と思しき場所に、これが置かれていた」

雪哉から視線を外さないまま、若宮から差し出されたものを見て、長束は我が目を疑った。

「馬鹿な！　猿が置き手紙だと」

「四年前の大猿は御内詞《みうちことば》を知っていた。字が書けたとしても、おかしくはない」

皮肉っぽく笑い、若宮がちらりと長束を見た。

「しかも宛名は、ご丁寧なことに『金烏へ』だ。一方の差出人は、『小猿より』」

長束は、折りたたまれていた手紙を開いた。

我、金烏《きんう》に見《まみ》えんと欲す
若《も》し金烏来《きた》れば烏《からす》は必ずや還《かえ》さん
我、烏を喰わず

我、金烏を害さず

文字は読みにくいが、その意味するところは明白であった。

「まさか、お前に、会いに来いと言っているのか……?」

「攫《さら》われた院生は、金烏をおびき出すための人質といったところか」

狼狽《ろうばい》した長束の背後から、路近《ろこん》が面白くなさそうに呟いた。

「殿下。間違いなく、これは罠です」

雪哉は、自分の主を視線で射殺さんばかりの目で見ながら言った。

「何が目的かは分かりません。ですがこの猿は、まるで『真の金烏』の弱点を知っているかのような手を打って来ました。乗り込んで行けば、どうなるかは火を見るよりも明らかです」

『真の金烏』は、ただの八咫烏にはない力を持っている反面、逆に厄介な制約も持っている。たとえ害意を持つ者が相手だったとしても、八咫烏の命を奪う行為が出来ないのだ。

よって、人質を取られた場合、まともな判断を下せなくなるのは明らかであり、この事態は、若宮の陣営が一番恐れていた状況でもあった。

「可愛がっていた後輩を見捨てるつもりか」

「治真一人のために、あなたと山内を危険にさらすわけには参りません。何よりも優先して、抜け道を塞ぐべきです」

お互いに口調は落ち着いていたが、その場の空気は周囲の喧騒と打って変わって冷え冷えとしている。

「まあ、それしかないだろうな」

これが猿の罠だとしたら、うかうか乗り込んで行ったらあんたは殺されるぞ、と路近は茶化《ちゃか》すような口調で言う。

「普通に考えるなら、攫われたという院生は諦めるべきだ」

「……私も同意見だ。お前は行くべきじゃない」

長束が二人に賛同を示せば、若宮はしっかりと頷いた。

「なるほど。お前達の言い分、よく分かった」

——だが、その上で言う。

「私は行くぞ」

誰も、何も驚かなかった。

若宮なら、そう言うだろうことは、最初から分かっていた。

長束の手にある手紙を見ながら、若宮は淡々と言った。

「あちらは、私と話がしたいと言っているのだ。しかも、わざわざ私を害さない、八咫烏を食べない、と繰り返しているのが気にかかる」

若宮の断言に、長束は嘆いた。

「罠にかけようとしている向こうの言い分を、鵜呑《うの》みにする方がどうかしている!」

「罠かどうかは、それこそ行ってみなければ分からない。大体、人質が有効だと知っていて私をおびき出そうとしているなら、こういう書き方はしないと思うのだ」

　不審そうに見返した長束に、気付かないか、と若宮は薄く笑う。

「この文は、私が来なかった場合について、何も触れていないのだ」

来なければ治真を殺す、と言われれば、若宮は考える間もなく、行くと決断せざるを得なかった。だがこの手紙の主は、金烏に会いたい、来てくれれば烏を還す、とだけ言っている。

　向こうは、何を考えてこんな書き方をしたのか？

「この文が用意されていたということは、あちらは最初から人質を取るつもりでやって来ていたのだ。しかも、院生達は怪我こそしているが、殺されてはいない。もちろん、警戒してしかるべきだが、何か……この前の大猿とは、受ける印象が違うように思う」

「――まさか、以前の猿とは別の個体だと言うのか？」

　そう何匹も御内詞《みうちことば》を喋る猿がいてたまるか、と長束は声を裏返らせたが、若宮は至極真面目だった。

「でも、私にはそう感じられる」

『小猿』がどんな奴か、一度会って話がしたいと、若宮は譲らなかった。

「とても承服出来ません」

　押し殺した声で、雪哉がゆるゆると首を横に振った。

「これは、殿下の生命に関わる問題です。猿どもが、自分達の縄張りにあなたをおびき出すために、あえてそういう書き方をしたのかもしれません」

「怪しいと思ったら、その時は潔《いさぎよ》く逃げるさ。お前達なら、退路を確保するくらいの実力はあるだろう」

納得のいかない雪哉を制するように、若宮はきっぱりと言う。

「可能性があるのなら、最初から諦めるべきではない」

「しかし！」

一瞬、雪哉の顔が酷《ひど》く歪んだが、若宮はそれを一顧《いっこ》だにしなかった。

「お前の意見は聞いていない。これは命令だ。黙って、お前も一緒について来い」

いいな、と。

若宮は、困惑顔の澄尾を従えて、天幕の外に出て行った。

「おい。少し待て、奈月彦《なづきひこ》！」

慌ててその後を追った長束は、しかしそこで、苦笑気味に天幕の方を振り返る、弟の顔を見たのだった。

「……全く。あれも、難儀な奴だ」

＊　　＊　　＊

天幕に残された雪哉の肩を、成り行きを黙って見守っていた茂丸が優しく叩いた。

「……よかったな、雪哉」

返事は出来なかった。

おそらく、ばれていたと思う。

雪哉は洞穴に向かう支度をしながら、先ほどの会話を振り返り、歯噛《はが》みした。

本心では、治真を諦めろなどと、間違っても言いたくはなかった。若宮の言う通り、可能性があるのなら、なんとかしてあいつを助けてやりたかった。どうかあれを見捨てないでくれと、雪哉の方こそ取り縋《すが》りたかったのだ。

でも、それを自分の口から言うわけにはいかなかった。

最後の命令はそんなこちらの心を見透かした、自分に対する若宮の温情に他ならない。ありがとうございますと、心のうちで呟くと同時に、若宮に危険を負わせてしまった責任をひしひしと感じていた。

――自分の命に替えても、若宮は無事に山内に返す。

そして、こうなった以上は、治真も、無事に連れて帰るのだ。


「私が何を言っても、聞かない時は聞かないからな」

若宮の性分をよく知っている長束は、一度覚悟を決めれば、支援に全力を尽くしてくれた。穴に入るために必要な物を用意し、朝廷側との面倒な折衝《せっしょう》を全て受けもったのである。表立って若宮が穴へ入るなどと言えるわけがないから、一刻も早く穴を塞ぎたがっている朝廷を押しとどめるのは並大抵の苦労ではなかっただろう。

そして澄尾に加え、雪哉、千早、茂丸の三人に若宮の護衛の任が与えられた。

「あまりに大勢だと、この狭い通路の中では却って動きがままならなくなる。少数精鋭で行くしかないが、今のところ、信用出来る手勢の中で、最も実力があるのはお前達だ」

それに加えて長束も、その立場からしか出せない命令をした。

「お前達はいざとなったら、自分達の判断で動け。たとえ若宮殿下の命令を無視してでも、若宮の身を守るのだ」

いいな、と言われて、否《いな》やがあろうはずもない。

しかし、雪哉達が準備を整えていざ中へ入ろうとすると、いくつかの問題が立ちはだかった。

山内の結界から出る可能性のある穴に入る場合、道に迷わないよう、香を焚くのがよいとされている。だが、水が流れているせいで、香りが奥まで届かないのだ。

ここで、活躍したのが明留だった。

「では、松明に黄双《きそう》を混ぜましょう」

「西領特産の香の？」

「はい。おそらく、強い匂いが続くはずです」

どこまで届くかは分からないが、無いよりはましである。

猿の侵入口は水の流れがあるせいで、完全に塞いでしまうのには無理があった。そこで、先端を尖らせた竹で逆茂木《さかもぎ》のようなものを作って障害物とし、若宮が帰って来るまでの間、もたせることになった。

いざという時のことを考えて、長束の傍には路近が残された。

「精鋭をこの穴の周辺に待機させる。持てる限りの矢を用意して待っているが、もし猿が出て来たら、あんたが帰って来なかったとしてもこの穴は塞ぐしかなくなるぞ」

現場の指揮を任された路近が言えば、若宮は神妙に頷いた。

「それでいい。兄上、万が一そうなったら、後のことは頼んだ」

「そんなもの、頼まれてたまるか。必ず、生きて戻って来い」

「どうかご無事で」

長束の悪態と、心配そうな明留の見送りを最後に、いよいよ、隧道の中へと入る段となった。

探し得る中で最も大きく、防水になっている鬼火灯籠《おにびどうろう》の中に、大玉の飴を落とす。

ぼっ、という音と共に、青白かった光の粒が、拳大の火の玉に変化した。

試しに奥に向けて掲げてみれば、流れが折れ曲がった所まで、問題なく光は届くようだった。

それぞれが矢立《やだて》式の鬼火灯籠を首から掛け、一番大きな鬼火灯籠は先頭の千早が持つ。その後ろには雪哉が、若宮を挟んで澄尾が続き、しんがりの茂丸は、道に迷わないよう、切れにくい女郎蜘蛛《じょろうぐも》の糸を入り口の石に結んで、その糸巻きを持った。

尖らせて槍のようにした逆茂木の間を通り、流されないように側面の岩壁につかまる。

「……行こう」

若宮の声を合図に、一行は、暗い水の流れの中へと足を踏み出したのだった。

地下水路を遡《さかのぼ》るのである。

想像してはいたが、やはり流れは急だった。水は冷たく、流れに磨かれた岩床はつるつるとしていて滑りやすい。もともとは水中にあったのか、側面の岩肌には凹凸が少なく、手掛かりがあまりない状態だった。

足を滑らせないよう気を付けながら、ひたすら慎重に前進したが、ここで先陣を任せた千早の抜群の身体能力が役に立った。歩きにくい場所、足を取られやすい場所に行き当たっても、転びそうにはなるが倒れたりはしない。

雪哉以下四名は、千早が見つけた道筋に黙々と続いた。

入り口で焚《た》かれていた松明の光は、曲がりくねった流れに沿って進むうちに届かなくなったが、鬼火灯籠の光は十分な光源として機能している。

順調に進み、勾配のある所を抜けた途端、水路の様子が大きく変わった。

「うわ」

思わず、雪哉も声を漏らした。

細い通路のようだった空間が、一気に開けたのだ。

岩肌は、ぶくぶくと内側から膨れ上がったような形の巨石に覆われている。足元には流れが続いているが、水面から出ている岩の上には、筍《たけのこ》のような形の石が生えており、頭上には、氷柱《つらら》のような形の石が、びっしりとぶら下がっていた。

最後尾を行く茂丸が「ひえぇ」と悲鳴を上げる。

「あれ、落ちて来たら俺達は串刺しですかね」

照らし出された空間の異様さに呑まれつつも、雪哉は氷柱のような石に見覚えがあると思った。

「これ、地下街の通路でも似たようなものを見ました。こんなにたくさんはありませんでしたが……」

「鍾乳石《しょうにゅうせき》だ。外界で聞いたことがある」

冷静に言ったのは、この中で唯一、山内の外に遊学経験がある若宮だった。

「岩からしみ出る水の中に、石のもとが含まれているのだ。ここまで大きくなるのには、相当な時間がかかったはずだ。滅多《めった》に折れたりしないと思うが、気を付けろ」

了解の意を伝え、再び流れを遡ろうとしたが、千早は足を止めている。

「……流れが、分かれているぞ」

「何だって」

千早の前に明かりを掲げると、確かに、水の流れは三方に枝分かれしていた。

これでは、どこに進んだらいいか分からない。

どうしますか、と若宮に判断を仰ごうとした時、「いや、待て」と千早が叫んだ。言うが早いか水から飛び出して、足場の悪い岩肌の上を跳ねるように駆けて行ってしまう。

「千早？　何か見つけたのか」

慌ててその後を追い、千早が答える前に、雪哉もそれに気が付いた。

「治真の懸帯か！」

見れば、この場に似合わぬ真っ白な布片が、筍状の石に巻かれていた。

検分すれば、それは単に巻いてあっただけでなく、きちんと結ばれていると分かった。うっかり引っかけて落としたのではない。意図して、残されたものなのだ。

「隙を見て、治真がやったのかな」

茂丸の言葉に、違うな、と澄尾が返す。

「わざわざ金烏を呼び寄せるくらいだ。おそらく、猿が道しるべのつもりでやったんだろう」

雪哉は、無言のまま上流を睨んだ。

「進もう。間違いなく、この先に猿と治真がいる」

若宮の言葉に、皆が頷く。そして再び、示された流れの先に向かって足を進めた。

そこからは、前進するのが大変だった。

進むに従って、膝くらいまでだった水深が、どんどん深くなっていくのだ。しかも、上から垂れ下がった石と下から突き上げる石とが繋《つな》がって、柱のようになっている場所が増えて来た。水面ぎりぎりまで垂れている石もあったので、水にもぐるようにして通らなければならない所もあった。

体は冷え切ってしまったが、迷うことだけはなかった。進むのが困難な場所には必ず、向かう先が間違っていないことを示す特徴があった。

ぶら下がった石の先、針のようにとがっている部分が、どこも折れているのだ。

「おそらく、猿が通ったあとだろうな」

「頭をぶつけたんですかね」

「通りやすいように、わざと折ったのかもしれない」

水をかき分けるように進んで、しばらく。

澄尾が、粘土の堆積した水底に何かを見つけた。

「ここ、足跡が残っているぞ」

水は澄んでいる。鬼火灯籠をかざせば、はっきりと猿が通った痕跡が見えた。

それを見つめているうちに、嫌な点に気が付いてしまった。

――足跡が、一人分だけなのである。

ただでさえ、雪哉の胸元まで水面が来ている。体格のあまりよくない治真だったら、顔まで水に沈んでしまうかもしれなかった。

「……先を急ごう」

澄尾の言葉に、答えた者は誰もいなかった。

やがて、階段状の水溜り――ちょっとした泉のようなものが連なっている場所へと出た。地方でよく見るような、段を付けて連なる田んぼの畦《あぜ》にも似ている。

そこをよじ登るようにして通過して後、再び、分かれ道に差し掛かった。

今度も目印となったのは、裂かれた白の懸帯だった。

そうやってさらに二度、分かれ道を選ばされて進んでいくうちに、いくらか広い空間へと出た。洞穴の中なのに、まるで砂利のある川辺のようになっている。道を探して明かりを掲げた瞬間、千早がひゅっと息を呑むのが分かった。

異様な形の岩に紛れて、背中を丸めた人影がある。

「野郎……！」

雪哉は思わず飛びかかって行きそうになったが、茂丸が腕を掴み引き留めた。

「落ち着け、雪哉。ここは若宮殿下に任せるんだ」

ここまで来た意味を忘れたかと続けられ、雪哉はらしくもなく、頭に血が上っていたことを自覚した。冷静になって引き下がると、雪哉の剣幕に驚いたのか、一旦は岩陰に隠れるようにした人形《じんけい》の何かが、ややあって、おそるおそる顔を覗かせた。

「烏の長《おさ》……金烏《きんう》か？」

――低く嗄《しわが》れた声で紡がれた言葉は、間違いなく御内詞《みうちことば》だった。

「ああ、私が金烏だ」

警戒しながらもゆっくりと若宮が名乗ると、岩陰からそれが出て来た。

「手紙、読んだね。私は小猿《こざる》です。私はお前を害さない。お前に会いたかった、話したかったよ」

熱っぽくしゃべり始めたのは、随分と小柄な老爺《ろうや》だった。

鬼火灯籠の蜜柑色の光の中で、その姿は白っぽく浮かび上がっている。

身につけているのは、光沢のある鈍色《にびいろ》の生地で出来た、浄衣《じょうえ》のような着物であった。白髪はまばらで、顔は皺だらけ。

人形をとっているのに、そのままでも猿のようだった。

「約束通り、私はここに来た。まずは、治真を返してもらおう」

「おとこのこ？」

早速の本題に雪哉の体が強ばったが、老爺は、何故か泣きそうな顔になって言った。

「おとこのこ、大丈夫。怪我ないよ」

「それは本当か？」

「本当。おうち帰るよ。こっちだよ」

歩き出そうとした老爺が、ふと、茂丸の手の中にある物を見て、首を横に振った。

「それは駄目。この先、烏と、ニンゲン、喰う猿がいます。喰う猿はこの道を知るない。それ見る、この道を知るます」

それとは、帰り道を確保するために茂丸が持って来た、女郎蜘蛛の糸の糸巻きである。何を言いたいのかは大体伝わり、茂丸は糸巻きを掲げてみせた。

「ええと、つまり、人喰い猿がこの先にいて、そいつらは、この道を知らない。だが、この糸が見つかったら、それが知られちまうって言いてえのかな？」

「そう。人を喰う猿よ」

まるで、自分はそうではないと言いたげな様子に、若宮が首を傾げた。

「……お前は、人を喰う猿ではないのか？」

「違う。私は、お前を害さない」

妙にはっきりと言い放つと、老爺は無防備に背中を向け、ちょこまかと歩き出した。

猿に気付かれないように目配せして来た若宮に、雪哉は力強く頷いてみせた。

声を聞いた瞬間に気が付いた。若宮の予感は的中している。確かにこいつは、以前に涸れ井戸で言葉を交わした奴――山内を襲撃した猿とは、別の個体だ。

取り敢えず、言われた通りに糸巻きを岩陰に隠し、一行は老爺の後に続いた。

水場から離れ、乾いた洞穴を黙々と進んでいた老爺が、不意にこちらを振り返った。

「ここから、静かに、静かにね」

そう言って、言われなければ気付かないような岩陰にある穴に入って行った。

これまでは自然のままの横穴だったが、その穴を越えた先は、明らかに人の手が加えられたと分かる道になっていた。

どうやら、通路のようだ。

そう思った矢先、老爺よりもはるかに体格のよい若者が姿を現した。

すわ人喰い猿かと全員が武器を手に取ったが、その若者は苦りきった顔をしながら、空手《からて》であることを示すように両手を広げた。

「こいつは、大丈夫」

だから静かに、と慌てて老爺に言われたが、警戒を解くわけにはいかない。

「こいつは烏の言葉、知るないですが、こいつは見る……見とる？　見切り……？」

必死に説明しようとして、老爺は言葉に詰まる。しきりと首を捻《ひね》る老爺に、雪哉は思わず助け船を出してしまった。

「もしかして、見張りですか？」

「そう！　見張り。見張りする、大丈夫」

こっちよ、早く、と言いながら、老爺は小走りで通路を駆けて行く。

武器に手をかけたまま、その後を追って一行は走ったが、若者は手をひらひらさせたまま、こちらを見送るだけだった。

目的の場所まで、そう長くはかからなかった。

「着いた。ここよ」

そう言った老爺が示した場所は、枯れた蔓《つる》でびっしりと覆われていた。

何が「ここ」なのかすぐには理解が及ばなかったが、よく見ると、蔓に覆われているのは壊れた両開きの扉らしいと分かった。

壁は剥き出しの岩を削ったものだが、扉自体は、鉄の鋲《びょう》と、木によって出来ていたようだ。しっかりとしたつくりのそれは外側から斧で打ち壊したかのようになっていて、しかも壊れた所から、枯れた藤蔓が重なり合うように伸びていた。

扉の向こうに部屋らしき空間があるのは間違いないのだが、枯れた藤蔓が邪魔をして、中の様子は窺えず、どうやって入ったらよいのかも分からなかった。

しかし老爺は地面に這いつくばると、蔓の下をくぐるようにして、その扉の壊れた所から中に入って行ってしまった。

ここまで来ると、いちいち躊躇《ちゅうちょ》するのも馬鹿らしくなって来る。念のため茂丸に周囲の見張りを頼んでから、雪哉は絡みつく蔓の中を泳ぐようにして老爺の後に続いた。

壊れた扉から部屋の中に入り、蔓の中から立ち上がった雪哉が鬼灯灯籠を掲げると、そこは想像以上に天井が高かった。部屋と言うよりも、岩を削って造られた広間のようだ。

広さとしては、勁草院の大講堂の半分くらいだろうか。壁も、床全体も枯れた蔓で覆われていたが、広間の中央付近に、蔓に埋もれるようにしてぐったりと横たわる人影を見つけた。

「治真！」

動かない姿に、ぎゅっと心臓が絞られるような心地がした。全力で駆けて行き、息を確認する。

「大丈夫。寝てるだけよ」

猿が静かに言ったが、実際、治真には息も鼓動もあり、雪哉は大きく安堵《あんど》の息をついた。

振り返って頷いてみせると、雪哉に続いて入って来た若宮達も、ほっと胸を撫で下ろす。

改めて見れば、治真には乾いた白い着物がかけられ、その顔の横には水が入っていると思しき竹筒と、団子らしきものまで置かれていた。

「この食物、まさか」

思わず引き攣《つ》った澄尾の声に、老爺が「違う！」と即座に否定した。

「木の実のごはんよ。肉じゃない」

自然と集まった視線に、老爺は声をひそめた。

「ニンゲンの肉喰う。体、大きくなる。でも、馬鹿になる。みんな、みんな馬鹿になった」

「それは、人間の肉を食すと猿は強くなるが、代わりに愚かになるってことか？」

「そう」

「だからお前は、人間の肉を食べていない……？」

「喰わない。馬鹿になる」

澄尾に向けてきっぱりと断言し、小猿はもそもそと身をかがめると、なんと、その場に深々と頭を下げたのだった。

「……おとこのこ、使う。可哀想。よくない。悪いだった。心底、申し訳なく存じます」

謝罪の言葉だけはなめらかで、それまでのような片言《かたこと》ではなかった。

「お前は、どうして御内詞《みうちことば》を話せるのだ？」

若宮が問えば、猿は頭を上げた。

「習った。ずっと前。ずっとずっと前」

「誰に」

その問いに、老爺は黙ったままじっと若宮を見返したが、若宮が訝《いぶか》しそうな顔になるのを見て、そのまま悄然《しょうぜん》と肩を落とした。

約束通り、治真は無事だった。今のところ、こちらを害そうとする雰囲気も感じない。

今になって、いよいよこの老爺の意図が分からなくなって来た。

「……申し訳ないと思うならば、一体、どうしてこんな真似を」

「必要だった」

今度の質問には、小猿は即答した。

「本当は、ずっとお前に会いたかった。ですが、会う、出来ない。昔は道あったけど、今、無いなってしまった」

「以前は、猿と烏の間に交流があった？」

「そう！」

啞然とした若宮に向けて、小猿は何度も頷いた。

「共に山神《やまがみ》さまに仕え、誇り高く、実り多き暮らしを」

再び流暢《りゅうちょう》な口調になり、小猿は溜息をつく。

「烏を喰う猿、みんな、ニンゲン喰った猿。味を覚えて、おかしくなった」

前は違った。

そう言うや否や、小猿は蔓を掻き分けるようにして歩き、入って来た扉とは反対側の壁に近付いた。

「これ、道よ」

小猿が叩いたそこも、よく見れば蔓に覆われた壁ではなく、扉であった。ただし、壊された扉よりも、さらにふたまわりは大きいだろうか。一面がまるまる両開きの扉となっており、それはやはり、朝廷の大門を思わせるつくりをしていた。

「ここ、開く。開いて」

真剣な眼差しで、小猿は若宮を真っ直ぐに見据えている。

「この向こう、鳥のおうち。猿、開くないですが、お前は開く」

――猿には開くことが出来ないが、お前にはそれが出来る。だからここを開けてくれ、と。

「……それが、お前の目的か？」

「はい」

「何のために」

「必要なこと。このまま、駄目。みんな死ぬ。ですが、まだ間に合う」

不穏な響きに顔をしかめた若宮に、小猿はもどかしそうに言い連ねた。

「山神さまが、駄目になる。烏、猿、みんな駄目になる。この道開けば、少しよい」

「待ってくれ！　山神とこの門にどういう関係があるのか。もっと、ちゃんと説明してくれ。お前の言っている意味が、私には分からないのだ」

「私も知る、あまりない。ですが、やらないより、やるがよい。早く開けて」

「お待ちください、殿下」

小猿に急《せ》かされる若宮を、雪哉は鋭く制止した。

「何だ」

振り返った若宮に、入って来た扉付近の、とある一点を指さして見せる。

「この藤蔓の伸び方、どこか見覚えはありませんか？」

この空間に足を踏み入れた時から、雪哉はずっと気になっていた。空間いっぱいに広がる藤の蔓は、よく見れば、何カ所かを起点にしていると分かる。

雪哉の言った意味に気付いたのか、若宮は周囲を見回した。起点に近付いて行った澄尾が、そこを確認して大声を上げる。

「これは、矢だ。朽ちかけているが、古い矢から蔓が伸びているぞ！」

若宮の『真の金烏』としての能力の一つに、ほころびかけた山内の結界を、藤の蔓を使って繕《つくろ》い直す力というものがある。その際に使用するのは、生木で出来た弓と、石の矢じりがついた矢だ。

「……ここは、誰かの結界で守られているのか」

「そのようです。それをやったのが誰であれ、あなたに準じる力のある誰かが扉を閉ざしたのには、何か意味があったのでは？」

それが分からないうちに、結界を破るような真似をするのはいかがなものか、と釘を刺す。

「小猿とやら。この結界は誰が、何の目的で張ったものなのか、教えて頂けますか」

雪哉の厳しい声音の質問に、小猿は黙り込んだままで応《こた》えなかった。

広間内を見て歩き始めた若宮が、ふと、扉の下方に目を留めて、固まった。

「どうした？」

澄尾が声をかけて若宮に近付き、その視線を追って、喉の奥を鳴らす。

二人の様子に、雪哉も治真を千早に任せて駆け寄った。駆け寄って、藤の蔓に覆われた奥にそれを見た。

それは古く、干からびた遺骸であった。

固く閉ざされた扉に寄りかかるようにして、座り込む姿勢となっている。

腐らなかったのか、皮膚はカラカラに乾燥し、かろうじて骨に張り付いている状態だった。身に纏《まと》っているのは、もとが何色だったのかも分からないが、袍《ほう》のようだ。文字通り骨と皮ばかりとなった手には弓が握られ、髪は長く、結ばれている。

振り返り、骸《むくろ》が顔を向けた先を確認した。

――やはり、結界の起点となった矢の対角線上に、この骸はいる。

「どうやら結界を張ったのは、この御仁《ごじん》のようですね。結界を張った直後に、何らかの理由で息絶えた……」

乾いた遺体を検分して振り返り、雪哉は声を失った。

若宮の顔色が、明らかにおかしかった。

「殿下？」

よろよろと骸に近付き、手を伸ばし、若宮がその顔に触れた。

「私だ」

「は？」

「この骸は、私なんだ」

ひやりとする感覚を覚えると同時に、雪哉には、やはりと思うところがあった。

「——このご遺体が、先代の『真の金烏』？」

「お前、記憶が戻ったのか！」

若宮は驚愕する澄尾には答えずに、視線を忙《せわ》しなく動かして周囲を見回した。

「違う……いや、そうだ。私はここで死んだのだ。私の眷属《けんぞく》を、八咫烏を守らないといけないと思って」

ただただ、その一心で。

呟くように言った若宮は、そこで大きく目を見開いた。

「まずい」

「何がですか」

「ここにいたら、いけない。ここは開いてはならない。早く、来た道を戻れ！」

「駄目！　逃げる、駄目！」

小猿が、急に声を荒げた。

若宮に危害を及ぼされないよう、咄嗟《とっさ》に澄尾が猿との間に割って入り、距離を取る。それを見た小猿が、絶望した顔つきになった。

「多分、これが最後。これが駄目、もう機会ない。お前が逃げた。だから駄目になった。お前、また逃げるか！」

静かに、と最初に言っていたのは小猿なのに、最後はほとんど絶叫に近かった。

すると、蔓の向こうから、走る足音と茂丸の大声が聞こえた。

「さっきの若い奴が、たくさんの猿を引き連れてこっちに向かって来ます！」

「何だと？」

「まだ距離はありますが、あまり時間はありません」

「くそ、やっぱり罠だったか！」

舌打ちした澄尾に、雪哉は冷静に声を掛けた。

「慌てないでください。糸巻きを残して来た所まで逃げ込めば、こちらに分《ぶ》があります」

言うと、若宮がちらりと視線を寄越した。

「そこに辿り着くまで、もつか？」

「距離はそう遠くありません。この面子なら、正面突破も十分に可能です」

「だが、それは」

意識のない治真を計算に入れなかった場合だろう、という言葉を、若宮は飲み込んだようだった。でも、こうなるのは、最初から予想出来ていた。

「我々の役目は、あなたさまを無事に山内に連れ帰ることです。治真の身は、私にお任せ下さい」

　無言で見返した若宮に、雪哉は静かに頷いた。

「覚悟の上です」

「ご決断を、殿下」

澄尾に判断を仰がれ、若宮が口を開くよりも先に、小猿が呟くように言った。

「こっち来る猿は、たくさん。馬鹿な猿、強い猿よ。誰か死ぬかも」

助かる道はひとつ、と、猿はいっそ厳《おごそ》かとも言える口調で告げた。

「……門を開け。そこから出ろ」

「最初から、我々を他の猿に襲わせるつもりだったのか？」

低い声でなされた若宮の問いに、猿はわずかに苦笑したように見えた。

「言ったよ。私は、お前を害さない。害したくない。ここから、お前達、おうち帰る。みんな大丈夫よ。だから、門を開け」

「そうする必要はありません」

言うと同時に、雪哉は小猿の腕を捻り上げて地面に組み伏せた。

「さっきのは、あくまでも戦闘になったらの話ですよ。こちらにはこいつがいるのですから、人質にすればいいのです」

だからこそ、のこのことこんな所まで付いて来たのだ。

先ほどすれ違った時、人形の猿と思しき若い男は両手を広げつつも、この老爺に向けて目礼していた。おそらくこちらに気付かれないようにしたかったのだろうが、この猿が鷹揚《おうよう》に頷く様子はしっかりと見えていたのだ。身に着けている衣服から考えても、こいつが猿の中で、それなりの立場にあるのは間違いないと雪哉は考えていた。

人質としての価値は十分にあるはず。ここまで金烏を誘い込むのに成功したとしても、とんだ間抜けだと雪哉は思う。

しかし、蔓の中に顔をうずめた小猿は、ひどく乾いた笑い声を上げた。

「そうはならない。これから来る猿、多分、私を殺す」

「何？」

「人を喰う猿、喰わない猿、違う。私は、お前達に会いたかった。猿の長《おさ》は、会いたくなかった」

私は、と続いた声は、どこか寂しそうだった。

「長に背《そむ》いた。長は、許さない」

――はったりだろうか？

判断に困って主《あるじ》を見上げると、若宮は首を傾げ、じっと小猿の顔を眺めていた。

「……雪哉。そいつを解放しろ」

命令に従い、ぱっと手を離す。

小猿はのろのろと起き上がったが、立ち上がることはせずに、その場にへたりこんだままだった。

「なあ。お前、私と会ったことがあるか」

「私、覚えている？」

訊かれた小猿が、驚いたように顔を上げたが、若宮は痛みに耐えるように額を押さえた。

「……分からない。分かるのは、かつての私がここで恐ろしい思いをして、ここで死んだことだけだ。それなのに、何故だろう。私は、お前を知っている気がする」

言われた瞬間、淀んでいた小猿の目の中に、理知的な光が煌《きら》めいたように見えた。

「信じてくれ。私は、お前を――ああ、あなたさまを、害そうなどと思っていない。伏してお願い申し上げる。どうか、ここにお戻り下さい！」

「奴らがすぐそこまで来ています！　しかも、弓で武装してやがる」

しびれを切らした茂丸が、蔓の下を通ってこちらにやって来た。

「各員、配置につけ」

澄尾の号令に、千早と茂丸は若宮と入り口の間に立ち、刀を抜いた。

猿の高い声と、ものものしい足音が聞こえて来た。

迷っている時間はない。あちらに弓があるならば、ここに突っ立っていてはいい的になってしまう。扉を開くなり、正面突破するなり、早く決めて、動かなければならなかった。

しかし雪哉には、どちらが正解なのかは分からなかった。

「真の金烏陛下」

覚悟を決め、雪哉は己の主に呼びかけた。

「ここまで来たら、理屈で判断出来る段階は、とうに越しています。我々はあなたさまのご判断に従います。何があっても恨みません。どちらでも、陛下の思《おぼ》し召すままに」

若宮は、ぴんと張りつめた空気の中、雪哉と猿、その周囲に立つ護衛達と横たわる治真を見比べる。

そして、静かに決断を下した。

「門を開こう」

＊　＊　＊

若宮が扉に手を当てた瞬間、ぴりりとした痛みが走った。

蜘蛛の巣のように張り巡らされた何かが、手のひらに吸い付くような感じがする。

それは、決してここを開くものかという、かつての金烏が残した強い思念だった。

若宮が思い出した記憶は歪《いびつ》である。

何が、あんなに恐ろしかったのか。

どうしてこの門を閉ざさなくてはならなかったのか。

何もかもが分からない。それなのに、これほどまでにかつての金烏が嫌がっていた『門を開く』という行為をしようと決意した理由は単純だ。何も分からない今の自分にとって「小猿が本気でこちらを害そうとしていない」ということだけが、真実だったからだ。

――これで、『真の金烏』とはよく言ったものだ。

誰にも聞かせられない本音を自嘲して、若宮はぎゅっと手を握った。

そうすると、目に見えない何かが、形を歪めて撓《たわ》むのを感じた。

手中にそれを握り込んだまま、勢いよく腕を後ろへと引く。すると、目には見えない網目が、引きちぎられていく感覚がした。

一拍置いて、直前まで自分の触れていた扉を覆う蔓に、若芽が吹き出した。枯れ果てていたはずの蔓が、急に萌え出ずる春の精気を帯び、緑の息吹《いぶき》を伝染させていく。

――新しい蔓が、凄まじい勢いで部屋中に伸び始めたのだ。

若々しい緑葉が出て、紫の蕾《つぼみ》をたっぷりとつけた花房《はなぶさ》が零《こぼ》れ落ちる。

「開《あ》けよ！」

命じた瞬間、蕾がぱっと開き、甘い蜜の芳香が辺り一面に広がった。

ざわりと、緑の葉が音を立てる。

蘇った緑の蔓がすべるように動き、ひとりでに扉の上から退いていく。その様子は、まるで蔓の一本一本に命が宿り、若宮の命令を理解しているかのようだった。

広間のすぐ前までやって来たらしい猿達が、驚愕の声を上げている。

振り返ると、広間中に張り巡らされていた蔓の全てに精気が行き渡ったらしい。若宮の意向を受けてか、壊れた扉付近の藤蔓はことさら多く繁茂し、猿の行く手を阻もうとしていた。

「お見事です」

『真の金烏』の力を初めて目にした茂丸や千早は唖然としていたが、雪哉の賞賛は控えめだった。それを誇りに思うでもなく、若宮は紫の花の中で立ち竦む小猿へと向き直った。

「このまま帰っても、殺されるだけと言ったな」

小猿が、ぼんやりと若宮を見上げる。

「我々と共に来るか」

それを聞いた小猿は、こぼれんばかりに目を見開いた。

「くる……？」

「我々には、分からないことが多すぎる。以前、何があったのか。ここで何があったのか。お前の知っている話を、どうか、我々に教えてほしい」

小猿の唇が、泣く寸前のように震えた。

よろよろと立ち上がり、何か言おうと口が開きかけた瞬間――壊れた扉を覆っていた藤が、力任せに引きちぎられた。

そうして開いた隙間から、きらりと何かが光るのが見える。

「殿下！」

澄尾と雪哉が咄嗟《とっさ》に前に飛び出したが、放たれた矢は若宮に向かっては来なかった。

ただ真っ直ぐに、小猿の背中を貫いた。

小猿は呆然と、胸から飛び出た矢じりの先と、若宮を見比べた。

そして、小さく笑う。

「さようなら」

――そこが限界だった。

猿の怒声が響き、入り口を塞いでいた緑の蔓がどんどんと引きちぎられていった。

空いた空間からこちらを狙う、弓を持った者の姿が見える。そして次の瞬間、雨のように降り注いで来た矢に、八咫烏の一行は退避する他なかった。

若宮が手を触れると、何のつかえもなく扉は開いた。扉の向こう側へと滑り込み、背中から崩れ落ちるように倒れた真の金烏の遺骸も、自分達の方へ引きずり込む。

治真を背負った雪哉が駆け込み、全員が入ったのを確認すると、茂丸と千早が両側から扉を閉めた。そこに若宮が錠をかけると、扉一枚隔てたあちら側の騒音が、ぴたりと何も聞こえなくなった。

――しばらくは、荒い息の音だけが響いていた。

誰も、何も言えなかった。

「……俺達、山内に戻って来られたのか？」

躊躇《ためら》いがちな茂丸の声に、汗を拭った澄尾が答える。

「ああ……そのようだ……」

円形の広間に、石の棺。

そこから溢れ出る澄んだ水。

遠くから、こちらの姿を見つけた神官達の、驚愕の声が聞こえて来た。

澄尾が、笑い損ねたような顔で、今いる場所がどこだかを教えてくれた。

「ここは、『禁門』だ」

＊　　＊　　＊

「珍しい。小猿がいるな」

ここへは来たばかりか、と問うて来る声は、朗らかな笑みを含んでいた。

「我々の言葉は、まだ分からないかな。菓子でも食べるか？」

そう言ったのは、ただの気まぐれだったかもしれない。だが、自分は確かに、彼に優しくしてもらったのだ。

周囲の奴らが言うように、悪い奴ばかりではないのだと知った。

綺麗でよい人だから、憎みたくないと思った。

――だから、自分に出来ることをしたかったのに。


懐かしい夢が途切れた。


気が付くと、藤の花の香りと、自分の血の匂いが充満していた。

痛みは感じない。ただ、ひたすらに寒い。

こちらを覗き込んでいるのは、あれほどまでに自分が心を砕いておきながら、最後には裏切ってしまうことになった、大切な長の姿だった。

「全く、勝手なことをしてくれたものだ。まだ、少しばかり早いではないか」

暗くなる視界の中で、自分は確かに、その声を聞いていた。

「だが、そうだな。これで、力ずくで扉を破る必要はなくなった。その点はお前に感謝しよう。時が来れば、この門を礼儀正しく開いてやるのもよいかもしれぬ」

口から血が溢れるのを感じながら、声を絞り出す。

「もう、お止《や》めくださいませ。人間を喰ったせいで、同胞は愚かになるばかり。このままでは八咫烏ばかりでなく、我々さえも」

「だからどうした。百も承知ではないか」

「お考え直し下さい。何卒、何とぞ……」

どこまで声が出ているか分からない。しかし、自分の敬愛していた猿の長は、もはやこちらの言葉には耳を貸すつもりはさらさらないようであった。

「ああ、楽しみだ、金の烏よ。あと少し。あと、もうちょっとだけ待ってくれたら、わし自ら、お前を迎えに行ってやろうぞ」

楽しそうに独り言《ご》ちる長の声が、段々と遠ざかって行く。

「なにとぞ……」

ひどく寒かった。

それきり、ふつりと、意識は途絶えた。

＊　＊　＊

中央山の奥、しかも、『禁門』の向こうに猿がいたことが分かると、朝廷はこれまでにない混乱状態に陥った。

『禁門』には鍵がかけられているが、それで完全に侵入を防げるようになったとは到底言い難い。万が一、そこから猿が入って来た時のために四六時中見張りがつき、大勢の兵によって厳戒体制がとられた。

いつ、猿が現れるか分からない宮中で、政《まつりごと》が出来るわけがない。

朝廷はその機能を、中央山から移動させることに決めた。

裕福な者が我先に逃げ出し、地方へと新しい住居を求める中、その『禁門』において、一つの儀式が行われたのだった。

白地に、金の糸で刺繍《ししゆう》のされた立派な袍《ほう》と、金と玉で出来た冠。

それらを纏《まと》った干からびた遺骸の有様は、装束の豪華さに負け、憐れどころか滑稽ですらあった。

しかし、それを目にした者は少ない。

本来であれば国を挙げて葬られるはずだったのに、この場に来ている貴人は、若宮と長束のみである。金烏代も皇后も、四家の大臣《おとど》もおらず、禁門の前はひどく閑散としていた。

粛々と山神への祝詞《のりと》が捧げられる中、神官達の手によって、遺骸はあるべき場所へと納められた。

空の棺《ひつぎ》は、ようやくその主を迎え入れる事が出来た。

――約百年ぶりに、先代の真の金烏、那律彦《なりつひこ》は山内に帰還を果たしたのだった。

棺を『禁門』の横に立てかけると、たちまち、そこから水が溢れだした。

百年前にされるはずだった全ての葬儀の次第を終えたのを確認し、雪哉は主の顔を窺ったが、その表情は冴えないままだ。

無言で首を横に振られて、若宮の記憶に、ほとんど変化がないことを知った。

「那律彦は、博陸侯景樹《はくりくこうえいじゆ》を――景樹《かげき》を逃がそうとしていた」

葬儀を終え、招陽宮へ戻って来た若宮は、雪哉にぽつりと漏らした。

「普通に鍵をかけるのでは、駄目だと分かっていた。向こうにある脅威から、八咫烏を守ることは出来ないと思ったのだ。だから景樹《かげき》だけを逃がして、自分はあの場で、『禁門』を封印しようとした……」

だが、と不安そうに視線を彷徨《さまよ》わせる。

「肝心の、どうしてそうなったのかが分からない」

言って、若宮は両手で顔を覆った。

ほんのわずかに戻って来た過去の記憶が、何も思い出せなかった頃よりも、ずっと若宮を苛《さいな》んでいるようだった。

何の力にもなれない自分が悔しかったが、無力なのは雪哉だけでなかった、それどころか、誰にも、若宮を助けてやることは出来ないのだ。

「『禁門』の向こうにある脅威というのは、猿だったのでしょうか」

「……分からない」

かつての金烏はあれほど怯えて、一体、何から逃げようとしていたのだろう。

＊　＊　＊

生ぬるい風にむしり取られた桃の花びらが、灰色の空に舞い上がっていく。

かき混ぜられた黒雲は青白い光を孕《はら》み、時折、地の底を揺るがすような轟音を落としていた。

春雷である。

雨こそ降っていないものの、いっそ笑えるような荒天だ。初めて勁草院にやって来た日は晴天だったと思い出し、雪哉は、格子窓を透かしてじっと空を眺めていた。

先代の『真の金烏』の葬儀の直後、もともとの予定よりもずっと小規模な形で、勁草院の卒院の儀が行われた。

場所は、勁草院の大講堂。

若宮と長束、院長が前方に並び、路近と澄尾、そして明留がその背後に控えている。卒院生を教育した清賢と華信の他、教官が並び、ずらりと整列した院生達は、少し前よりも、いくらか数が少なくなっていた。

猿の一件を受け、貴族階級出身だった院生の多くが、勁草院を去ってしまったのだ。そんな奴は遅かれ早かれ消えるだろうと思っていたが、それでも、一気にいなくなれば思うところがないわけでもない。

荳兒の最前列には、元気になった治真が、背筋を伸ばして立っていた。

山内に帰って来た後、いくらもしないうちに、治真は無事に目を覚ました。が、己が眠っている間に起こったことが、治真はすぐには信じられないようだった。

「だって、俺が分かるのは、隧道で猿と鉢合わせた時までなんです。逃げようとして背中を向けて、頭に衝撃が走ったのは覚えていますけれど……」

治真の体は濡れていたが、頭のたんこぶの他に、外傷は見当たらなかった。

ずっと意識がなかったということを考えても、水底に足跡がなかった理由は、おそらくは猿が治真を抱えて移動したからだったのだと想像がつく。

治真を攫《さら》ったのは、あの見張りをしていた若い猿ではないかと雪哉は考えていた。

だが、いくら若く力があっても、鍾乳石が垂れ下がり、普通に歩くのさえ困難な道を人ひとり抱え――しかも、傷一つ付けずに運ぶには、かなり気を遣う必要があったのは想像に難くない。

そう言えば、眠る治真には衣が掛けられており、添えられた食事もあったと思い起こせば、こちらに接触を図って来た猿達が何を考えていたのだか、ますます分からなくなるようだった。

そんな雪哉の心境をよそに、儀式は粛々と進行していく。

結局、四十四名で入峰《にゅうぶ》の儀を行った雪哉の代で、無事にここまで来られたのは、たったの八名だけだった。

卒業する院生が珂仗《かじょう》を院長へと返還すると、それに代わり、院長と場所を変わった若宮が、本物の刃を有す太刀を一人一人に与え始めた。

成績の下位の者から名を呼ばれ、太刀を授与されていく。

「第三席。風巻《しまき》の茂丸」

名前を呼ばれ、堂々と進み出て来た茂丸に、若宮は太刀を差し出した。

「剣の腕と高潔さを兼ね備えていると聞く。力に驕らず、大切なものを守ることに誇りを感じるそなたと共に、私は八咫烏を守っていきたいと思うが、いかに」

「喜んで」

「では、ただ今この時をもって、そなたを山内衆に任じる。招陽宮の警護を任せよう。励め！」

「は」

恭《うやうや》しく太刀を受け取った茂丸の次に呼ばれたのは、千早だった。

「次席。南風《はえ》の千早」

静かに歩み出て来た千早は、若宮に対し軽くお辞儀をした。

「武術全般に優れ、その実力は比類なしと聞く。弱き者を想い、横暴に屈さぬ心を持つそなたと共に、私は八咫烏を守っていきたいと思うが、いかに」

「喜んで」

「では、ただ今この時をもって、そなたを山内衆に任じる。私の護衛を任せよう。励め！」

「は」

表情を変えずに太刀を受け取った千早が列に戻り、とうとう最後の一人の名前が呼ばれた。

「首席、垂氷《たるひ》の雪哉」

名前を呼ばれた瞬間、治真が大きく息を吸う音がした。本人よりも感極まった様子の後輩を横目に見ながら、雪哉はとっくの昔に、己が主と定めた男の前に立った。

「体術は申し分なく、また弓をよくすると聞く。何より、用兵の才は過去に例を見ぬものであり、そなたが今の時代、ここに存在していることを、私はこの上ない幸運と思っている。私には出来ぬ方法で、八咫烏を助けてもらいたいと思うが、いかに」

「喜んで」

「では、ただ今この時をもって、そなたを山内衆に任じる。私の護衛――そして、山内衆の作戦参謀を任せよう」

淡々と言われる言葉に、頭を下げる。

「励め！」

雪哉は神妙に太刀を受け取った。

それは、珂仗に慣れた体には、ずしりと重たく感じられた。

ごろごろと、空の唸り声のような雷鳴が響く中、若宮は大講堂の上座に立った。

「嵐が来る」

居並ぶ新しい山内衆に目を向けながら、若宮が静かに宣言する。

「そう遠くないうち、猿と刃《やいば》を交える日が来るだろう。朝廷は、これまでの形を捨てざるを得ない。山内全体が、変化を余儀なくされている」

だが、と張り上げた若宮の声は、自室で苦悩していた姿を一切感じさせないほど、高らかに澄んでいた。

「私が金烏である限り、諸君を含む、山内の八咫烏、その全てを守りきると誓おう。どんな嵐にも耐えてみせる。だから諸君は、どうか私に、金烏としての生をまっとうさせてくれ」

講堂中の視線を受けて、若宮はふと、微笑した。

「私は、そなた達を信じている」

頼んだぞ。そう言った若宮の口調は、今までになく穏やかであった。

――はっ、と。

この三年間で、幾度繰り返したか知らない動作で、新しい山内衆達は主君に向け、三本目の足を捧げた。

寛烏《かんう》十二年、桜月の頃。

八咫烏が再びの猿の侵入を受けた翌年、朝廷の機能は離宮、凌雲宮《りょううんぐう》へと完全に遷《うつ》された。政《まつりごと》の場を移動させた当初は多くの混乱に見舞われ、朝廷の機能が回復するまでには、長い時間がかかると思われた。

しかしその機をもって、日嗣《ひつぎ》の御子奈月彦《みこなづきひこ》の手による、大規模な改革が行われる。中心となったのは勁草院《けいそういん》出身の若き俊英《しゅんえい》からなる一派であり、その中には西本家《にしほんけ》、北本家《きたほんけ》の子弟も含まれていた。結果として、日嗣の御子は四家のうち二家を後ろ盾に、自身を中心とする政治体制を確立することに成功したのである。

山内を未曾有《みぞう》の大地震が襲ったのは、新体制下で山内が動き始めた、その矢先のことであった。

本書は書き下ろしです

著者プロフィール

阿部智里
（あべ・ちさと）

1991年群馬県生まれ。早稲田大学文化構想学部卒業。
2012年『烏に単は似合わない』で松本清張賞を史上最年少受賞。
13年同じく八咫烏の世界を舞台に『烏は主を選ばない』を上梓。
14年早稲田大学大学院文学研究科に進学、『黄金の烏』を上梓。
本作で4作目となる八咫烏シリーズは累計18万部を越えた。

空棺《くうかん》の烏《からす》

二〇一五年七月三十日　第一刷発行
二〇一六年七月　五　日　第五刷発行

著　者　阿《あ》部《べ》智《ち》里《さと》

発行人　吉安章

発行所　株式会社　文藝春秋
〒一〇二―八〇〇八
東京都千代田区紀尾井町三―二三
電話　〇三―三二六五―一二一一

印刷所　萩原印刷

製本所　加藤製本

ISBN 978-4-16-390302-6